초조한 마중

그들의 전장(戰場) 혹은 여수(旅愁)

김영식 장편소설

초조한 마중 ─그들의 전장(戰場) 혹은 여수(旅愁)─
김영식 장편소설

초판 인쇄 ㅣ 2005년 3월 25일
초판 발행 ㅣ 2005년 3월 30일

지은이 ㅣ 김영식
펴낸이 ㅣ 신현운
펴는곳 ㅣ **연인M&B**
기　획 ㅣ 박치원
디자인 ㅣ 이희정
마케팅 ㅣ 진성호
등　록 ㅣ 2000년 3월 7일 제2-3037호
주　소 ㅣ 143-191 서울특별시 광진구 자양1동 630-42호(1층)
전　화 ㅣ (02)455-3987, 3437-5975 팩스 ㅣ (02)3437-5975
이메일 ㅣ yeonin7@chol.com
　　　　 www.yeoninmb.co.kr

값 9,000원

저자와의 협의에 의하여 인지는 생략합니다.
ⓒ 김영식 2005 Printed in Korea

ISBN 89-89154-45-6 03810

초조한 마중

그들의 전장(戰場) 혹은 여수(旅愁)

김영식 장편소설

연인 M&B

| 작가의 말 |

　　낙엽 흩날리는 소리를 애틋하고 청아하게 들을 줄 아는 그런 안쓰러운 가슴
이고 싶었다. 또 돌아보는 과거로는 한 폭의 수채화가 고즈넉하게 걸려 있기를
소망했다. 그런데 돌아보니 그 수채화는 난해한 그림이었다.

　　더 늦기 전에, 내 기억의 한계 때문에 더 고통을 받기 전에, 하면서 나는 종횡
무진 시공의 벽을 지치도록 넘나들었다. 또 세월의 흔적이 역력한 넝마를 뒤집
어쓴 채 내 내면에서 을씨년스럽게 웅크리고 있는 상념의 군상들을 하나하나
들춰보며 안간힘을 다해 반추해냈다.

　　또 누군가를 초조하게 기다리며 마중을 하듯이 아니면 그리워하듯이 때로는
조바심을 하며 첫 소풍을 가는 초등학생의 부푼 기대와 설레는 마음으로 그렇
게 이 이야기를 꾸몄다.

　　그리고 나는 이 이야기를 꾸며가는 동안 내 의식들은 오직 월남의 그 전장에
머물러 있었고 나는 문득 문득 그때의 은은한 포성과 "내 팔! 내 다리!" 하는 포
성보다 더한 전상 환자들의 절규와 또 그들의 침묵하는 아우성들을 환청으로

들으며 시달려야 했다.

　전쟁이 자연을 황폐화시키듯이 인간의 심신 또한 황폐화시킨다. 그러나 자연은 많은 시간이 흐르면서 복원될 수 있지만 전쟁에서 비롯된 심신의 상흔들은 영원히 치유될 수도 회복될 수도 없다.

　여기 어떤 의미로든 그 전장에서의 상흔이 있는 그들 Viet—Vet! 그들의 '에필로그'는 마침내 불행한 선택으로…….

　그러나 그것은 이미 예비된 그들의 불행이자 숙명이었는지 모른다.

　내가 누굴 마중하고 누가 날 마중을 하는, 이것이 인간의 삶이자 일상인지 모른다. 그 마중이 환희의 마중이든 안타깝고 초조한 마중이든…….

2005년 봄

김영식

* 삼가 월남전에서 산화한 Viet—Vet님들의 명복을 빌며 또 그 전쟁
의 상흔으로 아직도 고통받고 있는 수많은 Viet—Vet님들께도 위로
와 위문의 말씀을 올립니다.
* Viet—Vet(Vietnam + Veteran) : 월남 참전용사를 일컬음.

| 차례 |

그들의 프롤로그

미혼모, 유복자, 고아, 그렇게 그들은 피투성(被投性)의 존재였다. 그리고 그들은 망각과 도피 또 그 어떤 피안(彼岸)의 소망으로 전장(戰場)을 선택했는지 모른다. 그러나 그들은 그 전장에서 또 다른 자신과의 전쟁으로…….

1968년, 월남 '퀴논'에 주둔하고 있는 한국군의 후송병원이다.

하얗게 보이도록 구름 한 점 없는 가물가물한 하늘에는 작렬하는 태양이 형광빛으로 눈부시게 이글거리며 화염 같은 열기를 무자비하게 지상으로 퍼붓고 있는 지금은 씨아스타(낮잠) 시간이다.

방금 전 뜨거운 대지를 식히며 한 차례 스콜이 지나갔지만 지표에서 뿜어내는 후끈후끈한 복사열로 현란하도록 아른아른 피어오르는 아지랑이가 차도, 연병장, 화단, 잔디밭 등 장소를 가리지 않고 병원 곳곳에서 한창이다.

언제나 이 시간이면 전상 환자들을 후송하는 앰뷸런스와 헬기의 다급한 소음도, 시름에 겨워 하염없이 이 병실 저 병실을 기웃거리며 심신의 상흔들을 휠체어에 싣고 굴러다니던 환자들의 모습도 또 때로는 울분을 토해내듯이 서로가 도토리 키 재기 같은 고만고만한 또 믿거나 말거나 한 과장된 무용담들을 과시하다가 서로 다투기도 하면서 떠들어대던 환자들의 그런 소란스럽기만 한 잡담들도 이 시간이면 거의 찾아볼 수도 또 들을 수도 없다.

그렇게 이곳 후송병원이 마치 폭풍전야의 고요처럼 인적이 끊긴 채 적막하도록 씨아스타에 흠뻑 취해 침잠해 있는 것이었다. 다만 아스라이 저 멀리, 정글에서 모락모락 솟아오르고 있는 포연이 물안개처럼 펑펴져 흘러가고 간간이 들려오는 메아리의 여음 같은 은은한 포성이 그나마 전쟁의 지루함과 피곤함을 그리고 이곳이 전장임을 자각시켜 주려는 듯이 보인다.

아직 씨아스타 시간이 30분 정도 남아 있었다. 이런 시간임에도 불구하고 무슨 짓들을 하려는지 은밀하게 소란을 피우고 있는 곳이 있었다. 내무반이었다.

내무반은 좌우로 각각 20여 대씩의 야전 침대가 서로 마주해 있었고 통로에는 선인장을 비롯한 열대식물의 대형 화분들이 드문드문 놓여 있었다.

샤워를 하고 이제 막 들어온 선우 병장이 정글화와 양말을 벗고 침대에 올라 잠을 청하기 위해 모기장을 내리고 있는데 일단의 병사들이 발소리를 죽이며 가만가만 들어오더니 선우 병장의 맞은편 침대에서 멎는 것이었다.

—지난번처럼 실패하지 않도록 해야 한다. 앞에 터진 곳만 살짝 벌려 주면 거시기가 자동적으로 튀어나오게 되어 있으니까. 미련하게 홀라당 다 벗길 생각하지 말고. 알았지?

등록과의 김 병장이었다.

—신고시키니?

—안 자고 있었구나. 너, 방해하지 말고 조용히 있어.

─적당히 시키라고.

─요즈음 전입 신병들 기합이 빠져도 한참 빠져서 말이야. 확실하게 신고시켜야지. 야! 저놈. 덩치 값 하게 생겼다. 안 그러냐?

선우 병장이 관심이 없다는 듯 돌아누웠다. 김 병장이 손짓을 하자 한 병사가 올가미를 들어 보였다. 수술 실로 만든 올가미였다. 잔뜩 고개를 처박고 있던 병사가 허리를 펴면서 입을 딱 벌리고 오른쪽 팔꿈치에 왼손을 갖다대고는 아래위로 힘있게 흔들어 보이는 것이었다. 김 병장이 엄지손가락에 힘을 주며 쓱 내밀었다.

─대가리 아래로 바싹 붙여서 적당히 조여놓아야 한다. 실수 없이 확실히 해!

알았다고 그 병사가 빙그레 웃으며 고개를 끄덕이고는 수술 실을 뒤에 있는 병사에게 건넸다.

─자식! 샤워나 좀 하지. 냄새 한 번 지독하구나.

그 병사가 콩콩대며 물러났다. 수술 실을 건네받은 병사가 T자 형의 모기장 받침대 상단에 조심조심 동여맸다. 축, 처져 있는 수술 실을 보고 김 병장이 양손을 모았다가 펴면서 좀 더 팽팽하게 당기라고 시늉을 하고는 물러서라고 손짓을 하자 병사들이 잽싼 동작으로 각자의 침대로 뿔뿔이 흩어졌다.

─상처나지 않게 적당히 하라고. 나처럼 1주일씩이나 걸음도 못 걷게 고생시키지 말고.

─인마. 넌, 물건 값 하느라고 그랬지. 야, 저놈도 너처럼 물건 값 하게 생겼다.

김 병장이 호루라기 줄을 잡고 빙글빙글 돌리며 유들유들하게 웃는 것이었다.

─야! 뜸들이지 말고 빨리 끝내라니까. 씨아스타도 얼마 남지 않았는데 잠 좀 자자고.

─알았어. 인마!

김 병장이 호루라기를 입에 물었다. 재미있다는 듯 능글맞게 웃고 있는 병사들을 쭈욱, 한 번 훑어보고 김 병장이 있는 힘을 다해 호루라기를 불었다. 동시에 병사들이 일제히 고함을 쳤다.

─기상! 기상! 기상!

아아아아……, 하고 자지러지는 비명 소리와 함께 왁자지껄한 한바탕 소동이 끝났다. 여느 때 같았으면 점심식사 후의 적당한 포만감과 정글화와 양말을 벗을 때의 상쾌함으로 금방 잠이 들곤 했었는데, 신고를 시킨다고 소란을 피운 탓인지 선우 병장이 뒤척이고 있었다.

조금 전까지만 해도 신고를 시킨다고 설쳐대던 옆 침대의 김 병장은 벌써 코를 골고 있었다.

털썩, 하고 뭔가 떨어지는 소리에 선우 병장이 몸을 틀었다. 신문이 떨어져 있었다.

누운 채 모기장을 젖히고 손을 뻗어 가까스로 신문을 집어들었다. 말이 신문이지 20여 일이나 지난 신문이었다. 대충 머릿기사만 읽으며 넘기던 선우 병장이 갑자기 벌떡 일어나는 것이었다.

양손으로 펼쳐 잡고 있던 신문을 반으로 접어 뚫어지게 바라보는 선우 병장의 시선이 점점 가늘어지고 있었다. 신문엔 미스코리아 주혜리가 세계미인대회에서 우수한 성적을 거두고 귀국했다는 기사와 함께 화사하게 웃고 있는 사진이 실려 있었다.

선우 병장이 사진과 기사가 있는 지면을 큼지막하게 찢어내 주섬주섬 접어서 벗어놓은 상의 주머니에 넣고 서둘러 단추를 채우는 것이었다.

그 시간, 한 대의 지프가 후송병원 정문을 막 통과하고 있었다. 야자수와 키 큰 선인장, 또 이름을 알 수 없는 열대식물들이 드문드문 가로수로 서 있는 비포장의 차도를 따라 황색의 흙먼지를 쏟아내며 질주해온 지프가 마침내 인사행정과 사무실 앞에서 멈추고 인사행정과 과장인 박 대위가 훌쩍 뛰어내렸다.

―자, 하차하시죠!

전투복 차림의 간호장교들이 한 사람씩 아주 지친 모습으로 내리고 있었다. 모두 세 사람이었다. 따가운 햇살에 눈이 부신 듯 내리자 마자 모두가 거의 동시에 양미간을 잔뜩 찌푸리면서 손들을 이마에 가져가는 것이었다.

―자! 들어가시죠!

박 대위가 철모를 벗어 들면서 성큼성큼 먼저 들어갔다.

―어머!

뒤따라오던 간호장교들이 갑자기 양손으로 얼굴을 가리며 돌아서는 것이었다.

―왜들 그러십니까?

주춤하고 박 대위가 돌아보며 말했다. 한 간호장교가 손으로 얼굴을 가리다가 떨어뜨린 모자를 집어서 허벅지에다 툭툭 때리면서 먼지를 털고 있었다.

―무슨?

―아니에요, 아무것도.

그 간호장교가 그냥 멋쩍게 웃는 것이었다. 박 대위가 고개를 갸우뚱하면서 사무실을 돌아보고는 그때서야 짐작이 간다는 듯 빙그레 웃는 것이었다. 사무실 책상 위에는 팬티만을 걸친 두 병사가 철모를 베고 잠

들어 있었는데 그들의 팬티는 하나같이 막대기로 고여놓은 듯이 불룩하게 치솟아 있었던 것이었다.

─자식들, 취침 복장이 엉망이었구나! 멋있게 텐트까지 치고, 굉장하구나. 기상!

박 대위가 책상다리를 힘있게 발로 툭툭 차며 말했다.

─단결!

박 대위의 바로 앞 책상 위의 병사가 용수철에 퉁기듯 벌떡 일어나면서 구호를 외치며 경례를 했다.

─인마! 단결이고 뭐고 어서 옷이나 입어. 저긴 누구냐? 어서 기상 시켜라!

그 병사가 간호장교들이 문밖에 서 있는 것을 발견하고는 쩔쩔매며 옷을 입는다는 것이 엉겁결에 군화에다 먼저 발을 가져가는 것이었다.

─인마! 바지부터 입어야지. 들어오시죠! 죄송합니다.

박 대위가 그 병사의 머리를 쿡, 찌르고 간호장교들을 향해 웃으며 말했다. 머뭇머뭇 좀 어색하게 웃으며 사무실로 들어온 간호장교들이 박 대위의 책상 옆에 있는 철제 접의자에 나란히 앉았다.

이제 막 씨아스타가 끝나고 한 사람 한 사람씩 사무실로 복귀한 병사들이 각자 책상에서 업무준비를 하고 있었다. 뭐라 속삭이듯이 서로 얼굴을 마주했다가 눈을 찡끗, 하기도 하면서 힐끔힐끔 간호장교들을 훔쳐보는 호기심에 찬 병사들의 시선이 여기 저기서 번득이고 있었다.

간호장교들도 피로한 기색이었으나 생소한 분위기 탓인지 자세를 고쳐 앉거나 자기들끼리 뭐라 귀엣말을 하다가 문득 병사들과 시선을 마주치기도 하면서 두리번거리고 있었다.

잠시 후, 주섬주섬 서류를 챙겨 든 박 대위가 일어서며 말했다.

　―난, 간호장교님들 모시고 병원장님께 전입신고하고 올 테니까 그동안 윤 병장은 18시 30분부터 있을 예정이던 위문공연시간이 18시로 변경되었다고 영양과에 연락해서 늦어도 17시까지는 식사 완료하고 공연시간에 차질 없도록 철저히 준비시켜라. 즉시 안내 방송도 하고. 자, 가시지요.

　하고 박 대위가 간호장교들과 사무실을 나갔다.

　위문공연장인 식당이 열기로 꽉 차 있었다.

　공연의 시작을 알리는 음악과 함께 무대 좌우에서 반라의 무희들이 손을 흔들며 깡충깡충 뛰어나오자 폭죽처럼 터져나오는 함성, 휘파람 소리들로 순식간에 장내가 떠나갈 듯했다. 밴드의 연주 소리가 거의 들리지 않을 지경이었다.

　이때쯤 공연장으로 들어온 선우 병장이 어디 마땅한 장소가 없나? 하고 살펴보면서 병사들의 틈바구니를 헤치고 가고 있는데 누군가 선우 병장의 손을 덥석 잡아끌었다. 수발계 정 병장이었다.

　―자식, 놀랬잖아.

　―멀리 갈 것 없다. 가 봐야 자리도 없을 텐데, 내 무릎에나 앉아라.

　―싫다, 저기 뒤로 갈란다.

　―잔소리하지 말고 앉으라면 앉아!

　정 병장이 선우 병장을 무릎에 털썩 주저 앉혔다.

　―야! 저기. 안 보여?

　선우 병장의 옆구리를 쿡쿡, 찌르면서 정 병장이 일단의 간호장교들이 무리지어 있는 쪽을 가리켰다.

　―인마! 거기 뭐가 있다고 그래. 쓸 데 없는 것 가지고 괜히 말 씹히지

말고 저거나 봐라. 네 좋아하는 화끈한 거 하고 있잖니.

무대에서는 반라의 무희가 적나라하게 쏟아내고 있는 선정적인 춤이 절정으로 치달으며 휘파람 소리와 함성들로 온통 아수라장이었다.

환자들이 더 극성이었다. 몸부림치듯 격렬하게 때로는 고통을 호소하듯이 그렇게 흐느적거리는 무희의 관능적인 율동이, 무희를 태울 듯이 조명하고 있는 원색의 붉은 조명과 함께 어우러져 더 선정적으로 보였다.

무희의 너무도 노골적인 하체의 율동에 무대 앞 좌우로 배치된 의자에 앉아 있는 참모장교들 중 몇몇은 무대를 정면으로 바라보기가 민망한 듯 열광하고 있는 병사들을 돌아보며 멋쩍게 웃어 보인다거나 괜히 헛기침을 한다거나 팔짱을 끼며 비스듬히 자세를 고쳐 앉는다거나 하면서 애써 외면을 하며 옆사람과 뭐라 이야기하는 자세를 취하기도 했고 바닥을 내려본다거나 천장을 올려본다거나 하는 것이었다.

간호장교들도 주위의 시선들을 의식하는 듯 무대를 외면한 채 뭐라 자기네들끼리 호들갑을 떨면서 자지러지게 웃어대곤 하는 것이었다.

정 병장이 갑자기 선우 병장의 얼굴을 양손으로 꽉 움켜잡으면서 획 돌렸다.

―이제 보이니? 저기 급식창구 앞.

―거기 뭐가 있다고 자꾸 그래. 인마!

정 병장이 가리키는 급식창구 앞에는 7, 8명의 간호장교들이 서로 팔짱을 끼고 바싹 붙어 있었다. 그들 중에는 오늘 전입한 최 소위도 있었다.

―난, 오늘 전입한 저 최 소위의 분위기가 참 묘하단 말이다. 뭔가 베일에 싸여 있는 듯 신비롭기도 하고 너무 다양한 분위기를 간직하고 있단 말이다. 고혹적인 눈, 관능적인 몸매하며 에로스적인 무드가 물씬 풍

기면서도 사내들의 심금을 울리는 애틋한 분위기도 있단 말이다. 아주 불안한 예감이 든다. 저 최 소위의 출현으로 머지 않은 장래에 우리 병원을 발칵 뒤집어놓을 스캔들의 광풍이 몰아칠 것 같은 불길한 예감이 든단 말이다. 빅뱅의 조짐이야. 메가톤급 시한폭탄이야.

─자식! 한동안 잠잠하다 했더니. 또 시작이구나.

선우 병장이 정 병장의 손을 획, 제쳐내며 말했다. 그 사이 무대가 바뀌었다. 이번에는 여자 가수가 등장했다.

"아, 아, 아, 아, 잘 있거라 부산 항구야 미스 김도 잘 있어요. 미스 리도 안녕히 …(중략)… 또다시 찾아오마 부산 항구야."

〈잘 있거라 부산항〉이라는 노래였다. 이 노래를 들으며 선우 병장은 파월 당시 부산항 제3부두의 정경들을 떠올려 보는 것이었다.

그때, 부산항 제3부두에 정박해 있는 함정에는 파월 장병들이 승선해 있었고 부두에서는 환송 위문공연이 있었다.

부두와 갑판을 촘촘히 이어놓은 오색 테이프는 바닷바람에 현란하게 나부끼고 있었고 서울 대위 김OO, 춘천 중령 박OO, 대구 소령 윤OO, 광주 대위 윤OO, 김천 병장 김OO, 인천 상사 이OO 등등의 이름이 적힌 각목과 합판으로 급조한 피켓을 든 가족과 친지들이 우왕좌왕하면서 갑판을 향해 피켓을 솟구쳐 올리고 있었다.

그렇게 애타게 찾으며 부르는 부모와 아내와 자식과 친지와 연인들의 울부짖음 같은 함성들로 부두는 그야말로 아수라장이었는데 갑판 위에 있는 장병들에게는 거의 보이지도 들리지도 않았다. 그들의 부르짖음은 차라리 절규였고 아우성이었다. 그러나 제대로 찾을 수도, 또 들을 수도 없었던 것이었다.

갑판 위에 있는 장병들의 분위기는 차라리 싸늘한 정적에 싸여 있었다고 해야 옳았다. 자신을 찾는 피켓이 어디에 있나? 하고 여기저기 사람들의 틈새를 찾아 기웃거리며 묵묵히 그러나 초조하게 뛰어다니는 장병들의 모습은 부두보다도 더 절박해 보였고 안타깝게 보였다.

그때 갑판 난간을 잡고 부두를 내려보고 있던 선우 병장은 저렇게 많은 사람들 중에, 혜리는? 혜리도! 하고 혜리의 실재를 간절히 소망하고 있었다. 상흔과 회한의 뭇 상념들이 용암처럼 분출되는 가슴의 외침이자 내밀한 고통이었다.

젖은 눈을 손등으로 문지르고 있는 장병들도 보였고 갑판 구석으로 달려가 흐느끼는 병사들도 있었다.

마침내 뚜우 뚜우, 하고 출항을 알리는 뱃고동이 울리고 뱃머리가 서서히 움직이자 부두와 갑판을 잇고 있던 오색 테이프들이 사정없이 뚝뚝 끊어지고 있었다.

그렇게 끊어진 오색 테이프들은 바닷바람에 회오리치듯이 솟구쳐 올랐다가 하염없이 허공을 맴돌기도 했고 주춤주춤 때로는 빠르게 곤두박질을 치면서 부두로 바다로 나부끼며 내려앉고 있었다. 부두에서는 갑판을 향해 그렇게도 거세게 치솟아 오르던 피켓들이 하나둘 사정없이 땅바닥에 팽개쳐 지고 있었다.

몸부림을 치며 손을 흔들고 주저앉아 땅을 치며 통곡들을 하고 그렇게 아수라장일 때 부두에 가설된 무대에서 어느 남자가수가 아, 아, 아, 아— 잘 있거라 부산 항구야, 하면서 지금의 바로 이 노래를 불렀던 것이었다. 그때 이 노래는 갑판 위의 수많은 장병들의 가슴을 뭉클하게 했었고 눈시울을 적시게도 했었다.

선우 병장은 대중가요라는 것이 이렇게 엄청난 호소력을 발휘할 수도 있는 것이로구나! 했었다. 이렇게 선우 병장은 지금도 눈에, 귀에, 가슴에, 뇌리에 너무도 생생하게 각인되어 있는 그때 그 부산항 제3부두를 떠올려 보는 것이었다.

밴드의 리듬이 빨라지면서 무대가 다시 바뀌었다. 반라의 무희들이 관람석을 향해 손짓을 하고 있었다. 우르르, 서너 명의 병사가 한꺼번에 뛰어 올라갔다. 야릇한 몸짓들을 하면서 무희들과 마주해서 춤을 추는 병사들로 폭소와 함성, 휘파람이 계속해서 터져나왔다.

이때 무대 중앙에서 환자복 상의를 벗어 젖힌 채 앉아 있던 한 환자가 목발을 잡고 뒤뚱거리면서 겨우 일어나자 옆에 있던 동료 환자 여럿이 부축해서 무대로 올라갔다. 함성과 휘파람 소리들이 더 요란하게 터져 나왔다.

목발의 환자를 부축하고 무대에 올라간 동료들이 목발에 의지해 있는 그 환자의 허리를 등뒤에서 감싸안아 주자 짚고 있던 목발을 양손으로 번쩍 집어들고는 허공을 향해 마구 흔들어대는 것이었다. 무희들이 이 환자를 에워쌌다. 공연장의 분위기가 마침내 최고조에 이르고 있었다.

—나, 먼저 간다.

다리를 붙잡고 늘어지는 정 병장을 걷어차듯이 뿌리치고 공연장을 빠져나와 사무실 쪽으로 향하는 병동 복도를 따라 걸어가고 있던 선우 병장이 복도 난간에 등을 기대고 멈추는 것이었다.

밤하늘에서는 은은한 소음과 함께 두 대의 정찰기가 서로 교차하면서 조명탄을 투하하고 있었고 조명탄의 불빛으로 복도 좌우 가장자리로 지붕을 받치고 촘촘히 서 있는 나무기둥들의 그림자가 체크무늬로 어우러지면서 선우 병장을 마치 그물로 덮어씌우듯이 나타났다가 스러지는 조명탄의 불빛과 함께 자취를 감추고 있었다.

손가락을 세워서 복도 난간을 규칙적으로 똑, 똑, 똑, 하고 두드리고 있던 선우 병장이 문득 멈추며 상의 주머니로 손을 가져가는 것이었다.

단추를 잡고 채워져 있는 주머니를 헤치려다 말고 멈추고 잠시 망설이던 선우 병장이 그냥 걸음을 재촉하는 것이었다.

선우 병장이 그물에서 빠져나오듯 그렇게 복도를 벗어나 사무실로 갔다. 선우 병장이 의자에 앉자 마자 조급하게 상의 주머니를 열고 여러 겹으로 접혀 있던 신문을 끄집어내 펼쳐놓고 한동안 물끄러미 내려보더니 손바닥으로 훑어 내리면서 펴고 있었다.

아까 씨아스타 시간에 선우 병장이 내무반에서 본 신문에서 찢어낸 혜리의 사진이 실린 신문이었다.

신문을 딱딱한 서류철 표지 위에 올려놓은 후, 자를 갖다대고 여러 번 칼질을 해서 반듯하게 오려냈다. 풀칠을 하고 손바닥으로 툭툭 쳐 누르며 고르게 접착을 시킨 후 그 위로 비닐을 씌웠다.

서랍을 열고 책 속에 끼워 둔 혜리의 사진을 찾아서 방금 신문에서 오려낸 사진과 책상 위에 나란히 놓고 비교해 보았다. 혜리는 두 곳에서 똑같이 웃고 있었지만 어딘지 모르게 같은 사람으로 보이지 않았다. 전혀 딴 사람으로 보였다.

얇은 비닐 탓으로 표면이 들떠 있는 비닐 속 혜리의 모습은 마치 잔잔한 파문이 일고 있는 수면 아래서 마치 선우 병장을 현혹시키고 있는 듯 그렇게 현기증까지 느낄 수 있도록 일렁거리고 있는 것이었다. 그 혜리를 더듬듯이 쓰다듬으며 선우 병장이 지긋이 눈을 감았다. 눈을 감았는데도 혜리의 잔영이 좀처럼 가셔지지 않는 것이었다.

잘 가! 했던 메아리의 여음 같은 혜리의 육성이 아스라이 들려오는 듯했다. 그때가 언제였던가? 2년 전 봄이었다.

선우 영의 입대 후 첫 휴가였을 때였다. 그 휴가의 마지막 날 선우 영과 혜리가 청평에 갔다가 돌아오는 기차에서였다. 선우 영과 혜리는 객차 밖 출입구 계단에 서로 마주해 서 있었다.

—어제 미장원엘 갔었거든? 근데 그 미장원에서 나 보고 미스코리아 대회에 나가 볼 생각이 없느냐고 그랬어.

—누가?

선우 영이 퉁명스럽게 물었다.

—미장원 사장인데, 소문에 그 미장원에서 배출한 미스코리아들이 여러 사람 있대. 누구누구, 하고 이름까지 대면서 말이야. 그러면서 명함을 줬어. 뜻이 있으면 꼭 연락을 하라고.

철커덕 철커덕, 하며 거침없이 쏟아내고 있는 열차의 규칙적인 소음과 몰아쳐 오는 거친 바람이 있었지만 혜리의 그 발랄한 목소리를 선우 영은 또렷이 들을 수 있었다. 계단을 통해 거세게 치솟고 있는 바람은 혜리의 머리를 단정하게 빗질이라도 하듯이 사정없이 빗어 넘기고 있었다. 선우 영은 혜리의 희디흰 이마를 참, 예쁘구나! 하는 듯이 여린 시선으로 바라보고 있을 뿐이었다.

—내 말 들었어? 어? 잘 들었느냐고.

다그치듯이 혜리는 묻고 있었다. 그러나 선우 영은 말이 없었다. 혜리와 함께한 휴가 마지막 날의 즐거웠던 이 하루가, 아니 더 나아가서는 혜리와 함께했던 지난 수년의 날들이 한순간에 이 소음과 거센 바람에 실려 어디론가 흔적도 없이 허공으로 사라져 버릴 것만 같은 불안과 초조함이 선우 영의 내면에서 포말을 일으키며 소용돌이치고 있었던 것이었다.

한 차례 긴 기적이 울리고 기차는 산을 끼고 우회하고 있었다. 이 기적 소리에 선우 영은 움찔, 하며 깜짝 놀라는 것이었다. 선우 영은 이 기적이 자신과 혜리와의 불길한 미래를, 또 불행한 내일을 예고해 주는 경적처럼 들려오는 것이었다. 가슴이 뻥 뚫리는 것 같은 써늘한 공허감에 선우 영이 움츠리며 담배를 입에 물었다. 혜리와 눈이 마주치자 선우 영이 차창을 향해 고개를 돌렸다.

드문드문 나타나는 인가의 불빛들이 하염없이 밀려나고 있는 차창에 나타나 있는 자신과 혜리의 모습을 물끄러미 바라보며 선우 영이 라이터를 켰다. 세찬 바람으로 불씨만 퉁기며 불은 살아나지 않았다. 손으로 가린다거나 입고 있는 점퍼로 바람을 막는다거나 하는 그런 최소한의 시도도 없이 선우 영은 계속해서 손끝이 아프도록 라이터를 켜고 있는 것이었다. 살아나지 못하고 있는 이 라이터의 불씨처럼 혜리와 나는, 하는 절망감 같은 것이, 그럼 혜리와 나는, 하는 불안과 초조함이 선우 영의 가슴에서 회오리치고 있었다.

—바보같이. 바람 때문에 안 되잖아. 내가 해 줘? 자, 이렇게 해!

혜리가 바싹 다가와 선우 영의 목을 감싸며 바람을 막았다. 자신을 빤히 쳐다보는 선우 영의 시선을 무시하며 혜리가 라이터를 빼앗았다. 선우 영의 점퍼를 당겨 바람을 막고 혜리가 라이터를 켰다. 여러 번의 시도 끝에 겨우 불이 켜졌다.

—빨리 붙여. 어서! 꺼진단 말이야.

혜리가 라이터를 손으로 가리고 내미는 순간 불이 꺼졌다. 그 순간 선우 영이 혜리를 와락 껴안았다.

—왜 이래. 사람들 보잖아.

혜리가 숨이 차서 겨우 말했다. 때마침 지나치던 승객들의 곱지 않은 시선도 있었고 으흠 으흠, 하는 헛기침 소리도 있었다. 그랬어도 선우 영은 개의치 않고 혜리를 어스러지도록 껴안고 있었던 것이었다.

　그러나 선우 영은 평소 경험해 봤던 혜리로부터의 그 어떤 체온도 체취도 전혀 느낄 수가 없었다. 다만 밀착되어 있는 두 사람 사이로 가를 듯이 헤집고 있는 바람과 그 바람에 실려 있는 차디찬 냉기 같은 것에 자꾸만 심신을 움츠리고 있을 뿐이었다.

　혜리가 정말 미스코리아 대회에 나간다면, 그래서 정말 미스코리아가 된다면, 군복을 입고 있는 난? 난, 어떻게 해야 하나? 하면서 선우 영은 서울에 도착할 때까지 이런 불안하고 초조한 상념 속에서 헤어나지 못하고 있었던 것이었다.

　―나, 어릴 적 꿈이 뭐였는지 알아? 미스코리아였어. 엄마 아빠가 나 예쁘다고 우리 혜리 커서 뭐가 되고 싶어? 하고 물으시면 미스코리아! 미스코리아! 했었어. 한 번 도전해 보고 싶어. 생각해 봐! 출전 시켜주겠다는 사람도 나타났고. 안 그래?

　선우 영의 헤쳐져 있는 점퍼의 지퍼를 잡고 아래위로 올렸다 내렸다 하면서 꿈에 젖은 혜리는 그렇게 선우 영의 가슴에서 속삭이듯이 말했었다. 그러나 선우 영은 말이 없었다. 이런 선우 영의 무반응에 혜리가 불만스런 표정을 짓고 선우 영의 가슴을 지긋이 밀쳐내며 물러났다. 차창으로는 암울해 보이는 선우 영의 얼굴이 나타나 있었고 차 안으로 들어가고 있는 혜리의 뒷모습도 잠시 비쳤다 사라졌다.

　그걸 왜 내게 묻니? 하고 혜리가 자취를 감춘 그 차창을 향해 선우 영이 아주 무뚝뚝하게 눈으로 말하고 있었다. 그리고 두 사람은 객차 안팎으로 떨어져 있었고 10분쯤 후 기차는 청량리역에 도착했다.

　―나, 꼭 한 번 해 본다. 잘 가!

　청량리역에 도착해 묵묵히 버스에 오르는 선우 영의 등을 향해 한 혜리의 말이었다. 결국 잘 가! 하는 이 말이 선우 영에게 남긴 혜리의 마지막 말이 되고 말았던 것이다.

그때 선우 영은 잘 가! 하는 혜리의 그 말이 그렇게 섬뜩하도록 냉정하게 들릴 수가 없었다. 혜리는 이제 예전의 혜리가 아니구나! 하고 안타까워하면서 선우 영은 잘 가! 했던 그 짧은 마지막 말의 의미를 이해하는데 많은 시간을 고통스럽게 보냈었다.

이제 난 예전의 혜리가 아냐! 난, 너에게만 머물 수 없어! 그걸 알란 말이야! 이제 곧 이 혜리의 실상을 확인해 보고 그래서 네 자신을 자각해 보란 말이야! 하고 도도하게 말하는 혜리의 환영과 환청에 시달리면서 괴로워하기도 했었다.

그리고 두 달쯤 지났을까? 선우 영은 신문을 통해 화려하게 변신한 혜리를 볼 수 있었다. 그때 혜리는 어깨에서부터 허리까지 대각선으로 화려한 황금색 띠를 두르고 세 사람의 미스코리아들과 나란히 우측에 서 있었다.

화사하게 웃고 있는 혜리가 너무도 달라 보였다. 전혀 예전의 혜리가 아니었다. 예전의 혜리로 볼 수가 없었다. 압도하듯이 선우 영과 마주하고 있는 사진 속 혜리의 시선은 너무도 강렬했고 당당하게 보였다.

푸드득, 하고는 더 이상의 여음도 깃털 하나도 떨구지 않고 또 그렇게 오랫동안 몸담았던 둥지를 단 한 번의 선회도 없이 가없이 펼쳐진 보랏빛 창공을 향해 미련 없이 떠나는 혜리의 화려한 비상을, 그 혜리의 환영을 선우 영은 젖은 시선으로 묵묵히 또 하염없이 바라보고 있기만 했을 뿐이었다.

이제 둥지를 떠난 혜리! 빈 둥지, 그 빈 둥지의 참담함에 시달리던 선우 영은 마침내 월남 파병을 자원했던 것이었다. 냉정한 스스로의 자각과 인식, 확인, 망각 등으로 집약된 내면의 고통과 상흔들을 수습하고 정리하겠다는 일종의 도피였다.

이렇게 그 혜리를 추억해 보며 신문에서 방금 오려낸 사진과 혜리의 옛 사진을 서랍에 집어넣고 선우 병장은 그때의 추억과 함께 천천히 서랍을 닫았다.

늦은 밤의 중환자 병실이다. 병실 중간쯤의 침대에 깁스를 한 다리를 철제 걸이에 매달고 눈, 코, 입만 찢어놓은 채 얼굴에 겹겹이 붕대를 감고 있는 환자가 있었다. 신음인지, 심호흡인지, 분간키 어려운 그런 거친 숨소리가 여러 겹으로 감겨 있는 붕대를 헤치고 불규칙하게 새어 나오고 있는데 그때마다 입 주위의 붕대가 불룩하게 부풀어올랐다가 거품이 꺼지듯이 스르르 내려앉고 있었다.

그 환자가 고통을 참는 듯 순간 순간 짧은 비명 같은 외마디 소리를 내면서 상체를 꿈틀꿈틀, 할 때마다 가슴에 얹혀 있던 화려한 천 걸이가 달린 원형의 금속성 물체가 조금 조금씩 미끄러져 내리더니 마침내 병실바닥에 땡그랑, 하고 떨어지며 침대 밑으로 굴러 들어갔다.

바로 그 맞은편 침대에서는 아까부터 멀거니 이런 모습을 유심히 바라보고 있는 두 사람의 환자가 있었다. 청룡부대 출신의 이 병장과 태 병장이었다. 이 병장이 쥐고 있던 프리즘을 이리 저리 굴리고 있었다. 또렷하진 않았지만 무지개빛 스펙트럼이 그래도 번득이고 있었다. 눈을 감았다 떴다 하면서 이 병장은 얼마 전 바로 이 병실에서 사령관으로부터 훈장을 받았던 때를 떠올리고 있었다.

그때, 이 병장은 사령관에게 이렇게 말하고 싶어했었다. 훈장은 필요가 없소! 나에게 더 절실한 것은 오로지 병신이 되지 않는 것뿐이오. 제발 사내 구실은 하게 해 주시오! 하는 것이었다. 그러나 이 병장은 그 사

령관의 전투모에서 빛나고 있는 별빛에 압도당해 아무 말도 하지 못했
었다.

　그때 이 병장과 같이 훈장을 받았던 옆 침대의 환자가 있었는데 중상
을 입고 의식불명인 상태로 후송되었다가 의식이 회복된 후 두 다리가
절단된 것을 알고 내 다리! 내 다리! 하며 며칠을 미친 듯이 절규하다가
안타깝게도 메스로 손목을 잘라 스스로 목숨을 끊었다. 그때 그 환자는
자살하기 몇 시간 전 손톱이 너무 길어 지저분하다면서 이 병장에게 손
톱을 다듬고 싶은데 손톱깎이가 없다면서 메스라도 하나 구해 달라고
했었다.

　한동안 굳은 표정으로 그 환자를 뚫어지게 바라보던 이 병장이 메스
를 구해 주고 황급히 병실을 나갔었다. 그리고 이 병장은 선우 병장을
P.X로 불러내 만취하도록 오랫동안 술을 마셨었다. 이 병장의 주량을
아는 선우 병장이 과음하지 말고 그만 마시라고 수없이 제지를 했지만
이 병장은 무엇 때문인지는 몰라도 막무가내였고 전쟁이 어떻고 사내
가 어떻고 하면서 횡설수설 때로는 울먹이기까지 했던 것이었다. 또 살
아서 제대로 인간 구실을 못할 바에는 차라리 죽는 게 낫지 않느냐고 했
던 것이었다. 그때 선우 병장은 이 병장이 남성 기능을 상실한 자신의
신세한탄을 하는 줄 알고 이 병장을 위로하기도 했던 것이었다.

　또 이 병장은 그 환자가 자살하기 며칠 전 훈장을 받을 때 사령관에게
했던 말도 떠올려 보는 것이었다.

　훈장은 필요 없습니다. 지금 내게 필요한 건 이따위 훈장이 아닙니다.
오직 내 다리만 바랄 뿐입니다. 잘려 나간 내 다리가 지금도 정글 어딘
가에서 썩고 있다는 생각을 하면 몸서리가 쳐진단 말입니다, 하고 그 환
자는 사령관에게 절규하며 훈장을 거부했던 것이었다.

─나, 퇴원 명령 상신된 거 아니?

─사실이야?

─그래!

이 병장이 퉁명스럽게 말하고 돌아누웠다. 오늘 아침 퇴원 명령과 함께 원대 복귀 명령이 상신되었다는 소식을 듣고 이 병장은 식사도 거른 채 하루 종일 병실을 떠나지 않고 있었던 것이었다.

사무실 칸막이 위로 두 주먹을 불끈 쥔 팔을 불쑥 솟구쳐 올리며 일어선 정 중위가 뻗었던 팔을 내리면서 시계를 보는 것이었다. 이때 최 소위가 들어왔다. 정 중위와 근무 교대를 하기 위해서였다. 병실을 한 번 둘러본 후 최 소위가 여닫이문을 밀치고 사무실로 들어갔다.

─수고 많으셨어요. 정 중위님!

─어! 최 소위? 아아, 졸려.

입이 찢어져라 하품을 하면서 정 중위가 양손을 허리에 받치고 하체를 좌우로 흔들어대는 것이었다.

─특별히 인계하실 건 없으시죠?

─어! 특별한 건 없고. 저쪽인데. 병상카드가 없는 침대가 하나 있거든? 곧 혈압 체크하라고. 좀 전에 후송된 환잔데 안면, 하반신 모두 엉망이야.

─뉴 페이스야! 보아하니 또 한동안 시끌벅적하게 생겼군.

이 병장이 시큰둥한 표정으로 중얼거리자 태 병장이 눈을 찡긋, 했다.

─방금 무슨 말들이었지? 괜한 짓들 하면 가만두지 않을 거예요! 우리 최 소위, 나이트 근무 오늘이 처음이니까. 두 사람 내 말 무슨 뜻인지 알았지요?!

정 중위가 이들의 말을 들었던지 장난기 있게 눈을 부릅뜨며 말하고 나갔다. 목발을 짚고 침대에서 내려온 태 병장이 몇 발자국을 힘겹게 가서 한쪽 팔로 침대 가장자리 난간을 잡고 침대 아래를 들여다보면서 손을 뻗었다. 어림도 없이 손이 닿지 않았다.

—뭐하고 있는 거예요?!

최 소위가 다가와서 물었다.

—뭐가 뭐, 하고 있는 겁니다.

이 병장이 천장을 향해 비아냥거리듯이 말했다. 태 병장이 짚고 있던 목발을 약간 치켜들면서 침대 밑을 가리켰다.

—저게 뭔데요?

—보면 모르십니까? 소위 훈장이라는 거 아닙니까. 이 병신아! 넌 병신이다. 그래 이제 난 병신이 됐다! 내가 병신이오! 난 병신이오! 하는 명패 아닙니까?

이 병장이 소리의 고저도 없이 똑같은 억양으로 거침없이 빠르게 말하는 것이었다. 그런 이 병장을 물끄러미 바라보고 있던 최 소위가 쪼그려 앉아서 침대 밑으로 손을 뻗어 가까스로 훈장을 집어들었다.

—누구 거예요?

최 소위가 훈장의 먼지를 손바닥으로 훑어 내리면서 말했다.

—저 친구 겁니다.

태 병장이 턱으로 가리키며 말했다.

—이 훈장 어떻게 해요?

—그 자식 얼굴이든, 가슴이든, 배때기든.

—이리 주십시오.

태 병장이 이 병장의 말을 자르며 얼른 훈장을 받았다.

—저 병신이 된 자식의 가슴에 그 따위 훈장을 얹어줘 봐야 다 부질

없는 짓입니다. 성한 놈들은 저것이 비록 한 잎 동전 같은 것에서나 느낄 수 있는 아니면 깃털 같은 그런 무게에 불과하다고 생각하실 줄 모르겠으나 아마 저 자식은 천금 같은 무게로 고통스러워할 겁니다. 가련하지 않습니까?

—저 자식이 오늘따라 왜 저래?

—나도 모르겠다.

이 병장의 말이 순식간에 약해졌다. 아랫입술을 지긋이 깨물고 무슨 결심을 한 듯 침대에서 내려선 이 병장이 쪼그려 앉아서 침대 밑에 숨겨둔 뭔가를 찾아 봉투에 집어넣어 들고 일어서는 것이었다.

—이 시간에 어디 가니?

—작전 출동이다.

—그게 무슨 소리야. 인마! 어딜 가느냐고.

묵직해 보이는 봉투를 들고 일어선 이 병장이 태 병장에게 지긋이 의미 있는 웃음을 흘리고 병실을 나가는 것이었다.

그로부터 얼마 후 이 병장은 외과과장 윤 대위의 숙소에 있었다. 침대 위에는 윤 대위가 벽에 등을 기댄 채 겁에 질려 잔뜩 웅크린 자세로 앉아 있었다. 윤 대위가 기대 있는 벽에는 한 손으로 턱을 받치고 비스듬히 가로로 누워 요염하게 웃고 있는 큼지막한 나체 사진이 붙어 있었는데 윤 대위의 상체에 가려 마치 두 동강이가 난 듯 미끈한 하체와 요염하게 웃고 있는 여자의 얼굴만 겨우 보이고 있었다.

—퇴원 명령 취소해 주십시오!

수류탄과 알코올 병을 양손에 움켜 쥔 이 병장이 성큼 다가가면서 말했다. 이 병장의 목소리는 의외로 차분했지만 아주 단호했다.

—이봐, 이 병장! 그, 그건 말이야.

─과장님도 아시다시피 저 이미 사내 구실 못하게 된 놈 아닙니까? 그러나 사지만은 성한 몸으로 돌아가야 합니다. 자꾸만 그렇게 저를 설득하려 들지 마십시오! 이거 한 방이면 모든 게 끝장입니다.

오른손에 들고 있던 수류탄을 쓱, 내밀면서 이 병장이 한 발자국 성큼 더 다가섰다. 놀란 윤 대위가 반사적으로 물러나면서 쿵, 하고 벽에 머리가 부딪혔다.

─여하튼 일단 그거 내려놓고 나하고 차분하게 이야기하자고.

─어서 말씀이나 하십시오! 어떻게 조치하시겠다고 말입니다.

─저어, 그건 말이야. 좀 전에도 이야기했지만 한정된 베드에 환자는 넘치지…….

윤 대위가 조심스럽게 이 병장을 살피면서 다가앉으려 하고 있었다.

─움직이지 마십시오! 이거 한 방이면 과장님이나 저나 모두 끝장이라고 하지 않았습니까?! 원대 복귀해서 베트콩 놈 새끼들한테 당하나 어차피 마찬가집니다. 그러니 저를 설득하려들지 마시란 말입니다. 자, 이걸 똑똑히 보십시오!

이 병장이 이번에는 왼손에 들고 있던 알코올 병을 윤 대위의 얼굴 앞으로 바싹 내밀었다. 윤 대위가 놀라며 움칠, 했다.

─난, 이걸 바라볼 때마다 무조건 살아야겠다는 동물적인 욕구로 잠을 이룰 수가 없단 말입니다. 무조건 성한 몸으로 살아서 돌아가야 한다는 일념뿐이란 말입니다. 그런데 저보고 병신이 되라고요? 저보고 죽으라고요? 전, 퇴원 못합니다. 죽어도 퇴원은 못합니다. 그럴 바엔 차라리 여기서 자폭하는 게 낫습니다. 마지막으로 다시 한 번 더 부탁드립니다. 퇴원 명령 취소하십시오!

발악을 하듯 몸을 떨면서 이 병장이 들고 있던 알코올 병을 벽을 향해 있는 힘을 다해 획 던져 버리는 것이었다. 신체의 어느 부위인지 구분이 잘 안 되는 작은 살덩이 여러 개가 침대 위로 흩뿌려졌다. 눈이 시리도록 진한 알코올 냄새가 순식간에 휘몰아쳤다. 윤 대위의 얼굴은 거의 사색이었다.

—원대 복귀는 죽어도 못합니다. 왜 그런 줄 아십니까? 이번에는 내가 저 꼴이 되어 베트콩 놈들의 머리맡에 놓일 걸 생각하면 몸서리가 쳐집니다. 끔찍해서 상상하기조차 싫단 말입니다. 퇴원 명령 취소할 겁니까. 안 할 겁니까?! 어서 말씀하십시오. 과장님은 낙서하듯이 결재서류에 사인 한 번 찍, 하면 그만이겠지만 그 사인에 잉크도 채 마르기 전에 죽는 놈이 얼마나 많은지 아느냔 말입니다!

—이 병장! 퇴원 명령이란 말이야. 내 임의대로 결정하는 것이…….

윤 대위가 말을 제대로 맺지 못하고 있었다. 점점 거칠어지고 있는 이 병장의 말과 살기가 번득이는 충혈된 눈빛에 압도당하면서 윤 대위가 오들오들 떨고 있었다.

—원대 복귀할 바엔 차라리 당신하고 여기서 깨끗이 끝내는 게 좋아. 그게 편해. 무슨 말인지 알아?!

이때였다. 조심스런 노크 소리가 났다.

—이 병장! 이 병장! 나 선우 병장이오. 어서 문 여시오!

이 병장이 회심의 미소를 지으며 마치 기다리고 있었다는 듯이 아주 태연하게 성큼성큼 걸어가서 문 손잡이를 잡고 윤 대위를 힐끔 뒤돌아보고는 천천히 방문을 여는 것이었다. 방문이 열리자 마자 선우 병장이 뛰어 들어왔다.

—소란을 피워서 미안하오! 담배 있으면 하나 주시오!

—꼭 이렇게까지 해야 했소?

선우 병장이 담배를 뽑아주며 말했다.

—무슨 일이야! 어?!

마침 숙소로 가고 있던 박 대위가 지나치려다 말고 뛰어왔다. 박 대위가 심상치 않은 분위기를 감지하고 선우 병장과 태 병장을 좌우로 제치며 나섰다. 진동하는 알코올 냄새며 침대 위에 나둥그러져 있는 작은 살덩이들과 깨진 유리병 조각들, 아직도 벽에 기댄 채 넋을 잃고 멍하니 앉아 있는 윤 대위를 바라보면서 충격을 받은 듯 박 대위가 소리쳤다.

—도대체 어떻게 된 일이냐?!

—접니다!

이 병장이 박 대위 앞으로 나서며 말했다. 너무도 태연했고 담담한 말이었다. 아직도 이 병장의 손에는 수류탄이 들려 있었다.

—병신같이.

태 병장이 이 병장을 노려보면서 중얼거렸다. 이 병장이 들고 있던 수류탄을 꽉 한 번 움켜쥐더니 박 대위 앞으로 내밀었다.

—뭐야 이게?! 무슨 짓이야!

박 대위가 깜짝 놀라며 물러섰다.

—이 병장! 이리 주시오.

박 대위의 앞으로 나서며 선우 병장이 수류탄을 받았다.

다음날 아침, 이 병장의 징계문제를 놓고 고심하던 병원장이 이 기회에 환자들이 소위 전리품이라고 소지하고 있는 알코올 병 같은 혐오스러운 것들을 전부 수거해서 폐기하라는 지시를 내렸다. 아침식사가 끝날 무렵부터 안내방송이 여러 번 나왔다.

환자들은 식사 후 별명이 있을 때까지 각자 병실에서 대기하고 있으라는 것이었다. 환자들은 또 누가 방문을 하는가 보구나, 하고 귀찮다는 투로 투덜대며 이런 저런 불평들을 하고 있었는데 장교와 사병들로 조 편성이 된 검사요원들이 각 병실마다 불시에 들이닥쳤다. 환자들은 영 문을 몰라 어리둥절해 했다.

중환자 병실로는 외과과장 윤 대위와 선우 병장, 정 병장이 들어왔다. 소지품 검사가 실시되기 전, 전 기간장병들은 연병장에 집합해 병원장 의 훈시와 함께 소지품 검사를 실시하게 된 배경과 목적 등 사전교육을 받았고, 또 각자 검사를 담당할 병실까지 배정받았다. 그때 선우 병장은 중환자 병실을 자원했던 것이었다.

—실장이 누구냐?!

외과과장 윤 대위가 굳은 표정으로 좌우를 둘러보면서 소리쳤다.

—접니다.

침대에 누운 채로 이 병장이 퉁명스럽게 말했다.

—답변하는 자세가 왜 그 따위야?!

이 병장을 노려보며 윤 대위의 얼굴이 일그러졌다. 선우 병장이 윤 대 위의 얼굴을 조심스레 비켜 보는 것이었다. 그것은 피해 당사자였던 윤 대위가 소지품 검사 과정에서 자칫 이성을 잃고 개인적인 감정을 앞세 우게 된다면 또 다른 사고가 발생할지도 모른다는 우려 때문이었다. 목 발을 잡고 침대 가장자리에 걸터앉아 있던 태 병장이 목발로 이 병장의 다리를 쿡쿡, 찔렀다.

—지금부터 소지품 검사를 실시한다. 소지품 검사 목적은 보다 밝고 쾌적한 투병생활 환경을 조성하기 위해서다. 여러분들의 소지품들 중 함께 투병생활하고 있는 전우들에게 혐오감이나 불쾌감을 줄 수 있는 탄피, 수류탄, 특히 알코올 병 같은 것들은 각자 자진해서 신고, 제출해

주기 바란다. 알겠나?!

윤 대위의 자세는 위압적이었고 시선은 이 병장을 향해 날카롭게 꽂혀 있었다. 그 어떤 감정을 억누르고 있는 듯 목소리는 떨렸고 말을 끝낸 윤 대위가 아랫입술을 지긋이 깨물고 있었다.

—성한 놈, 몇 놈 없이 죄다 병신들뿐인데 어디 제대로 알아듣기나 하겠습니까?

—뭐라고?!

윤 대위의 얼굴이 붉게 달아올랐다.

—그렇지 않습니까. 이 병실엔 수족을 제대로 움직일 수 없는 병신들뿐인데 어떻게 자기 소지품을 제대로 간수할 수 있겠습니까. 참 답답하십니다. 그렇지 않습니까? 검사하시려거든 성한 놈들이. 아, 이거 죄송합니다. 전, 다만 성한 사람들이 알아서 뒤지는 수밖에 없지 않느냐 하는 뜻입니다.

—뭐야?!

노려보고 있던 윤 대위가 이 병장의 침대로 뛰어갔다. 선우 병장도 뛰어갔다. 천장을 향해 누운 채 잡지나 신문을 뒤적이고 있던 두어 명의 환자들이 있었지만 전혀 관심이 없다는 듯 미동도 하지 않고 있었다. 무엇을 어떻게 하든 전혀 관심이 없으니 당신들이 알아서 처리하라는 투의 무표정한 얼굴들이었다.

이 병장의 침대 앞에서 윤 대위가 폭발 직전의 감정을 억누르고 있었다. 어스러져라 불끈 쥐고 있는 윤 대위의 두 주먹이 파리하게 떨리고 있었다. 천장을 향해 꼿꼿하게 눈을 뜨고 있던 이 병장이 눈을 감아 버리는 것이었다.

그 어떤 결과를 기대하는 이 병장의 계획적이고 의도된 도발적인 행동이었다. 이런 이 병장의 의도를 간파하고 있는 선우 병장은 불안하기 짝이 없었다. 우려했던 일이 금방이라도 터질 것만 같았다.

　—야! 정 병장! 난, 이쪽부터 시작할 거니까 넌, 저쪽부터 검사해 오라고, 윤 대위님! 그렇게 하시죠!

　선우 병장이 윤 대위의 동의를 구하면서 급히 말했다. 더 지체했다가는 또 무슨 일이 터질지 모르겠다는 염려로 선우 병장이 정 병장을 재촉하며 서둘렀다. 이 병장을 노려보고 있던 윤 대위가 병실 중앙으로 가서 버티고 섰다.

　소지품 검사는 엄격하고 철저하게 실시되었다. 침대시트는 말할 것도 없고 매트리스, 심지어 벗어놓은 환자복 상의 주머니까지 뒤졌다. 벌써 여러 개의 알코올 병과 탄피, 뇌관이 제거된 수류탄 등이 병실바닥에 내려져 있었다. 고개를 떨구고 발끝으로 목발을 툭툭 치고 있던 태 병장이 다가온 선우 병장에게 이제 내 차례요? 하고 묻고는 빳빳하게 각이 진 해병 모자를 목발을 들어 걷어 젖혔다. 두 개의 알코올 병이 나타났다. 선우 병장이 병을 집어들자 병 속의 살덩이들이 희뿌연한 거품과 함께 곤두박질을 치며 솟구쳐 올랐다가 둥둥 떠다니고 있었다.

　—꾸물대지 말고 빨리 수거해! 다음!

　윤 대위가 선우 병장에게 재촉하며 소리쳤다.

　—난, 이제 없소. 작전에 죄다 투입된 거 알면서 왜 이러는 거요?

　—거기 이 병장 침대 밑에 있는 가방도 뒤져!

　언제 들어와 있었던지 윤 대위의 뒤에는 최 소위가 서 있었다. 선우 병장이 태 병장의 알코올 병을 내려놓고 이 병장의 침대 밑에서 자물쇠가 달린 가방을 끄집어내 침대에 올려놓자 이 병장이 말했다.

　—열어 보나 마나요! 그런 것 이젠 없다고 하지 않았소!

―무슨 말이 그렇게 많나! 꾸물대지 말고 어서 실시해!

윤 대위가 소리쳤다.

―이 병장! 키 어디 있소?

이 병장이 말없이 목을 젖혔다. 가방 열쇠가 걸려 있는 군번줄을 벗기면서 선우 병장의 얼굴이 이 병장의 얼굴과 닿을 듯이 마주쳤다.

―알아서 처리해 주시오. 플레이보이 제일 뒷장 안쪽에 붙어 있는 사진과 내 거시기를 작살낸 물건이 하나 있소.

이 병장이 이글거리는 눈빛으로 선우 병장을 쏘아보며 겨우 들릴 듯 말 듯 그러나 지긋이 말했다. 선우 병장이 윤 대위를 등지고 가방을 열었다. 가방 속에는 소형 녹음기, 카메라 외에 잡다한 일용품들이 여럿 있었고 또 비닐 봉투가 하나 있었는데 권총과 실탄 한 발이 들어 있었다. 선우 병장이 짐짓 놀라며 멈칫, 했다가 가방 뚜껑을 이 병장을 향해 틀면서 재빨리 비닐 봉투를 열고 실탄을 끄집어내 손바닥 안으로 숨겨 잡고는 이 병장이 말한 플레이보이 잡지의 제일 뒷장을 펼쳐보았다. 흑인 여자의 노골적인 나체사진이 있는 페이지에 테이프로 붙여져 있는 한 장의 사진이 있었다. 완전 무장을 한 이 병장이 사진으로 봐서는 생사가 불분명한 상태로 쓰러져 있는 베트콩의 귀를 잡고 다른 한 손에는 대검을 들고 있는 모습의 사진이었다. 찌릿, 하는 전율을 느끼며 선우 병장이 황급히 뚜껑을 닫았다.

―뭘 그렇게 꾸물대고 있나?!

윤 대위가 소리치자 이 병장이 상기된 표정으로 찡긋, 하는 것이었다.

―저게 뭐예요? 윤 대위님.

윤 대위의 옆에 서 있던 최 소위가 정 병장 앞으로 다가서며 말했다.

―이거 말입니까?

정 병장이 알코올 병을 들어 보였다.

─어머!

놀란 최 소위가 두 손으로 얼굴을 감싸며 돌아섰다. 이때 병실 문이
활짝 열리며 병원장과 진료부장, 외과부장, 내과부장, 간호부장, 간호장
교 정 중위가 함께 들어왔다.

─단결!

윤 대위가 침대 사이로 물러나며 부동자세로 경례를 했다.

─어디입니까?

─저쪽입니다!

─어디 가 봅시다.

일행은 윤 대위 앞을 빠르게 지나쳐 갔다.

─상태는 어느 정도입니까?

─안면, 하반신, 모두 최악입니다. 정 중위 차트 가져와요.

병원장의 바로 뒤를 따르던 진료부장이 돌아보며 말했다. 간호부장
이 최 소위를 지나치면서 고개를 끄떡, 하고 은근히 웃어 보였다. 병원
장이 그 침대의 환자를 여기저기 기웃거리며 살폈다. 시트에 덮여 있는
하반신의 상태는 제대로 확인되지 않고 있었으나 얼굴과 상체 가슴부
위까지 겹겹이 감겨 있는 붕대 곳곳으로는 둥글게 펑퍼져 있는 크고 작
은 혈흔들이 선명하게 나타나 있었다.

─어디, 차트 좀 봅시다! 진료부장! 이거 안 되겠는데, 빨리 조치를 취
해야겠어.

잠시 차트를 살펴보던 병원장이 고개를 끄덕끄덕, 하면서 심각하게
말했다.

─오면서 잠시 이야기했지만 국방부, 사이공 사령부에서 계속 전화가

오는데, 진료부장! 일단 본국 후송 쪽으로 가닥을 잡도록 합시다. 그러
나 이런 상태라면 귀국자 선편으로는 불가능할 것 같은데.

　─네! 알겠습니다. 그런데 이런 친구가 왜 여기까지 왔는지 모르겠습
니다.

　─글쎄 말입니다.

　─그럼. 그동안 가족들은 파월 사실을 전혀 몰랐다는 겁니까?

　─그런가 봅니다. 여자 문제로 복잡한 사연이 좀 있었던 모양인데, 불
과 며칠 전에야 파월 사실을 알고 확인하는 과정에서 공교롭게도 전상
을 입고 후송된 사실을 알게 된 모양입니다. 그러니 부모로서 기가 막힐
노릇이지요. 본인 신상명세서를 확인해 보니 부모님의 직업, 학력 등 전
부 허위 기재했다는 겁니다.

　─아버지가 4선 의원이시고 국방분과위원장이신 한영준 의원이시
죠?

　─맞습니다.

내과부장의 물음에 병원장이 다시 차트를 훑어보며 말했다. 간호부
장의 뒤에서 정 중위와 함께 서 있던 최 소위가 갑자기 안색이 창백해지
며 하체를 휘청하더니 정 중위의 어깨에 스르르 머리를 기대며 자칫 앞
으로 쓰러질 듯하는 것이었다.

　─최 소위! 왜 그래? 어?

놀란 정 중위가 최 소위의 어깨를 가까스로 다잡아 세웠다.

　─왜. 무슨 일이야?

간호부장이 급히 돌아서며 말했다.

　─아닙니다. 잠시 현기증이 났나 봅니다. 이제 괜찮습니다.

최 소위가 겨우 중심을 잡으면서 말했다. 병원장을 비롯한 사람들의

시선이 일제히 최 소위에게로 쏠렸다.

　─최 소위가 전입한 지 얼마 되지 않다 보니 아직 잘 적응하지 못해서 힘이 드신 모양입니다. 안색이 아주 창백해 보이는데, 무리하지 말고 쉬도록 하세요. 간호부장! 최 소위, 쉬도록 조치하세요.

　간호부장이 다가가 최 소위의 어깨를 감싸안고 쓰다듬듯이 등을 두드리면서 정말 괜찮냐고 묻고는 어서 숙소로 가서 쉬라고 하면서 병원장 일행과 함께 병실을 나갔다. 우두커니 병실 바닥을 응시하고 있던 최 소위가 방금 병원장 일행이 다녀간 침대를 향해 가까스로 고개를 들었다. 힘에 겨워하는 모습이 역력했다. 최 소위의 이마에는 이슬 같은 땀방울들이 촘촘히 서려 있었다

　─최 소위, 어서 가! 부장님 또 확인 전화하실 거라고.

　─죄송합니다. 정 중위님!

　담담하게 말하고 최 소위가 도망자처럼 허겁지겁 병실을 뛰쳐나갔다. 병원장 일행이 병실을 나가자 마자 윤 대위는 중단됐던 소지품 검사를 계속한 후 최종 확인했다.

　소지품 검사 결과 알코올 병 다섯 개와 뇌관이 제거된 수류탄, 대검 등 다수의 소위 전리품들과 침대 머리맡 벽에 붙여놓았거나, 소지하고 있던 노골적인 나체사진들도 투병생활 환경에 적절치 못하다면서 모조리 수거해 갔다. 그러나 무엇보다도 다행스러운 것은 선우 병장이 우려했던 그런 불상사는 발생하지 않았던 것이었다.

　숙소로 돌아온 최 소위는 들어오자 마자 그대로 침대에 쓰러져 잠이 들었다. 얼마를 잤던지 최 소위가 일어났을 때는 밤이었다.

　침대 옆 탁자에는 아직도 온기가 남아 있는 식판이 놓여 있었다. 정글

화도 벗겨져 있었고 두터운 검정색의 면양말도 벗겨져 정글화 위로 걸쳐 있었으며 전투복 상의는 단추가 두 개나 풀어진 채 가슴이 보일 듯이 헤쳐져 있었다. 최 소위가 잠든 사이 누군가가 다녀간 것이 분명했다.

뭔가 개운치 않는 좀 찜찜한 생각을 하면서 최 소위는 가슴을 여미고 누운 채 거의 한 시간 가량을 멍하니 천장을 뚫어져라 바라보고 있었다. 머리도 무거웠다. 무슨 꿈을 꾼 것도 아닌데 분명히 꾼 것 같은 또 지금도 꿈을 꾸고 있는 것 같은 그런 비몽사몽간의 몽롱한 의식 속에서 태호! 태호! 하면서 최 소위는 수없이 내심으로 외치듯이 부르짖고 있었다. 얼마 만에, 실로 얼마 만에 떠올리고 있는 이름인가. 또 불러보는 이름인가? 하면서 최 소위는 순간적으로 엄습해 온 혼미한 의식 속에서 헤어나지 못하고 있었다.

최 소위는 거실로 나왔다. 거실 창 쪽에 있는 피아노 앞으로 갔다. 선 채로 손을 뻗어 몇 개의 건반을 무심히 두드렸다. 손끝으로부터 순식간에 전신으로 펑퍼지는 청아한 진동은 설희의 가슴에 웅크리고 있던 상흔의 뭇 상념들을 예민하게 자극시키고 있었다.

의자를 바싹 끌어당겨 앉으며 최 소위가 피아노를 치기 시작했다. 〈부베의 연인〉이라는 영화 주제곡이었다.

―대단한데?

어느새 간호부장이 최 소위의 등뒤로 바싹 다가와 있었다. 깜짝 놀라며 최 소위가 벌떡 일어서려는데, 간호부장이 최 소위의 어깨를 잡고 지긋이 눌렀다.

―어때. 푹 자고 나니 좀 괜찮아?

―네! 부장님! 아까는 죄송했습니다.

―괜찮아.

최 소위의 피부와 닿아 있는 간호부장의 손끝이 멈칫멈칫, 하며 반원을 그리듯이 움직이고 있었다. 스멀스멀한 이물감 같은 것을 느끼며 최 소위가 약간 움칠, 했다. 문득 최 소위는 잠든 사이 혹 간호부장이 다녀 갔던 것이 아닌가? 하는 의구심이 나는 것이었다. 그것은 전입 첫날부터 자신을 바라보는 간호부장의 예사롭지 않은 시선이 부담스럽고 곤혹스러워 최 소위가 문득 문득, 시선을 피한 것이 한두 번이 아니었던 기억이 불현듯 떠올랐기 때문이었다.

어쩌면 이렇게도 곱고 탄력이 있지? 눈이 부셔! 하는 듯이 최 소위의 어깨를 지긋이 내려보고 있는 간호부장의 눈이 거의 감겨 있었다. 바로 이때였다.

―아이, 찝찝해!

하면서 윤 중위가 허둥대며 현관으로 막 뛰어 들어왔다. 깜짝 놀라며 간호부장이 최 소위의 어깨에서 황급히 손을 떼고 윤 중위를 노려보며 신경질적으로 말했다.

―아, 올라올 것 없어요. 아까는 병실 비우고 어딜 갔었습니까?

―저어.

―전입신고 끝난 지 얼마나 지났다고 벌써부터 이래요? 윤 중위는 지금 근무중 아닙니까?

―저어. 생리중이어서. 잠깐.

―네? 참 답답하긴. 그렇게 준비성도 없습니까? 즉시 병실로 복귀하세요!

간호부장이 다그치자 윤 중위가 엉겁결에 경례를 하고 황급히 뛰어나갔다. 작은 키에 깡마른 체구하며 야윈 얼굴과 파리하게 보이는 작고 얇은 입술에서 풍기는 간호부장의 분위기가 오늘따라 더 싸늘하고 날카롭게 보였다.

—아이 따분해. 어이, 이 대위! 이 대위!

입이 찢어져라 하품을 하면서 방에서 나온 감독장교 성 대위가 간호부장과 최 소위를 미처 발견하지 못했던지 바로 옆방 문을 탕탕, 두드리고 있었다.

—성 대위! 복장이 그게 다 뭡니까? 가운이라도 하나 걸치면 안 됩니까?

—아이, 깜짝이야.

간호부장의 이 날카로운 소리에 성 대위가 깜짝 놀라며 돌아섰다. 성 대위가 속살이 훤히 비치고 있는 원피스형의 아주 짧은 잠옷 차림이었는데 바로 뒤 천장에 거치된 조명등의 불빛으로 성 대위의 밋밋하고 투박한 곡선의 하체와 0형의 짧은 다리가 적나라하게 노출되어 있었다.

—여긴 우리만 있는 게 아니에요! 숙소 근무 당번병도 있지 않습니까? 그렇지 않아도 이러쿵저러쿵 말들이 많은데 그런 모습 보였다가 또 무슨 음탕한 소릴 들으려고 그럽니까? 아예 작정을 했습니까? 적어도 감독장교라면 이래서 되겠습니까?

—죄송합니다 부장님!

성 대위가 좀 볼멘소리로 말하고 자기 방으로 들어가는 것이었다.

—몸가짐에도 신경들을 좀 써야지, 어떻게나 말들이 많은지. 이제 지겹다니까. 성 대위! 성 대위!

간호부장이 짜증스러운 표정을 지으며 성 대위의 방을 향해 큰소리로 불렀다.

잠시 후, 성 대위가 나왔다. 옷을 갈아입었는데 전투복이었다. 간호부장이 다가오는 성 대위를 아래위로 훑어보면서 못마땅한 표정으로 얼굴을 찡그렸다.

—내가 잔소리 좀 했다고 꼭 그런 복장을 하고 나와야 합니까? 그래야 속이 시원합니까? 성 대위 요즘 왜 그래요? 이제 귀국 말년이라고 그럽니까?

잔뜩 얼굴을 찌푸린 채 아랫입술을 질근질근 깨물면서 성 대위를 노려보는 간호부장의 시선은 매섭게 보였고 바싹 모으고 있는 양미간의 잔주름들은 굳어 있었다.

—내일 아침 조회시간에 이야기하려던 참이었는데 생각난 김에 이 자리에서 이야기하겠습니다. 괜찮아, 최 소위도 같이 듣도록 해!

간호부장과 성 대위를 번갈아 쳐다보면서 조심스러워 머뭇거리고 있는 최 소위를 향해 간호부장이 그대로 있으라고 손짓을 했다.

—쓰레기 소각 문젠데. 앞으로는 숙소 근무 당번병에게 쓰레기 소각을 시키지 않도록 하세요. 팬티, 브레지어, 특히 생리대 같은 것, 함부로 버리지 말고 종이에 싸서 노출이 되지 않게 철저히 해서 처리하도록 하세요.

—갑자기 왜 그 문제가…….

—내가 오늘 오후에 쓰레기 소각장 근처를 우연히 지나다가 어찌나 소란스럽던지 쓰레기 소각하는 것을 지켜봤는데 어쨌는지 압니까? 나 이거 창피하고 기가 막혀서. 팬티, 브레지어, 생리대 따위들을 나뭇가지로 걷어올리면서 환자들과 위생병들이 킥킥거리고 있었어요. 그 친구들 그러면서 뭐라고들 했겠는지 한 번 상상을 해 봐요. 그뿐이 아닙니다. 조금 전 내가 병실 순시를 하면서 내과 병실 앞에서 엿들은 이야긴데. 이거 창피하고 기가 막혀서. 뭐라는 줄 알아요? 우리 숙소 쓰레기 소각장에서 나는 냄새는 악취가 아니라 아주 농염한 여자의 체취라고 했

습니다. 그뿐이 아닙니다. 무슨 색의 팬티나 브래지어는 사이즈로 봐서 누구누구의 것일 거라고 하면서 내기까지 하자면서 온통 난리들이었습니다. 얼마나 음탕한 상상들이에요. 생각하면 끔찍하지 않습니까? 내일 아침부터 당장 어떻게 할 거예요?

—뭘, 말씀이십니까?

—답답하긴. 감독장교는 지금 내 말이 무슨 뜻인지 정말 몰라서 그렇게 묻고 있는 겁니까? 앞으로 그 친구들의 그 음탕한 시선들을 어떻게 감당할 거냐 이겁니다.

—환자들 원래 골치 아픈 친구들 아닙니까?

성 대위가 발끝으로 거실바닥을 좌우로 문지르며 불만스럽게 쯧쯧, 하고 입맛을 다셨다.

—두 사람씩 1개 조로 편성해서 사흘에 한 번씩 우리가 직접 소각했으면 하는데 감독장교 생각은 어때요? 그러면 한 달에 한 번 꼴로 돌아오는데 별로 힘들지 않을 겁니다. 더 좋은 아이디어 있으면 내일 나하고 다시 구체적으로 이야기합시다.

—네! 연구해 보겠습니다.

하면서 성 대위가 막 돌아서려는데 간호부장이 다시 성 대위를 불러 세웠다.

—여긴 한국에서 근무할 때와는 다릅니다. 한 울타리 안에서 밤과 낮을 남자들과 함께 생활하고 있단 말입니다. 장교, 사병, 환자, 구분할 것도 없이 그들은 모두 남자고 우린 여잡니다. 모두들 이 모양이니 힘들어서 어디 간호부장 해 먹겠습니까?

이렇게 쏘아붙이고 간호부장이 쾅, 하고 소리나게 문을 닫고 들어가는 것이었다.

─어유, 저 북풍설한. 히스테리.

어깨를 으쓱해 보이며 성 대위가 당신 잔소리하고 싶으면 얼마든지 해라! 하는 투로 말하는 것이었다.

─최 소위! 골치 아프지? 월중행사라니까. 조용히 그냥 넘어가는 달이 한 달도 없다니까. 어디 자기만 여잔가? 생리는 자기 혼자만 하느냐고. 자기처럼 그렇게 골치 아프게 생리하는 게 어디 큰 벼슬이나 한 줄 아나 보지? 이 달에는 조용하기에 웬일인가 했더니 아니나 다를까. 이제 완전히 노이로제라고. 지긋지긋 하다니까.

성 대위가 어찌나 빨리 말하는지 최 소위가 미처 다 알아듣지 못하고 그냥 멋쩍게 웃는 것이었다.

─몰라? 아 참 그렇지. 이제 겨우 한 달쯤 지났으니 알 턱이 없지. 그거 시작해서 끝날 때까지 한 1주일은 비상이라니까. 괜한 거 가지고 트집 잡으려 들고 신경질 팍팍 내지. 이 구석 저 구석 헤집고 다니며 꼬투리 잡아서 작정을 하고 짜증을 부리니 스트레스받아서 견딜 수 없다니까. 남들처럼 한 사나흘만 하고 끝내면 얼마나 좋아. 유별나게 1주일씩이나 하면서 말이야. 이제 미치겠다니까. 별 볼일 없는 감독장교 어디 자기만 간호부장 해 먹기 힘드나? 나도 마찬가지지. 나야말로 귀국 말년에 된 시집 사네. 그렇지 않아도 잠도 안 오고 따분해서 미칠 지경인데 말이야.

바지 속으로 팽팽하게 집어넣고 있던 전투복 상의를 아무렇게나 이쪽 저쪽 신경질적으로 잡아당겨 내면서 성 대위가 투덜대며 방으로 들어갔다.

최 소위도 방으로 들어갔다. 잠을 청하며 누워 있는 지도 아마 거의 한 시간은 충분히 지났을 것 같은데 태호의 참담한 모습이 눈에 밟혀 도저히 잠을 이룰 수가 없었다.

다시 숙소를 나와 병실 복도를 하염없이 서성이고 있던 최 소위가 중환자 병실이 정면으로 바라보이는 벤치로 가서 앉았다.

중환자 병실의 창을 넘어온 불빛들이 멀리 뻗어나지 못하고 바로 창밑으로 떨어져 있었다. 그 불빛을 바라보면서 최 소위는 저 병실에서 전장의 잔해처럼 나둥그러져 있는 태호의 육신도 거쳐서 넘어왔을 저 불빛들 속에는 어쩌면 태호의 체온이 또 태호의 영혼이 묻어 있을지도 모른다, 하고 생각하고 있었다.

폐허의 육신, 지친 영혼을 스쳐왔기에 저 불빛은 더 뻗어나지 못하고 겨우 힘겹게 창을 넘어와서는 지쳐서 추락해 버린 듯 그렇게 떨어져 있는지 모른다, 하고 최 소위는 안타까워하고 있는 것이었다.

술을 거의 못하는 최 소위가 P.X에서 사들고 온 캔 맥주를 단숨에 들이킨 탓인지 얼굴이 화끈거리며 가슴도 두근거렸다. 술기운으로 시선도 상념도 더 몽롱해지는 듯했다. 태호의 암울한 모습이 회색의 운무 속에서 어른거리며 태호의 숨소리가 가까스로 들리는 듯도 했다. 그러나 그 어떤 두려움으로 더 이상은 태호에게 다가가지 못하고 최 소위는 숙소로 돌아왔다.

소등이 된 거실에는 달빛이 흐드러지게 펑퍼져 있었다. 시름없이 그 달빛에 마음을 빼앗기며 창틀에 기대 있던 최 소위가 문득, 며칠째 찾아가지 않는다고 수발계 정 병장이 전해 주었다면서 아까 숙소 당번병인 성 병장이 전해 준 어머니의 편지 생각이 났다. 바지주머니를 뒤져 편지를 찾아내 달빛에 펼쳤다.

어머니가 갑자기 네가 보고 싶어서 면회를 갔더니 월남에 갔다고 해서 얼마나 놀랐는지 몰랐다고 했다. 엄마한테 무슨 서운한 일이 있어서 그랬냐고 나무라기도 했다. 파월 사실을 왜 숨겼으며 그 위험한 곳을 왜 갔느냐고 안타까워했다. 그런데 어김없이 아버지가 등장하는 여느 때의 어머니 편지와는 달리 아버지의 이야기는 단 한 마디도 없었다. 뭔가 좀 개운치 않은 상념이 스쳐가는 것이었다.

특히 설희 너를 처음 만났을 때, 하는 대목을 읽고 난 후에는 둔기로 머리를 강타당하기라도 한 듯 최 소위는 한동안 눈을 감고 멍하게 있었다. 어머니의 회한과 그 어떤 고통의 여운이 있는 편지였다. 그리고 최 소위는 시공의 벽을 넘어 성큼성큼 다가오는 자신의 과거와 마주하고 있었다. 아련했지만 그래도 선명하게 나타나는 과거였다.

최 소위가 여섯 살 때였다. 그때 최 소위의 이름은 박명자였고 어느 고아원에 있을 때였다. 함박눈이 첫눈으로 펑펑 내리고 있는 날이었다. 고아원의 좁은 마당에서는 눈사람을 만드는 아이들과 눈싸움을 하는 아이들로 야단들이었다.

그때 명자는 사무실 앞으로 좁게 쳐져 있는 퇴색한 녹색의 플라스틱 차양대 아래서 눈을 피해 쪼그려 앉아 있었다. 손을 뻗어 쌓인 눈 위에 뭔가를 그리고, 눈이 쌓여 그린 그림이 지워지면 다시 그리고 하면서 혼자 있었다.

사무실 안에서는 인품이 있어 보이는 중년부부가 이런 명자를 물끄러미 바라보면서 아주 흡족한 표정으로 원장과 이야기를 나누고 있었다. 그리고 얼마 후 명자는 이 부부의 손에 이끌려 갔다. 이 부부는 눈이 오는 날 명자를 만났다고 해서 이름을 설희라고 지어주었다.

어머니와의 첫 만남, 지금껏 최 소위는 어머니와의 이 첫 만남을 숙명적인 만남이라고 이해하고 있었다. 그것은 최 소위에게 있어서 너무도 아름다운 추억이었다. 때문지 않게 다치지 않게 또 흐트러짐 없이 소중히 간직하고 싶은, 영원히 간직해야 할 과거이자 추억이었다. 추억의 정점이었다.

최 소위는 그 추억의 정점에 안주하고 싶었다. 자신의 과거를 그곳에서 멈추게 하고 싶었다. 그것은 그 추억의 정점을 넘어서면 태호와의 그 아픈 추억 속으로 무참히 추락해 버리고 말 것 같은 불안과 두려움 때문이었다.

소위 자신의 숙명에 대한 이해를 또 고통스럽게 해야 한다는 두려움을 떨쳐낼 수가 없었던 것이었다. 그러나 이미 태호는 너무도 가까이 다가와 있었다. 최 소위는 문득 문득, 섬광처럼 자신을 비추며 나타났다가 모습을 감추는 상처뿐인 태호의 모습을 애써 외면하고 있는 것이었다.

태호와 어머니의 편지로부터 받은 충격의 여파로 최 소위의 심신은 말이 아니게 지쳐 있었다. 금방 허물어지고 말 것 같은 심신을 수습하고 최 소위는 또 숙소를 나왔다. 마치 몽유병 환자처럼 얼마를 또 중환자 병실 주변을 지치도록 서성이다가 최 소위는 내과 1병실로 갔다. 최 소위가 병실로 들어서고 있을 때, 병실 중간쯤의 침대 주변으로는 10여 명의 환자들이 벌떼처럼 몰려 있었다.

—야, 좀 더 보자.

—좀 천천히 넘기라니까.

—인마! 좀 비켜 봐. 같이 좀 보자니까.

하면서 야단들이었다. 앞사람의 어깨를 짚고 훌쩍훌쩍 뛰고 있는 환자들도 있었다. 최 소위가 무심히 이들을 지나쳐 갔다.

—윤 중위님? 저예요.

가슴까지 올라 와 있는 사무실의 칸막이를 양손으로 잡고 최 소위가 말했다. 윤 중위가 졸고 있다가 깜짝 놀라며 눈을 떴다.

―어. 최 소위? 이 시간에 웬일이야? 거기! 거기! 좀 조용히 하지 못 해요?!

입이 찢어져라 하품을 하던 윤 중위가 왁자지껄한 소리에 벌떡 일어나더니 무리 지어 있는 환자들을 향해 소리쳤다. 그래도 환자들은 막무가내였다. 도저히 못 참겠다는 듯 윤 중위가 씩씩거리며 뛰어갔다.

―해산 안 할 거야? 어? 내말 안 들려요?

환자들이 들은 척도 않고 떠들고 있었다.

―동작 그만! 동작 그만!

잔뜩 화가 난 윤 중위가 허리에 양손을 받치고 악을 쓰며 소리쳤다. 그때서야 뭐라 투덜투덜하며 환자들이 흩어지기 시작하는 것이었다.

―박 병장! 그거, 이리 가져와요.

―좀 봐 주십시오. 이런 맛도 없으면 따분해서 어떻게 투병생활을 합니까.

―안 내놓을 거예요?

―그럼 보시고 돌려주실 거죠?

주변의 환자들이 킬킬대며 웃었다.

―조용히 못해요?

윤 중위가 좌우를 돌아보며 또 소리쳤다. 그렇게 윤 중위의 시선이 잠시 다른 곳으로 향하는 사이 박 병장이 기다렸다는 듯이 잽싸게 책장을 여러 장 쓱쓱, 넘기더니 활짝 펼쳤다.

―죄송합니다. 앞으로 주의하겠습니다.

박 병장이 윤 중위 앞으로 보라는 듯이 쓰윽, 잡지를 내미는 것이었다. 나신의 남녀가 아슬아슬하게 치부까지 보이는 자세로 엉켜 있는 그림이 펼쳐져 있었다. 얼굴을 잔뜩 찌푸리면서 윤 중위가 잡지를 빼앗아 찢어져라 꽉 움켜쥐는 것이었다.

박 병장이 어깨를 으쓱, 하고 치켜올리며 움칠, 하는 시늉을 해 보이더니 아주 태연하게 윤 중위를 힐끔 쳐다보고는 느릿느릿 침대에서 내려서는 것이었다.

—박 병장! 박 병장이 이 병실 실장 아니에요? 솔선수범해서 보다 나은 투병생활 환경을 조성해야 할 책임이 있는 실장이라는 사람이 스스로 이렇게 병실 분위기를 망가뜨려서 어떻게 하겠다는 겁니까?

—윤 중위님, 그렇게 일방적으로만 말씀하지 마십시오. 말씀대로 제가 직책이 실장이다 보니 때로는 오히려 이런 분위기도 잡아줄 필요가 있을 때도 있습니다. 그래서 몸도 마음도 욕구도 맥없이 축 늘어져 있는 우리 병실 사내들 벌떡벌떡 힘도 좀 솟게 해 주고 고독한 심신들 좀 달래주려고 그랬습니다. 어디까지나 스트레스 해소 차원입니다. 군의관님들은 안 그러시는데 간호장교님들은 너무 예민하게 반응하시는 것 같습니다. 또 투병생활, 투병생활 하시는데 오히려 이런 분위기가 투병생활하는데 활력소가 될 수도 있습니다. 여자들이, 이거 죄송합니다. 윤 중위님이 생각하시는 것처럼 남자들 그렇지 않습니다.

—뭐요?

윤 중위가 악을 쓰며 또 소리쳤다.

—죄송합니다.

박 병장이 느슨하게 내려온 환자복 하의 허리춤을 좌우로 한 번씩 당겨 올리고는 아주 태연하게 어슬렁어슬렁 걸어나가는 것이었다. 얄밉도록 느릿느릿 걸어가는 박 병장의 뒷모습을 노려보고 있던 윤 중위가 분을 삭이지 못해 씩씩거리며 최 소위에게로 뛰듯이 돌아왔다.

　―참으세요. 윤 중위님.

　―참는 것도 한두 번이지. 불쾌해서 견딜 수 없다니까. 이거 좀 보라고. 보던 책 내놓으라니까 꼭 이런 델 펴서는 당신도 한 번 보시오, 하고 내미는 거야. 이러니 어디 참을 수가 있겠어? 자존심 상하고 불쾌해서 미치겠다니까.

　들고 있던 잡지를 병실 바닥에 획, 내동댕이치고 윤 중위가 푸, 하고 앞머리가 휘날리며 숫구쳐 오르도록 거친 바람을 불어내면서 씩씩거리는 것이었다. 박 병장과 어울려 있던 환자들도 멋쩍게 윤 중위를 힐끔힐끔 비켜보며 박 병장을 따라 어슬렁어슬렁 병실을 빠져나가는 것이었다.

　―윤 중위님, 그만 진정하시고 들어가세요.

　최 소위가 윤 중위의 손을 잡고 사무실로 들어갔다. 윤 중위가 냉장고에서 캔맥주를 끄집어내 단숨에 벌컥벌컥 들이키고는 다리를 포개면서 말했다.

　―내일부터 근무라지? 벌써 소문이 다 났다고.

　―네? 소문이라니요? 무슨 말이에요?

　최 소위가 좀 놀라는 기색이었다.

　―모두 그래. 부장님이 최 소위를 너무 지나치게 편애하는 것 같다고…… 난, 아무렇지 않으니까 내 신경 쓸 건 없어. 최 소위도 좀 전에 봤잖아. 여긴 사지가 멀쩡한 친구들이 대부분이다 보니 항상 시끌시끌하고 골치가 아팠는데 난 오히려 더 잘 됐다고.

　―윤 중위님이 저 때문에…….

　―아냐. 전적으로 그렇지는 않아. 난, 오히려 더 잘 됐다니까. 정말이야.

　―죄송해요. 윤 중위님.

―아니라니까. 조금도 신경 쓰지마.

그러나 최 소위는 왠지 마음이 편치 않았다. 태호가 있는 중환자 병실
은 도저히 근무할 수가 없어 간호부장에게 중환자 병실과 멀리 떨어져
있는 내과 병실을 희망하며 상담을 했었는데 간호부장이 즉각 최 소위
를 윤 중위가 근무하는 내과 1병실로 보직 명령을 냈던 것이었다.

―마음에 둘 것 없어. 그 이야긴 이제 끝이야, 알았지? 좀 전에는 나도
그 악명 높은 우리 부장님을 닮았는지 몸엔 뭐도 비치지 나른하고 짜증
은 나지 해서 환자들한테 좀 심하다 싶을 정도로 신경질을 내고 난리를
쳤지만 한편으로 생각해 보면 전장에서의 사내들 한창 나이에 이 답답
한 병실에 갇혀 뭐로 스트레스를 풀겠어. 안 그래?

아까부터 사무실 안에 있는 윤 중위와 최 소위를 힐끔힐끔 살피며 슬
금슬금 옆걸음으로 가까이 다가오던 환자가 부스럭, 소리를 내며 바닥
에 떨어져 있던 잡지를 잽싸게 주워서 후닥닥 뛰쳐나갔다.

―누구야?!

윤 중위가 벌떡 일어나며 고함을 쳤다. 그러고는 병실 바닥을 살펴보
고 다시 말하는 것이었다.

―그래 자알 했다. 이 가련한 동포야, 오죽하면 그럴까. 가져가서
눈이 빠지도록 실컷 봐라. 보고보고 또 보고 1백 번을 고쳐보고 그래도
해결이 안 되거든 잡고 흔들던 쥐어짜던 당신들이 알아서 해결해라. 그
건 어차피 당신들 남정네들 몫이니 내 알 바도 아니고 간여할 바 또한
아니다. 최 소위 내 말 알아들어?

―네?

―아냐. 그럼 됐어. 그런 게 있다고.

윤 중위가 언제 그렇게 화를 냈느냐는 듯 씽긋 웃었다. 꾸역꾸역 병실

로 들어오고 있던 환자들이 이 광경을 목격하고 킥킥거리며 능글맞게 웃고 있었다.

―왜, 재밌어? 그게 그렇게도 재밌어? 좋아?

윤 중위의 말에 환자들이 머쓱한 표정들을 짓고는 각자의 침대로 흩어졌다.

저녁식사 시간이었다. 선우 병장이 사무실에서 전화당번을 하면서 이번 장교 귀국자들로부터 접수한 귀국자 휴대품 신고서를 정리하고 있었다.

이때 전화벨이 울렸다. 중환자 병실에 가서 한태호 일병의 진료기록 카드를 찾아 병원장실로 빨리 가져오라는 박 대위의 전화였다.

중환자 병실로 달려간 선우 병장이 한태호 일병의 진료기록 카드를 받아서 병실 문을 막 나서려는데 또 박 대위로부터 전화가 왔다. 이번에 는 한태호 일병과 최 소위의 인사기록 카드도 찾아오라는 것이었다.

―보아하니 저기 저 굉장한 집안의 귀하신 아드님 문제로 또 불호령 이 떨어진 모양이로구나. 그런데 최 소위?

이 병장이 선우 병장의 전화내용을 듣고 이렇게 중얼거리는 것이었 다. 박 대위가 요구한 서류를 찾아서 온 선우 병장이 병원장실 문앞에서 잠시 숨을 고르고 있었다. 출입문 좌우로 나 있는 창은 커튼으로 가려 있었지만 창문은 반쯤 열려 있었다.

―박 대위! 최 소위 말이에요. 간호부장의 요청으로 어제 내과 병실로 보직 명령 내지 않았습니까? 최 소위가 심성이 여려서 중환자 병실 분위 기에 적응을 못하고 있다면서 이 한태호 일병이 있는 중환자 병실과 멀 리 떨어져 있는 내과 병실을 요구했단 말이야. 왜 그랬을까?

병원장이 그렇게 자문자답을 하듯이 말하고 있었다.

—그건 그렇고. 조금 전에 사이공 사령부에서 또 전화가 왔는데, 저쪽에서 먼저 확인할 사항이 있다면서 최 소위의 이런 저런 신상문제와 함께 인적사항을 성명은 눈 설, 계집 희, 라고까지 하면서 아주 상세히 불러주더란 말이야. 무엇 때문이냐고 물어도 무조건 상부지시라고 하면서 재촉한단 말이야. 그러면서 한 일병 후송문제는 자기들이 마련해놓은 대책이 있으니 곧 알려주겠다는 거야. 한 일병 후송문제에 느닷없이 왜 최 소위가? 여하튼, 저쪽에서 후송대책이 마련되었다니 솔직히 우리로선 다행이야. 한시름 놓게 되었어. 그 친구 우리가 하루라도 더 붙들고 있어 봐야 피곤하기만 하다고. 만약 무슨 일이라도 생기는 날에는 골치만 아프다고.

—그렇긴 합니다만…….

—저쪽 이야기 좀 더 들어봐야 하겠지만, 우리도 대비해야 할 것 같아서 진료부장하고 등록과장 오라고 했어. 그리고 최 소위 건은 절대 보안 유지시키라고.

—네! 알겠습니다.

방 안에서 잠시 대화가 멈추자 선우병장이 서류를 전달하고 나왔다. 문을 닫고 막 돌아서려는데 병원장의 소리가 또 들려 왔다.

—어때, 메모사항과 일치해?

—네!

—그래?

병원장이 좀 놀라는 기색이었다.

다음날 아침이었다. 식당으로 향해 있는 복도들이 환자들과 기간장병들로 북적대고 있었다. 선우 병장도 보였고 일단의 간호장교들과 어울려 가고 있는 최 소위도 보였다.

한편 그 시간, 중환자 병실 앞 차도에는 한 대의 앰뷸런스가 시동이 걸린 채 주차해 있었다. 중환자 병실 문이 열리고 침대가 급히 밀려 나왔다. 그 뒤로 병원장, 진료부장, 인사과장 박 대위가 따라나왔다. 앰뷸런스의 뒷문이 열리고 실려 나온 환자가 급히 옮겨졌다. 한태호 일병이었다.

―사단사령부에서 09시 출발이라니까 빨리 출발시키고, 박 대위는 사단사령부까지 동행하도록 하시오!

병원장이 시계를 보면서 재촉했다. 그렇게 한태호 일병은 떠났다. 어떻게 어떤 방법으로 후송이 되었는지는 극소수의 참모들 이외에는 아무도 몰랐다. 훤히 열려 있는 중환자 병실 앞에는 언제 어떻게 알았던지, 이 병장이 한태호 일병의 떠나는 모습을 지켜보며 서 있는 것이었다.

병실로 돌아온 이 병장이 텅 빈 한태호 일병의 침대를 지나치다 말고는 문득 멈췄다. 침대 머리맡 벽 쪽으로 벽과 침대 사이에 뭔가 끼어 있는 것이 보였다. 이 병장이 다가가 침대를 툭툭, 치자 바닥으로 뚝 떨어졌다. 작은 수첩이었다. 이 병장이 고개를 갸우뚱하며 수첩을 주워 들고 펼쳤다. 투명한 비닐 속에 사진이 들어 있었다. 한눈에 최 소위라는 것을 알 수 있었다.

연병장에는 귀국장병들의 휴대품이 들어 있는 나무상자들이 장교와 사병으로 구분되어 두 줄로 늘어서 있었고 귀국장병들이 휴대품 검사를 받기 위해 대기하고 있었다. 휴대품 신고서를 든 선우 병장과 최 병장이 다가오고 뒤따라 박 대위가 나타나자 장병들이 각자의 휴대품 상자 옆으로 뿔뿔이 흩어졌다.

　―박스가 전부 몇 개냐?

　―장교님들은 간호장교님 4명 포함 8명에 박스는 48갭니다.

　―사병은 귀국자 17명에 23갭니다.

박 대위의 물음에 장교계 선우 병장과 사병계 최 병장이 각각 대답했다.

　―뭐가 그렇게 많나? 지난번보다 귀국 인원은 적은데 박스는 훨씬 많잖아. 다음 귀국자부터 휴대품 검사가 까다로워진다니까 모두들 난리를 친 모양이구나.

박 대위 일행이 먼저 장교들의 나무상자들이 줄지어 있는 쪽으로 갔다. 무리 지어 있는 장교들 중에는 귀국자가 아니면서도 진료부장, 내과부장, 간호부장을 비롯해서 여러 명의 참모장교들이 눈에 띄었다.

　―빨리 실시하도록 해! 위문단 도착시간이 11시니까 시간 없어. 인원이 26명이라니까 식사 준비도 더 해야 할거야. 중식을 하고 병실 방문해서 환자들 위문한다니까 대비하자면 서둘러야 한다. 그리고 또 있다. 위문단 일정 끝나면 곧바로 병원장님실에서 중환자 병실 이 병장의 징계위원회가 있다. 징계위원님들께 사전 통보해서 회의 차질 없도록 해야 한다.

박 대위가 선우 병장에게 좀 짜증스럽게 말하고 진료부장과 간호부장이 있는 쪽으로 갔다. 박 대위가 다가오자 진료부장이 박 대위의 손을 잡아끌며 몇 걸음 뒤로 물러나더니 뭐라, 이야기하면서 장교들 쪽에 있는 박스를 손가락으로 가리켰다. 박 대위가 알았다는 듯 고개를 끄덕였다. 이번에는 간호부장이 다가와서 가까이 있는 박스를 가리키며 뭐라, 이야기하자 박 대위가 또 고개를 끄덕였다. 귀국자 인편으로 뭘 보내는

모양이었다. 벌써 검사가 끝난 박스의 뚜껑을 닫고 못질하는 망치 소리
가 나기 시작했다.

―환자들 또 피곤하게 생겼습니다.

―왜요?

간호부장이 박 대위를 향해 돌아서며 물었다.

―또 위문단이 방문을 하신 답니다.

―그래요? 이번에는 어디서 온답니까?

―전국 대학생 대표단이랍니다. '나트랑' 병원과 우리 병원 방문 계
획이 불가피한 사정이 있어 갑자기 조정되었다고 하니 할 수 없는 노릇
이지요. 선우 병장!

무슨 생각이 났는지 박 대위가 시계를 보며 선우 병장을 불렀다.

―선우 병장! 늦어서 도저히 안 되겠다. 미안하지만 서무계 윤 병장이
단 본부 출장이니 천상 선우 병장이 처리해 줘야겠다. 저쪽 사병들 검사
끝나면 이쪽도 최 병장한테 맡길 거니까, 선우 병장은 지금 즉시 사무실
로 가라. 이건 전통이고 뒤에 보면 내가 별도로 메모해 둔 게 있으니까
그대로 준비하면 돼! 안내방송부터 먼저 하고 특히 환자들 복장 단정히
하고 병실 청소와 소지품 정리정돈 잘 하라고 주지시켜라. 위문단 병실
안내는 선우 병장이 한다.

―네! 알겠습니다.

―그리고 이번 학생대표단 중에는 전년도 미스코리아가 있다고 사령
부에서 누차 강조하니 그 점도 참고하도록 해라.

―미스코리아 누군가?

간호부장이 관심을 보이며 말했다.

―주? 주? 주혜리? 아, 주혜리 맞습니다.

박 대위가 기억을 되살리며 말했다. 두어 걸음을 가던 선우 병장이 뚝 멈췄다.

―선우 병장! 왜 그렇게 꾸물대고 있어? 시간 없다니까. 빨리빨리 진행하라고.

선우 병장이 굳은 듯이 서 있었다. 바로 이때였다. 위병소를 통과한 지프가 연병장 연단 뒤 차도에 정차하며 한 병사가 급히 뛰어내렸다. 연단 계단을 단숨에 뛰어 내려온 병사가 선우 병장! 선우 병장! 하고 소리치면서 뛰어오는 것이었다. 서무계 윤 병장이었다.

―무슨 일이야?

―흐, 흐, 흐, 네! 과장님! 선우 병장의 장편소설이 당선되었다고 합니다.

박 대위 앞으로 뛰어온 윤 병장이 가쁘게 숨을 몰아쉬며 겨우 대답했다. 굳은 듯이 서 있던 선우 병장이 문득 박 대위 쪽으로 몸을 틀었다.

―야, 인마! 축하한다.

윤 병장이 선우 병장을 향해 손을 흔들며 크게 말했다.

―이봐! 윤 병장! 도대체 무슨 이야기야? 좀 차근차근히 말해 봐!

―단 본부 정훈장교님이 말씀해 주셨습니다. 곧 연락이 올 겁니다. 한얼신문사에서 선우 병장에게 당선통지도 하고 당선소감도 받아야 하는데 여의치 못하니까 육본 정훈감실로 연락이 왔다고 합니다.

―그래?! 선우 병장! 이리와!

박 대위가 선우 병장을 향해 손짓을 하자 주변에서 와, 하는 함성과 함께 박수가 터져나왔다. 선우 병장이 머뭇거리며 그냥 우두커니 서 있는 것이었다.

―축하한다. 선우 병장! 이리 오라니까 왜 그러고 있는 거야? 어서 와!

―현상공모 소설에 당선되기가 얼마나 힘드는데. 오죽하면 문학고시라고 했을까. 고시 패스한 거나 마찬가지라고.

―우리 병원에 이런 훌륭한 병사가 있다니. 박 대위! 병원장님께 즉시 보고 드려야겠는데. 선우 병장! 축하한다.

박 대위와 간호부장, 진료부장이 이렇게 각각 한 마디씩 축하의 말들을 했다. 그런데 선우 병장은 이런 축하의 말들에 그저 담담해할 뿐이었다.

설레는 가슴을 안고 원고지 앞에서 가슴앓이를 하며 얼마나 많은 밤을 뜬눈으로 보냈던가? 어느 누가 그랬다. 죽기 전에는 고칠 수 없는 불치의 병 중에 하나가 문학병이라고. 간호부장이 해 준 축하의 말처럼 그렇게도 어렵다는 문학고시에 패스를 했는데. 그 꿈을 마침내 이뤄냈는데. 그런데도 선우 병장은 도무지 실감이 나지 않는 것이었다. 그 축하의 말들은 다만 거친 파열음으로 선우 병장의 귓전에서 부서지고 있을 뿐이었다.

고막을 찢을 듯 폭음으로 들려 왔던 혜리의 출현을 예고한 박 대위의 말에 선우 병장의 의식은 이미 혼미해 있었고 이제 잠시 후면 위문단과 함께 나타날 혜리! 오직 그 혜리의 실상을 가늠해 보는데 선우 병장은 심신을 빼앗기고 있었다. 한편으로는 자신을 압박하며 짓누르고 있는 그 혜리의 무게를 감당할 수 없다는 두려움과 초조함에서 헤어나지 못하고 있는 것이었다.

―선우 병장! 이제 윤 병장이 왔으니까, 그거 빨리 윤 병장한테 인계하도록 해! 윤 병장은 꾸물대지 말고 즉시 사무실로 가서 내가 거기 메모해 놓은 대로 차질 없이 진행시켜라. 즉시 안내방송부터 하고. 알겠나?

―네!

박 대위의 말에 윤 병장이 선우 병장이 들고 있는 서류를 빼앗듯이 받아 쥐고는 선우 병장의 엉덩이를 무릎으로 툭 올려치며 말했다.

―야! 소설 제목이 뭐였지? 아까 듣긴 들었는데 내가 하도 흥분해서 기억이 잘 나지 않아서 그렇다. 초조한, 초조한, 그래 초조한 마중? 초조한 마중 맞아? 맞지?

말없이 정글화 뒤축으로 땅바닥을 툭툭, 치고 있는 선우 병장의 옆구리를 쿡, 찌르며 윤 병장이 다시 물었다.

―야, 맞지 어?

선우 병장이 그냥 짧게 웃어 보였다. 휴대품 검사가 끝나고 박 대위 일행이 연병장에서 막 차도로 올라서고 있는데 안내방송이 나왔다.

"인사행정과에서 안내 말씀 드립니다. 위문단의 도착시간이 가까워 왔습니다. 환자 여러분께서는 각자 침대 주변과 소지품들 다시 한 번 살펴보시고 정리정돈 철저히 해 주시기 바랍니다. 특히 이번 위문단에는 미스코리아 주혜리 양이 계십니다. 한국 최고의 미인과 함께하는 영광의 시간이기도 합니다. 장병 여러분, 아무쪼록 미스코리아 주혜리 양과 함께하는 즐거운 시간 되시기를 바랍니다."

저만치 바라보이는 인사행정과 사무실 앞에는 10여 명의 환자와 병사들이 몰려 있었다. 사무실 출입문 상단에는 ―축, 병장 선우 영, 장편소설 〈초조한 마중〉 당선― 이라고 써놓은 현수막이 펄럭이고 있었다. 윤 병장이 침대시트를 잘라서 부랴부랴 만들었는데 제법 그럴싸하게 보였다. 윤 병장이 현수막을 가리키며 박 대위 일행이 가까이 다가오는 것도 모르고 뭐라고 떠들어대고 있었다.

―짜아식, 급하긴. 여하튼 잘했다. 기왕에 할거면 글씨 좀 반듯반듯하게 썼으면 더 좋았잖아.

박 대위가 윤 병장의 어깨를 툭, 치며 막 사무실로 들어서려는데 경광
등을 번쩍이며 사이렌을 울리는 한 대의 지프가 정문 위병소를 통과하
고 있었고 그 뒤로 한 대의 버스가 따라오고 있었다.

―벌써 도착하는 거야? 윤 병장! 지금 도착했다고 빨리 안내방송 다시
해라!

―과장님! 저어…… 병실 안내는 다른 사람으로.

―무슨 소리야. 지금껏 선우 병장이 해 온 일이잖아. 갑자기 왜 그래?!

―부탁드립니다. 이번만은 그렇게 선처해 주십시오.

―잔소리하지 말고 빨리 준비해! 시간 없어.

박 대위가 막 멈추고 있는 지프로 뛰어갔다. 박 대위가 지프에서 내린
장교와 악수를 하고 뒤따라 내린 사람을 소개받고 또 악수를 했다. 위문
단을 인솔해 온 단장이었다. 잠시 박 대위와 이야기를 주고받던 단장이
다시 버스로 올라갔다. 사무실 입구에서 선우 병장이 이를 물끄러미 바
라보고 있었다.

버스에는 ―전국 대학생 대표 파월 장병 위문단― 이라는 현수막이
가로로 길게 걸려 있었다. 저 버스에는, 저 버스에는 혜리가! 혜리가! 하
고 선우 병장이 눈으로 말하고 있었다. 시야가 희뿌옇게 흐려 왔다. 가
슴이 답답하고 가빠 왔다. 선우 병장이 폐부에 꽉 차도록 깊게 숨을 들
이마셨다가 흐으, 하고 길게 토해내는 것이었다.

선우 병장의 시선은 미동도 하지 않고 버스의 출입문을 향해 있었다.
흰 원피스차림의 여자가 화사한 미소를 머금고 내렸다. 미스코리아 주
혜리 라고 씌어 있는 황금색 띠를 두르고 있었다. 주변에 몰려 있던 장
병들이 일제히 와, 하고 함성을 지르며 박수를 쳤다. 환자, 군의관, 간호
장교 할 것 없이 많은 인파가 우르르, 한꺼번에 몰려오고 있었고 혜리의

우아하고 세련된 자태는 주위를 압도하고 있었다.

─선우 병장! 선우 병장! 어! 이 친구 어디 갔지? 야! 윤 병장! 선우 병장 어디 갔어? 방금 있었잖아. 빨리 찾아봐!

박 대위가 선우 병장을 찾고 있는데 보이지 않는 것이었다.

─야! 선우 영! 선우 영!

윤 병장이 사무실로 뛰어 들어갔다. 병사들에 둘러 싸여 있던 혜리가 관등성명으로 부르지 않고 선우 영이라고 이름을 부르는 이 소리에 문득 사무실 쪽을 향해 돌아서는 것이었다. 순간 혜리의 표정이 굳어졌다. 혜리의 눈과 입에 실려 있던 그토록 우아한 미소가 순식간에 사라져 버렸다. 혜리의 시선은 사무실 출입문 위를 향해 있었고 입은 반쯤 열려 있었다.

그 시간 선우 병장은 내과 병실로 향해 있는 복도 난간에 기대서서 눈을 감은 채 거칠게 숨을 몰아쉬고 있었다. 혜리가 버스에서 내리는 모습을 잠시 지켜보고 있다가 사무실 뒤로 돌아서 여기까지 정신없이 뛰어 온 것이었다. 어떻게 해야 하나, 어떻게, 하고 선우 병장이 가쁘게 숨을 몰아쉬면서 초조해하고 있었다.

선우 병장이 기대고 있는 난간 기둥에 매달려 있는 스피커에서 찰칵, 하고 전원이 켜지는 소리와 함께 지치치치, 하는 소음이 나면서 나무기둥을 진동시키는 음파가 선우 병장의 등을 움칠, 하도록 찌릿하게 자극하며 발끝으로 흘러 내렸다.

"인사행정과 병장 선우 영은 지금 즉시 사무실로 복귀하기 바란다. 병장 선우 영은 지금 즉시 사무실로 복귀하기 바란다." 하는 박 대위의 소리가 났다.

방송을 마치고 미처 전원을 끄지 않았는지, 이 친구 이거 오늘따라 왜 이렇게 속을 썩혀? 만약 선우 병장 안 나타나면 윤 병장이 병실 안내를 맡아라. 알겠나? 시간 없어! 하는 박 대위가 짜증을 내는 소리와 주변의 웅성거리는 소리들이 어렴풋이 소음으로 들려 왔다.

이때 저만치에서 다가오고 있던 최 소위가 선우 병장을 지나치려다 말고 멈추는 듯하면서 머뭇머뭇 하는 것이었다. 잠시 망설이던 최 소위가 무슨 말인가를 하려는 듯하더니, 방송에서 찾고 있던데 왜 저러고 있지? 무슨 일인가? 고통스러워하고 있는 표정이 역력한데, 하는 투로 선우 병장을 힐끔 비켜보고 몇 발자국을 지나쳐 가서 멈추며 돌아보는 것이었다. 선우 병장은 그때까지도 눈을 감고 있었다.

인사행정과 사무실이 위문단 일행으로 꼭 차 있었다. 주혜리는 박 대위의 옆에 있는 의자에 단장과 나란히 앉아 있었다. 이때 윤 병장이 헐레벌떡 뛰어 들어왔다.

—윤 병장! 어떻게 됐어?

—갈 만한 곳은 다 둘러봤습니다만…….

주혜리가 담담한 표정으로 윤 병장을 빤히 바라보는 것이었다. 그러나 주혜리의 자세는 흐트러짐이 없었고 또 걸맞는 품위를 유지하고 있었다.

—나 참. 도대체 어디 갔다는 거야? 아니 이 친구가 정말 왜 이래? 윤 병장! 회의실 키 누가 가지고 있나?

—아까, 과장님이 말씀하셔서 선우 병장한테 인계했습니다.

—선우 병장 서랍 열어 봐! 키 찾아서 회의실 문 열고 빨리 준비하도록 해!

윤 병장이 선우 병장의 책상 큰 서랍을 열었다. 키가 없었다. 다시 옆 서랍을 열었다. 주섬주섬 뒤지는데 한 장의 사진이 있었다. 사진을 유심

히 보던 윤 병장이 문득 고개를 들었다. 혜리의 시선과 정면으로 마주쳤
다. 혜리의 시선을 피해 윤 병장이 고개를 갸우뚱하며 떨구는데 좀 놀라
는 기색이었다.

　―그럼 단장님! 먼저 병원장님실로 가시죠.

　박 대위를 따라 단장과 주혜리도 일어섰다. 박 대위와 단장의 뒤를 따
라가던 주혜리가 선우 병장의 책상 앞에서 잠시 멈추는 듯하면서 책상
끝에 놓여 있는 직사각형의 퇴색한 회색의 서류함 바깥쪽에 그려 있는
꼭 비둘기처럼 보이는 이상한 새의 그림을 지긋이 바라보며 비켜 가는
것이었다.

　텅 빈 식당에서 늦은 점심을 먹고 선우 병장은 식당 후문으로 나왔다.
위문단 일행은 지금 어디에 있을까? 환자 위문을 마치고 4시에 맹호사
단 사령부로 출발한다고 했는데. 거기서 1박을 하고 다음날 '나트랑'
후송병원으로 간다고 했는데. 혜리는 이제 내가 이곳에 있는 줄 알았을
텐데. 윤 병장이 사무실 출입문 위에 걸어놓은 현수막도 보았을 테고,
그래서 혜리는, 혜리는 과연 무슨 생각을 했을까? 그런데 먼발치에서 본
혜리가 전혀 예전의 혜리로 보이지 않는구나. 도무지 가깝게 느껴지지
않는구나, 하면서 우두커니 서 있었다.

　식당 옆 보급창고 앞에 시동이 걸린 채 주차해 있는 트럭이 보였다.
달려가 행선지를 물어보고 선우 병장은 무조건 그 트럭을 탔다. 예정대
로 일정을 마친 위문단 일행이 떠났다.

　그 시간 선우 병장은 군수지원단 본부에 있었고 위문단 일행이 떠났
는지를 확인하고는 부랴부랴 병원으로 돌아왔다. 중환자 병실 이 병장
의 문제로 소집되는 징계위원회 때문이었다.

　항상 그랬듯이 위문단 일행이 떠난 후 병실들에서는 또 말들이 많았

다. 환자들은 그랬다. 이런 위문단은 제발 좀 오지 말았으면 좋겠다고 했다. 올 때마다 병실 청소, 소지품 정리에 짜증이 난다면서 차라리 편히 그냥 있게 해 주는 것이 위문이라고 했다.

또 위문단의 일행 중 몇몇은 쇼핑 온 것도 아닌데 P.X에서 카메라를 살 수 없냐, 테이프나 레코드 살 수 없냐, 어떻게 하나 사달라 아니면 가지고 있는 것 자기에게 팔고 당신은 다시 사면 안 되느냐고 했다고들 환자들이 볼멘소리로 목청을 돋우기도 했다. 월남에는 어디 쇼핑하러 단체관광 왔느냐고 입에 거품을 물고 욕지거리를 하며 불만을 토로하는 환자들도 있었다.

그러나 그것도 잠시 뿐, 미스코리아의 각선미가 어떻고, 풍만한 어디 어디는 숨이 막히도록 너무 육감적이었다느니, 악수를 할 때는 전신에 고압 전류가 흐르듯이 찌릿, 했다느니, 아직도 미스코리아의 환상적인 자태가 어른거려서 미치겠다느니, 하면서 온갖 음담패설들을 여과 없이 토해내며 또 한바탕 소란들을 피우는 것이었다.

위문단 일행이 떠난 후, 소집된 징계위원회는 저녁 무렵에 끝이 났다. 이 병장은 입창 7일의 징계를 받았다. 이 병장의 얼마 남지 않은 월남 복무기간과 귀국과 동시에 전역이라는 정상을 참작해서 선처를 해야 한다는 징계위원들의 소수 의견도 있었으나 외과부장과 피해 당사자인 외과과장 윤 대위의 강경한 요구로 어쩔 수 없이 그렇게 결정이 내려진 것이었다.

모두 저녁식사를 가고 인사행정과 사무실에는 징계위원회 회의록과 관계서류들의 타이핑을 끝낸 선우 병장이 이 병장과 나란히 앉아 있었다. 선우 영의 책상 위로 석양의 햇살이 가득했다. 그 햇살을 물끄러미 바라보고 있던 이 병장이 들고 있던 프리즘을 그 햇살 속으로 밀어넣는 것이었다. 무지개빛 스펙트럼이 이 병장의 손등과 가슴에서 현란하게 번득이고 있었다.

—하나 물어봅시다. 그 권총 말이오.

—내 거시기를 못 써먹게 작살낸 권총이오? 작전 중 교실탁자 위에 있던 이 프리즘을 주워들고 막 돌아서는데 피투성이가 된 채 교실바닥에 처박혀 있던 죽은 줄 알았던 베트콩 소대장 새끼가 나를 쏜 총이오. 권총은 그때 전리품으로 내가 노획한 것이오. 이 프리즘, 내가 깜빵에서 돌아올 때까지 선우 병장이 보관 좀 해 주시오. 권총은 태 병장에게 보관시켰소. 참, 선우 병장! 지난 번 소지품 검사 때 가져간 실탄 한 발 어떻게 했소? 실탄이 없으면 권총도 무용지물이 아니오. 이제 아무짝에도 쓸모 없는 내 거시기와 다를 바 없지 않소. 깜빵에서 돌아오면 꼭 돌려 주시오.

이 병장이 프리즘을 선우 병장에게 내밀었다.

—난, 참 찢어지게 가난한 집에서 자란 놈이오. 유복자로 태어나서 홀어머니 슬하에서 자랐고. 지금은 어머니가 시골 재래시장에서 좌판을 깔고 생선 장사를 하고 계시지만 어머니가 품을 팔아서 먹고 살 때는 참 굶기도 많이 했었소. 과수원에서 품을 파는 날이면 과일로 끼니를 때웠고 밭에서 품을 팔 때면 고구마나 감자 따위로 며칠씩 허기를 채우기도 했었소. 그것들 참 지겹도록 많이 먹었소. 어렵사리 겨우 고등학교를 졸업했고 월남은 돈을 벌어 오겠다고 자원했소. 나야 더럽게 재수 없는 놈이라 팔자소관으로 알고 사내구실을 못해도 상관없지만 내가 만약 전사를 하거나 전상을 입고 병신이라도 되어 보시오. 나만 믿고 평생을 수절하고 홀로 사신 그 어머니 앞에 어떻게 나타날 수 있단 말이오. 차라리 자살이라도 하고 말지. 얼마 전 우리 병실에서 메스로 손목을 잘라

자살했던 베트콩 새끼들한테 두 다리가 잘렸던 그 자식처럼 말이오. 안 그렇소? 그때 선우 병장이 내게 말하지 않았소. 인간이 존재한다는 것은 오직 고통과 갈등의 노정뿐이라고 말이오. 그러나 나처럼 가방 끈이 짧은 놈은 거창하게 존재니 뭐니 하면서 고상하게 이야기하면 복잡하고 골치가 아파서 싫소. 나는 그냥 쉽고 단순하게 내가 살아 있어야 할 이유라고만 하겠소. 내가 살아 있어야 할 이유는 오직 내 어머니 때문이오. 오직 그 일념뿐이란 말이오. 선우 병장도 알다시피 우리 병실에도 퇴원 명령받고 원대 복귀했다가 죽었거나 병신이 되어 다시 돌아온 놈들이 많이 있지 않소.

—이 병장! 방금 이야기했던 손목을 메스로 잘라 자살했던 그 환자 말이오…….

—왜?! 다리 병신이 된 놈이 어떻게 메스를 구할 수 있었을까? 궁금하다는 뜻이오. 아니면 내가 자살방조를 하지 않았느냐고 추궁하고 있는 것이오?

하고는 이 병장이 멍하게 앞을 응시하며 잠시 말이 없었다. 선우 병장이 프리즘을 매만지며 물끄러미 이 병장을 바라보는 것이었다.

—하지만 너무 그런 측은한 시선으로는 보진 마시오. 여하튼 여러 가지로 내게 관심을 가져줘서 고맙소. 이런 저런 뜻으로 난 아마 선우 병장은 평생 잊지 못 할 것 같소. 어떻게 신세를 갚아야 할지 그것이 문제고, 또 걱정이 태산 같소.

이 병장이 피식 웃으며 퉁명스럽게 말했고 선우 병장은 그냥 짧게 웃었다.

—고맙다니 무슨 뜻이오?

—1주일. 비록 1주일이나마 깜빵에 가 있으면 그 만큼 생명의 연장을

확실하게 보장받은 셈이 아니오. 그것도 헌병들의 삼엄한 보호까지 받으면서 말이오. 그렇지 않소? 이거 어떻게 하다 보니 내 넋두리만 실컷 늘어놓았소. 들어줘서 고맙소.

이 병장의 말이 끝나자 선우 병장이 서랍을 열고 두 권의 책을 내놓았다. 한 권은 마르쿠스 아우렐리우스의 〈명상록〉이었고 또 한 권은 루이스 캐럴의 〈이상한 나라의 엘리스〉였다.

—지루할 텐데 가져가서 보시오.

—난, 책이라고는 교과서와 만화책 몇 권 본 게 전부요. 이렇게까지 나를 생각해 주니 정말 고맙소.

이 병장이 두 권의 책을 듬성듬성 넘겨보는 것이었다. 이 병장이 〈명상록〉은 선우 병장 앞으로 밀쳐내고 〈이상한 나라의 엘리스〉를 집어들었다.

—그럼 오랜만에 선우 병장 덕택에 책이라는 거 한 번 읽어 보겠소. 난, 이게 좋소. 그건 제목부터가 골치 아프게 생겼고 이건 만화처럼 요상한 동물 그림들도 많이 있고 해서 내가 읽기가 훨씬 더 편하겠소. 재미도 있을 것 같고, 또 부담도 없고. 그럼 내일 아침 09시까지 이리로 오면 되는 거요? 선우 병장! 너무 그렇게 안타까워하지 마시오. 난, 괜찮소.

묵묵히 자신을 바라보고 있는 선우 병장을 향해 이 병장이 씁쓸하게 웃었다.

간호장교 숙소 거실에서 있었던 맹호부대와 군수지원단 지휘관과 참모들, 그리고 병원장을 비롯한 참모들과 비번인 다수의 간호장교들이 참석한 파티가 조금 전 끝났다. 어쩔 수 없어 최 소위도 참석했다. 숙소 앞에서 그들을 배웅하고 최 소위는 숙소로 들어가지 않고 중환자 병실 쪽으로 향했다.

파티 장에서 피할 수 없어 마신 두어 잔의 술 때문인지 얼굴이 화끈거렸고 가슴도 두근거렸다. 과한 술기운 탓인지 어느 한 곳으로도 집중되지 않고 있는 좀은 몽롱한 의식과 함께 공허한 가슴을 스산하게 관통해 가는 바람 같은 상념들에 시달리며 최 소위는 또 마음 아파하고 있었다.

오늘 아침 말없이 떠난 태호! 그 태호가 남긴 또 다른 상흔 속에서 설희는 태호가 떠나기 전 좀 더 가까이 다가가 볼 것을, 그래서 그의 체취와 체온을 느껴 볼 것을, 하는 후회와 아쉬움 또 안타까움으로 괴로워하고 있었다.

주변을 아무리 둘러봐도 자신을 향해 암울하게 웅크리고 있는 병동들뿐이었다. 답답했다. 확 트인 시야와 마주하고 싶었다. 최 소위는 일전에 한 번 가 봤던 기억을 되살리면서 무조건 연병장을 찾아 걸어갔다. 눈으로 온기까지 느낄 수 있을 정도로 그렇게 아늑하게 깔려 있는 훙건한 달빛뿐인 연병장의 확 트인 시야와 마주하면서 최 소위는 문득 쓰러질 때까지 저 연병장을 달리고 싶은 충동이 일었다.

저만치에 어렴풋이 벤치가 보였다. 허탈한 심정으로 땅바닥을 내려보며 최 소위는 무조건 걸었다. 난쟁이 같은 기형의 그림자가 앞서가고 있었다. 문득 동행이라는 어휘가 떠올랐다. 최 소위는 그렇게 동행하고 있는 자신의 그림자가 싫었다. 무참히 짓밟아 버리고 싶은 도발적인 충동도 일었다. 발을 들어 힘있게 뻗어 내리며 짓이기듯이 밟아 보았다. 밟을 수가 없었다. 밟히지가 않았다.

그렇게 무모한 시도를 하면서 최 소위는 밟히지 않는 결코 밟을 수 없는 이 그림자처럼 지워지지 않는, 결코 지울 수 없는 상흔뿐인 자신의 과거와 어쩔 수 없이 동행하지 않을 수 없다는 좌절과 절망을 하면서 절규하며 소리치고 싶었다.

누군가가 나를 구원해 줬으면, 지금의 이 삭막하고 고통스러운 현실에서 나를 탈출시켜 줬으면, 해방시켜 줬으면, 위로와 위안도 받고 싶다, 부디 누가 망각과 안식의 광활한 대지로 나를 인도해 줬으면, 그래서 그것이 비록 찰나 같은, 단 한순간의 허망한 소망일지라도…… 또 그것이 또 다른 상흔으로 남을지라도…… 지금 이 순간은 그렇게 후회 없이 내 심신을 던지고 싶다. 미련 없이 맡기고 싶다, 하면서 최 소위는 오로지 지금의 이 현실에서 무조건 탈출하고 망각하고 싶다는 일념에만 충동적으로 집착해 있는 것이었다.

오로지 이러한 목표에만 충동적으로 집착해 마침내 스스로 이성이 마비된 상태에서 그 어떤 직접 행동을 실행하고야 말 것 같은 내면의 불안한 반응을 스스로 인식하면서 최 소위가 벤치에 거의 다 다다랐을 때쯤 누군가 일어서는 인기척에 짐짓 놀라며 우뚝 멈춰 섰다.

선우 병장이 서 있었다. 한동안 최 소위는 우두커니 선우 병장을 바라볼 뿐이었다. 묵묵히 고개를 떨구고 석상처럼 서 있는 그의 모습은 말할 수 없이 고독해 보였고 왠지 애잔하게 느껴 왔다. 설희의 감성을 자극하기에 충분하도록 그렇게 너무도 고즈넉하게 보이는 것이었다.

그러나 한편으로는 비록 순간적이긴 했으나 최 소위는 지금 이 선우 병장의 존재가 자신의 내면에서 그토록 소용돌이치고 있는 고통스러운 상념들을 다스려 줄 수 있는, 또 위로와 위안을 받을 수 있는 목적과 수단으로 삼고 싶다는 바람이 충동적으로 성큼 다가오는 것이었다. 어디에서 비롯된 것인지 그 근원을 찾을 수 없는 무모하기 짝이 없는 극단의 단순한 충동이었다. 전혀 뜻밖의 이와 같은 자신의 인식에 최 소위는 스스로 놀라고 있었다.

─이 시간에 여기서 뭘 하고 있어요?

최 소위가 벤치 가장자리에 앉으며 말했다. 선우 병장이 머뭇머뭇하고 있었다.

─그렇게 서 있으니 좀 답답하네요. 땅 꺼지겠네.

최 소위가 벤치를 손바닥으로 톡톡, 치며 말했다. 선우 병장이 최 소위와 떨어져 벤치 가장자리로 앉았다. 이런 모습을 보고 최 소위가 씽긋, 웃는 것이었다. 선우 병장이 담배를 찾아내 만지작거리고 있었다.

─괜찮아요. 태워요.

고개를 숙이고 담배에 불을 붙이는 선우 병장을 빤히 바라보면서 최 소위는 선우 병장의 얼굴에 잠시 나타났다 사라진 뚜렷한 음영에서 전혀 엉뚱하게도 당신도 나와 똑같은 고통을 안고 있었으면 좋겠는데, 부디 나와 똑같은 우수와 고뇌, 또 상흔이 있었으면, 하는 소망을 해 보는 것이었다.

그럼 서로가 쉽게 또 빠르게 동화되면서 서로를 이해하고 위로와 위안을 받을 수 있을 텐데, 하는 동병상련을 기대하는 가녀린 염원과 소망 같은 것을 하면서 흐으으, 하고 최 소위가 길게 숨을 토해내는 것이었다.

─어? 내가 웬 한숨을 다 쉬었지? 술 때문인가?

선우 병장을 돌아보며 최 소위가 멋쩍게 웃었다.

─내 얼굴 많이 붉어요? 별일이네. 얼굴이 이렇게 되도록 내가 술을 마셨다니.

양손으로 볼을 가볍게 토닥거리며 최 소위가 웃었다. 톡톡톡, 하고 볼을 때리는 소리가 제법 크게 났다.

─평소에도 그렇게 말이 없어요?

묵묵히 앉아 있는 선우 병장에게 최 소위가 좀은 불쾌하다는 듯이 말했다. 최 소위의 눈이 가까스로 내려앉았다가 문득 치켜 올라가곤 하고 있었다. 내가 술이 과하긴 과했나 보구나! 하면서 최 소위가 절레절레 고개를 흔들다가 젖히는 것이었다.

유별나게 반짝이고 있는 별이 보였다. 무심히 저 별이 십자성인가? 하고 최 소위는 바라보고 있었다. 무수한 별들이 오밀조밀하게 군락을 이루고 흐르는 듯 빤짝이며 염전처럼 펼쳐 있는 은하수가 탄성을 지르고 싶도록 너무도 아름답고 평화롭게 보였다. 울고 싶도록 아름답구나! 하는 애틋한 감상이 최 소위의 가슴으로 흐르고 있었다.

태호! 하고 비명처럼 무심코 내심으로 외쳐 보면서 최 소위가 아프도록 눈을 꼭 감는 것이었다. 눈 꼬리로부터 반짝, 하고 비치던 물기가 조금 조금씩 흘러나와 방울로 맺혔다가 주르륵, 흘러 내렸다. 그리고 잠시 후 최 소위가 마음을 가다듬고 눈을 떴을 때 선우 병장은 옆에 없었다. 선우 병장은 벌써 저만치 식당 후문을 지나쳐 가고 있었다.

아니 이 친구가? 어떻게 나를 이렇게까지? 하다가 건방진 자식! 하면서 최 소위는 선우 병장에게 눈물까지 보였다는 생각에 찌릿, 하도록 자존심이 상했다. 갈구하던 위로와 위안에 대한 집착과 기대가 한순간에 좌절되면서 그 기대를 저버린 선우 병장에 대한 일종의 공격 본능 같은 것에 사로잡히며 최 소위는 어떤 의미로든 선우 병장으로부터 또 상처를 받았다는 안타까움에 마음이 아팠다.

소름이 끼치도록 수치심도 몰아쳐 왔다. 결코 이성적일 수 없는 이런 전혀 뜻밖의 도발적인 감정에 휩싸이면서 최 소위가 극단적으로 단순해지고 있었다. 아랫입술을 짓이기듯이 꼭 깨물며 최 소위가 벌떡 일어서는 것이었다.

벤치를 박차고 일어나 거의 뛰다시피 해서 연병장을 빠져나온 최 소위가 병동 복도로 올라섰다. 인적이 끊긴 복도, 을씨년스럽게 웅크리고 있는 병동들, 복도 지붕을 받치고 있는 나무기둥들의 달 그림자가 어지럽게 어우러져 있는 복도가 미로처럼 느껴 왔다.

어디로 또 어떻게 가야 할지 답답하기도 했지만 아직도 유발되고 있는 선우 병장에 대한 공격 본능에 현혹되듯이 집착하면서 최 소위가 가쁜 숨을 몰아쉬고 있었다. 저만치 문이 열리며 불빛이 쏟아져 나오고 있는 병실이 보였다. 어둠 속에서 방향 감각을 잃고 가련하게 헤매고 있는 자신에게 불을 밝혀주는 마치 인도하는 듯한 그런 빛으로 느껴 왔다. 최 소위는 무조건 그 병실로 달려갔다. 외과 병실이었다. 배 중위가 병실 중간쯤 침대에서 혈압을 체크하고 있었다.

—뭐하세요. 배 중위님?

—어! 최 소위. 파티 끝났어?

—네!

—아주 섹시하게 보이는데?

—배 중위님도 참.

—사내들 어디 목석이 아니고서야, 술은 한 잔 했겠다 알딸딸한 기분에 한국에 두고 온 애인이나 마누라 생각은 나겠다, 해서 최 소위를 보고 얼마나 음탕한 상상들을 했을꼬. 생각하면 끔찍하다 끔찍해. 그 남정네들 오늘밤은 잠 못 이루어 이걸 어떻게 해결을 하나 어떻게 처리를 하나 하고, 아마 고생들 직사하게 할거다. 안 그래?

혈압기의 뚜껑을 닫고 돌아나오며 배 중위가 최 소위를 보고 찡긋, 하며 말했다.

—왜 내 말이 틀려? 안 그런 사내가 있다면 그건 사내가 아니지. 병신이지. 그건 그렇고 근데 웬일이야? 쉬지 않고.

─무료해서 그냥 놀러 왔어요.

─그래? 그럼 시원한 거 한 잔 줘?

배 중위가 주는 콜라를 한 잔 마시고 탁자 위에 있는 전화기를 빤히 바라보고 있던 최 소위는 여기서는 안 되겠다 싶어 잠시 후 병실을 나왔다.

문득 스스로 생각해 봐도 이해가 쉽지 않은 그런 자신의 감정임에도 불구하고 아직도 최 소위는 선우 병장에게 눈물까지 보였다는 수치심으로 마치 이성을 잃은 사람처럼 집요하게 선우 병장에 대한 공격 본능에 무섭도록 집착하고 있는 것이었다.

병실을 나온 최 소위는 이제 어디로 가서 전화를 할까, 하고 망설이고 있었다. 숙소는 간호부장이 있다는 생각만으로도 압박감을 느끼게 되고 그래도 타 병실들보다는 조용한 곳이 중환자 병실일 거라고 최 소위는 나름대로 생각해 보는 것이었다. 순간 그곳은 비록 짧은 시간이었지만 태호가 머물다 간 병실이라는 애잔한 마음이 용솟음치면서 태호를 향한 그리움과 회한들이 노도처럼 밀려 왔다. 최 소위는 병원이 떠나가도록 태호야! 하고 소리치며 중환자 병실로 뛰어들어가고 싶은 충동에 사로잡히고 있었다.

어쩌면 태호의 흔적이 남아 있을지도 모른다. 도망자처럼 이른 아침 서둘러 떠났는데, 미처 수습하지 못하고 빠뜨리고 간 소지품 하나라도 남아 있을지 모른다. 어쩌면 태호의 체온이 아직도 남아 있을지 모른다. 더듬어 보면 어딘가에서 느낄 수 있을지 모른다. 설사 이미 싸늘하게 식었더라도 내가 가슴으로 느끼면 되는 것 아닌가. 태호의 침대 앞에 서서 평소 내가 감각해 왔던, 내가 알아왔던, 태호의 모든 것들을 반추해 보면 되는 것 아닌가, 하고 있었다.

채우고 싶다. 이렇게 텅 빈 가슴을 이대로 방치해 둘 순 없다. 그럼 내가 견딜 수 없다. 외롭다. 어쩌면 이렇게 오한 같은 외로움을 느낄 수가 있단 말인가, 하는 절박한 감정들이 최 소위의 가슴을 참담하게 휘젓고 있었다.

중환자 병실로 들어온 최 소위가 태호가 머물었던 침대 앞에서 천천히 멈춰 섰다. 순간, 등뒤에서 나는 인기척에 최 소위가 멈칫, 했다. 잠결인지 이 병장이 몸을 뒤척이며 돌아눕고 있었다. 쫓기듯이 최 소위는 사무실로 들어갔다. 그 어떤 목표를 향한 충동으로 마치 최면에라도 걸린 듯 최 소위가 그렇게 이성을 잃고 있는 것처럼 보이는 것이었다.

나이트 근무중일 줄 알았던 김 소위도 위생병도 보이지 않았다. 병실 비우고 다들 어딜 갔지? 마침 잘 됐네! 하고 안도하면서 최 소위는 선우 병장의 내무반으로 전화를 했다. 마침 선우 병장이 직접 전화를 받았다.

—나, 최 소위예요. 오늘 보초근무 몇 시예요? 그럼. 그 전에 잠시 만나고 싶은데, 11시. 수송중대 우측에 있는 대피호에서.

그렇게 일방적으로 말하고 최 소위는 전화를 끊고 사무실을 나왔다. 아까 몸을 뒤척이며 돌아누웠던 이 병장이 어느새 일어나 있었다. 최 소위와 시선이 마주치자 이 병장이 침대에서 천천히 내려서는 것이었다. 전화벨이 울렸다. 전화를 받을까 말까, 하고 망설이다가 혹 자신을 찾는 간호부장의 전화가 아닌가, 해서 최 소위는 서둘러 병실을 빠져나갔다.

—저기요. 최 소위님! 최 소위님!

뒤따라 나온 이 병장이 무엇 때문인지 최 소위를 급히 불렀으나 최 소위가 못 들었던지 그냥 어둠 속으로 총총히 사라졌다. 이 병장의 손에는 작은 비닐수첩이 꼭 쥐어져 있었다.

얼마 후, 병동 복도를 따라 차도 쪽으로 빠르게 걸어나온 선우 병장이 복도 끝에 다다르자 잠시 멈춰서서 주위를 살펴보고는 성큼 차도로 내려섰다. 그러고는 차도를 가로질러 단숨에 5, 6미터 정도 높이의 경사면을 따라 뛰어 내려가는 것이었다. 선우 병장이 자칫 뒤로 넘어질 듯하다가 흙더미와 함께 주르륵, 미끄러져 내리는 것이었다.

멀리 병원 외곽의 경계 철조망을 따라 띄엄띄엄 일정 간격으로 구축되어 있는 마치 원두막처럼 보이는 유개호와 구불구불한 수로처럼 보이는 교통호들이 달빛으로 어렴풋이 보이고 있었다.

막상 내려는 왔으나 최 소위가 왜 나를 보자고 했을까? 아까 연병장 벤치에서 내가 보인 행동으로 자존심이 상해서 그랬나? 과연 내가 저 대피호로 가야 하나? 하고 대피호를 뚫어지게 바라보면서 선우 영은 망설이고 있는 것이었다.

문득 돌아갈까? 하는 유혹을 받으면서도 지금쯤 대피호에서 기다리고 있을 최 소위를 생각하면서 용단을 내리지 못하고 있었다. 그러나 그렇게 갈등하면서도 선우 영은 대피호를 향해 발을 내딛는 것이었다.

대피호 입구까지 온 선우 병장이 돌아서서 주변을 한 번 살펴보고는 재빨리 대피호로 들어섰다. 대피호의 작은 창을 통해 들어온 한 줄기 굵은 달빛이 가로로 길게 뻗어 있었다. 눈이 부셨다. 선우 병장이 계단을 내려와 막 첫 발을 내딛는데 주춤하며 물러서는 인기척이 났다.

―선우 병장?

최 소위의 목소리가 낮게 깔렸다. 최 소위는 달빛 건너에 있었다. 대피호 안을 가로로 가르며 너무도 선명하게 나타나 있는 달빛으로 해서 선뜻 발을 내딛지 못하고 선우 병장은 그 달빛을 오히려 싸늘하게 느끼며 우두커니 서 있는 것이었다.

결코 넘어서는 안 될 선, 또 넘을 수 없는 선임을 너무도 극명하게 암시라도 하고 있는 듯 달빛은 그렇게 타는 듯이 이글거리고 있었다. 그 달빛을 앞에 두고 마주한 채 두 사람은 한동안 말이 없었다. 오직 불협화음 같은 두 사람의 거친 숨소리만 높아가고 있었다.

—아까.

하고 최 소위가 먼저 말을 하는 순간 대피호 입구 쪽으로 다가와서 멈추는 인기척이 크게 났다. 발자국 소리로 보아 한 사람은 아닌 것 같았다. 대피호 입구에서 스치듯이 희미하게 어른거렸지만 확실히 두 사람의 하반신으로 보였다.

—몇 시에 출발할 거예요?

—08시까지 맹호사단 사령부에 도착해야 해. 출발할 때 전화하지.

—꼭 전화하셔야 해요. 그리고 출장 가서 엉뚱한 데 다니면 안 돼요. 알았지요?

—또 쓸데없는 소리하고 있다.

—내 모를 줄 알아요? 남자들 사이공 출장 가면 어디 가는지 다 안단 말이에요.

여자가 남자의 품에 안기며 안달했다. 부스럭, 하고 거칠게 스치며 흑, 하고 밀착되는 소음이 제법 크게 났다.

—귀국할 때 전송도 못하고 섭섭해서 어떻게 하지?

—출장인데 할 수 없지 어떻게 해요. 부산 도착 즉시 편지할 게요.

—알았어.

남자는 술에 취해 있었다.

—아까 파티에서 최 소위한테 그게 다 뭐예요. 불쾌했단 말이에요. 최 소위가 안 마시겠다는 술 한사코 따라다니며 권했잖아요. 왜 그런 추태를 부렸어요? 속상했단 말이에요.

—그 이야긴 제발 이제 그만 좀 해. 자꾸 들으면 짜증난다고.

—알았어요.

남자는 누군지 알 것 같은데. 내 이야기를 한 저 여자는 과연 누굴까? 내일 귀국자라면? 간호장교 귀국자는 네 명뿐인데, 하는 불안하고 초조한 의구심이 최 소위의 뇌리를 스쳐갔다.

—여기선 안 돼!

—알았어. 그럼 안으로 들어가자고. 자, 내 손잡고 조심해.

이와 동시에 발소리를 죽이며 성큼 달빛을 건너온 선우 병장이 최 소위를 등뒤로 세워서 조심조심 물러나며 모서리 구석으로 몰아 세웠다. 최 소위의 전신이 선우 병장의 등과 벽 사이에 끼었다. 최 소위가 불안해하며 선우 병장의 허리를 감싸안고 조심스레 선우 병장의 등에 얼굴을 붙였다. 선우 병장의 체온과 함께 빠르게 뛰고 있는 가슴의 진동이 고스란히 전해 왔다.

대피호 계단을 내려온 남자가 여자를 조급하게 계단 옆 구석으로 난폭하게 밀어붙이며 격렬하게 포옹을 하는 것이었다. 남자의 가슴에서 빠져나온 여자의 팔이 남자의 허리를 껴안자 남자가 여자의 상체를 더듬으며 조급하게 상의를 헤쳐내고 있었다.

조금도 거리낌이 없어 보이는 이와 같은 두 사람의 행위들은 아주 익숙해 보였다. 처음은 아닌 것 같았다. 노출된 여자의 상체가 빛처럼 번득였고 틈없이 밀착된 두 사람에게서 조작되어 나오는 거친 호흡들은 점점 더 가빠지고 있었다. 마침내 여자의 비명 같은 소리가 아아, 하고 파열음으로 터져나왔다.

—거긴 안 돼! 키스마크 생긴단 말이야. 샤워도 못 한다니까.

여자가 말했지만 남자가 막무가내로 여자의 가슴에 얼굴을 파묻고 있었다. 선우 병장의 허리를 안고 있는 최 소위의 팔이 점점 더 죄어 왔다.

자칫 윽, 하고 선우 병장이 압박감에 숨을 토해낼 뻔했다. 선우 병장이 최 소위의 두 손을 잡아서 조심스레 벌려 보지만 소용없었다.

고통을 호소하듯, 때로는 울먹이듯이 여자는 그렇게 남자의 품에서 안달을 하며 쉼없이 가쁜 숨을 토해내고 있었다.

멈추지 않고 있는 저 신음 같은 소리를, 같은 여자의 저 소리를, 하면서 최 소위는 도저히 더 이상 듣고 있을 수 없다고 이를 악물며 고개를 휘젓는 것이었다. 수치심이 몰려 왔다. 최 소위는 그만 멈추지 못하겠느냐고 악을 쓰며 소리치고 싶었다. 눈을 감으며 최 소위는 아랫입술을 지긋이 꽉 깨물었다. 차라리 귀라도 틀어막고 싶었다.

두 사람의 이와 같은 격렬한 행위들은 거칠고 가파른 호흡과 함께 찰나의 멈춤도 없이 점점 더 고조되고 있었다. 최 소위가 선우 병장의 허리를 안고 있던 팔을 풀고 양손으로 귀를 꽉 움켜잡는 것이었다. 순간 출렁, 하고 물소리가 크게 났다. 선우 병장의 탄띠와 수통 사이로 끼어 있던 최 소위의 소매 끝이 팔을 풀 때 수통 고리에 걸려 잡아 당겨졌다가 풀리면서 심하게 흔들렸기 때문이었다.

—누구야?!

남자가 소리쳤다. 소리는 높았지만 당황하는 기색이 역력했다. 선우 병장이 양팔을 뒤로 해서 재빨리 최 소위의 허리를 감싸안았다.

—으흠! 누구야?!

헛기침을 한 번 하고 선우 병장이 목에 힘을 주며 위압적으로 크게 말했다.

—누.

남자가 더 이상 말을 잇지 못하고 순식간에 계단을 뛰어 올라가는 것이었다. 여자도 헤쳐진 상의를 두 손으로 감싸 잡으며 허겁지겁 뛰어나갔다.

잠시 후 뛰어나온 선우 병장이 대피호 입구에서 고개를 내밀며 밖을 살폈다. 정신없이 뛰어가는 두 사람의 모습이 보였다. 앞서가던 남자가 발을 헛디뎠던지 중심을 잃고 비틀거리다가 고꾸라질 듯하더니 마침내 엎어지고 마는 것이었다.

뒤따르던 여자의 뭐라 잘 알아들을 수 없는 소리도 들려 왔다. 일어선 남자가 단숨에 차도의 경사면을 치달아 올라가서는 뒤 한 번 돌아보지 않고 차도를 가로질러 병동 쪽으로 순식간에 사라져 버리는 것이었다. 뒤따라 엉금엉금 기어서 겨우 차도로 올라온 여자는 잠시 주변을 두리번거리며 살피더니 차도를 따라 곧장 뛰어 올라가는 것이었다. 이렇게 두 사람의 모습이 완전히 사라진 것을 확인하고 선우 병장이 돌아서서 말했다.

―여기서 잠시 기다리고 계십시오. 제가 먼저 나가겠습니다. 가실 때는 대피호에서 좌측 쓰레기 소각장 쪽으로 가시다가 치과부와 등록과 사무실 뒤로 돌아가십시오. 그 길이 평탄하고 빠른 길입니다.

―잠깐만!

막 발을 내딛는 선우 병장에게 최 소위가 다급하게 말했다.

―안 됩니다. 빨리 나가서야 합니다. 여기서 나간 두 사람 어딘가에서 지켜보고 있을지 모릅니다. 저도 곧 보초 근무 교대시간입니다.

―뭐가 안 된다는 거야?!

발악하듯이 최 소위가 소리쳤다.

―5분쯤 후, 차도를 바라보십시오. 제가 담배에 불을 붙이면 그때 출발하도록 하십시오. 그럼.

하고 선우 병장이 뛰어갔다. 최 소위는 초조하고 불안했다. 이 어둡고

좁은 공간에 나 혼자라는 절망감이 더해지면서 두려움도 엄습해 왔다. 이제는 선우 병장의 말대로 어서 빨리 여기서 탈출해야 한다는 절박함이 최 소위를 사정없이 다그치고 있는 것이었다. 아아아, 하고 신음 같은 소리로 외치며 최 소위는 고개를 젖혔다. 쿵, 하고 머리가 샌드백에 부딪히면서 모래가 최 소위의 목덜미를 타고 옷 속으로 쏟아져 내렸다. 움칠, 하도록 불쾌한 이물감이 전신을 자극했다.

머물고 있던 달빛이 너무 오래 있었다는 듯 대피호의 좁은 창으로 스르르, 빠져나가고 여광도 없이 어두워진 공간 속에서 최 소위는 더 초조하고 불안했다. 잠시 마음을 가다듬은 후 최 소위는 엉금엉금 기다시피 해서 계단을 올라갔다. 대피호 밖으로 발을 내밀려다 말고 급히 발을 거두고 한 걸음 물러나서 고개를 내밀며 차도를 살펴보는데 아무도 없었다.

대피호 밖으로 팔을 뻗어 달빛으로 시계를 보았다. 짐작으로 선우 병장이 약속하고 나간 시간이 충분히 된 것 같았다. 초조함이 더해 왔다. 시선은 똑바로 차도를 향해 고정시킨 채 최 소위는 불안하게 뛰는 가슴을 두 손으로 꼭 감싸안았다.

그때였다. 병동 복도에서 랜턴의 불빛이 어지럽게 번득이며 한 사람이 차도로 내려서고 있었다. 잔뜩 긴장하며 최 소위가 살폈다. 차도를 내려온 불빛이 좌우로 일정 간격으로 촘촘히 왔다갔다 하며 천천히 움직이고 있었다.

그렇게 차도 가장자리까지 다가온 불빛이 이제는 차도 위에서 경사면을 죽죽 훑으며 오르락내리락 하고 있었다. 불빛의 움직임으로 보아 그것은 어두운 밤길을 가는 보행자가 밝히고 있는 그런 불빛으로는 보이지 않았다. 잃어버린 뭔가를 찾고 있는 불빛으로 보였다.

최 소위는 선우 병장이 아니라는 확신을 했다. 처음 불빛을 보고 마음을 졸이며 선우 병장이기를 기대했던 최 소위의 염원과 소망이 단숨에 허물어졌다. 최 소위가 털썩 주저앉았다. 차도에서 경사면을 따라 내려온 불빛이 잠시 멈췄다가 다시 좌우로 촘촘히 왔다갔다 하면서 대피호 쪽을 향해 다가오는 것이었다.

벽을 잡고 더듬거리며 최 소위가 조심스레 일어섰다. 앞서 있는 불빛으로 해서 누군지 확인할 수는 없었지만 움직이고 있는 불빛의 방향이 대피호 쪽인 것으로 보아 혹 자신을 찾아오는 선우 병장의 불빛일 줄 모른다는 한 가닥 실낱같은 기대 때문이었다. 울퉁불퉁한 지표 때문인지 불빛이 심하게 흔들리며 불쑥불쑥 대피호 입구까지 뻗어 오기도 했다.

마침내 랜턴을 들고 있는 사람의 형상이 어렴풋이 보이기 시작했다. 최 소위가 양미간을 잔뜩 모으며 감을 듯이 눈을 가늘게 뜨고 살폈다. 순간 최 소위가 소스라치게 놀라며 뒷걸음을 쳤는데 발을 헛디뎌 자칫 계단으로 굴러 떨어질 뻔했던 것이었다. 불빛 뒤에서 걸어오고 있는 사람의 복장이 사복차림이었기 때문이었다.

최 소위는 무작정 계단을 내려가서 대피호 모서리 벽 쪽으로 등을 붙이고 무릎 사이로 얼굴을 파묻으며 웅크리고 앉았다. 마침내 대피호 입구에서 불빛이 뚝 멈췄다.

—이거 안경 못 찾으면 골치 아픈데.

이 대위가 난감해서 중얼거리며 서성이고 있었다. 한동안 대피호 밖을 샅샅이 훑고 있던 이 대위의 랜턴이 드디어 대피호 안을 비추며 들어섰다.

—이 안에도 없으면 정말 골치 아픈데. 당장 안경을 맞출 수도 없고.

랜턴을 발끝 앞으로 바싹 당겨 비추며 이 대위가 앉은 자세로 더듬더듬 계단을 내려오기 시작했다. 무조건 무릎 사이로 얼굴을 깊게 파묻으며 최 소위는 눈을 감고 자포자기하고 있었다. 계단을 다 내려온 이 대위가 계단 옆 구석으로 먼저 불을 비췄다. 아까 이 대위와 여자가 엉켜 있었던 곳이었다.

─아, 저기 있구나! 휴우우.

안도의 숨을 길게 내쉬며 이 대위가 바닥에 떨어져 있는 안경을 집어 들었다. 안경알에 후후, 하고 입김을 불어 가슴에 대고 몇 번 문지르고 나서 안경을 썼다.

─제기랄 재수 없게. 아까 저쪽에 있었던 놈이 도대체 어떤 놈이었지?

이 대위가 투덜대며 돌아서서 랜턴을 비췄다.

─누구야?!

웅크리고 앉아 있는 최 소위를 발견한 이 대위가 깜짝 놀라 뒷걸음을 치다가 계단 끝 샌드백에 발뒤꿈치가 걸려 자빠지면서 랜턴이 땅바닥에 나둥그러졌고 공교롭게도 랜턴의 불빛이 웅크리고 있는 최 소위를 정면으로 비추고 있는 것이었다.

─누구야?!

이 대위가 소리치며 벌떡 일어섰다. 말없이 최 소위도 천천히 일어섰다. 이 대위가 얼른 랜턴을 집어들고 최 소위의 얼굴을 비췄다.

─아니, 최 소위님?

너무 놀란 탓인지 이 대위가 입을 다물지 못하고 있었다.

─이 시간에 여기서 뭘 하고 계셨습니까? 언제부터 여기 계셨습니까?

이 대위가 최 소위 앞으로 다가서면서 다그치듯이 물었다.

─…….

─언제부터 여기에 있었느냐고 묻지 않습니까?!

이 대위의 목소리가 대피호를 크게 울렸다.

—아까부터 있었습니다.

—네? 그럼 같이 있었던 사람은 누구였습니까?

—왜요?

마치 피의자를 심문하듯 윽박지르고 있는 이 대위를 빤히 바라보며 최 소위가 담담하게 말했다. 수치심보다 자존심이 더 상했다.

—누구였습니까. 같이 있었던 사람이?

성큼 한 걸음 최 소위 앞으로 더 다가서며 이 대위가 조급하게 또 물었다.

—그럼 이 대위님과 같이 있었던 사람은 누구였습니까?

하면서 최 소위가 이 대위 앞을 지나쳐 가려는데 이 대위가 최 소위의 손목을 움켜잡고 돌려 세웠다.

—놓으세요.

단호하게 말하며 최 소위가 손을 뿌리치는데 이 대위가 세차게 끌어당겼다. 최 소위의 상체가 이 대위의 가슴과 탁, 하고 부딪혔다.

—왜 이러세요?

최 소위가 하반신을 뒤로 빼며 뿌리치려 해 보지만 소용이 없었다. 이미 무슨 작정을 한 듯 이 대위의 양팔은 최 소위의 허리를 꼼짝할 수 없도록 숨이 막힐 지경으로 꽉 죄고 있었던 것이었다. 이리저리 몸을 비틀며 겨우 팔을 뺀 최 소위가 양손으로 이 대위의 가슴을 짚고, 있는 힘을 다해 밀쳐내 보지만 꿈쩍도 하지 않았다.

헉, 하고 최 소위의 전신이 이 대위의 가슴으로 더 바싹 당겨졌다. 이 대위의 한 손은 최 소위의 상체를 죄고 있었고 다른 한 손은 최 소위의 둔부를 움켜쥐듯 받쳐서 위로 끌어당기고 있었다. 아무리 몸부림을 쳐

봐도 이 대위의 억센 팔을 헤쳐낼 수가 없었다.

　—아아아, 악.

　최 소위가 발악을 하듯이 정신없이 머리를 좌우로 흔들며 소리쳤다. 이 대위가 최 소위의 입을 틀어막으며 무자비하게 뺨을 후려치고는 밀쳐 버리는 것이었다. 쿵, 하고 최 소위의 머리가 벽에 부딪혔다. 그리고 몽롱한 의식과 함께 최 소위는 허물어지듯이 스르르, 주저앉으며 비스듬히 쓰러지고 마는 것이었다.

　아련하게 들릴 듯 말 듯한 무수한 환청들이 아우성을 치며 최 소위의 귓전에서 메아리치고 있었다. 진한 술 냄새가 최 소위의 입 안으로 물씬 물씬 덩이져 들어오고 있었다. 천금 같은 하중으로 숨을 쉴 수가 없었다. 혼미한 의식 속에서도 몸부림을 치고 허우적거리며 사력을 다해 발버둥을 쳐 보지만 소용이 없었다. 최 소위가 탈진하도록 얼마를 그렇게 시달렸는지 몰랐다.

　병상에 누운 초췌한 모습의 태호가 빨리 오라고 하염없이 손짓을 하고 있었고 선우 병장은 먼발치에서 묵묵히 바라보고만 있었다. 오싹한 냉기와 함께 은근한 하반신의 통증을 느끼고 최 소위가 깜짝 놀라며 비로소 꿈틀, 하고 몸을 움직여 보지만 여의치 않았다. 눈을 떠보려 했지만 역시 마찬가지였다. 바지를 추슬러 올리고 혁대를 당겨 맨 이 대위가 턱 버티고 서서 최 소위를 위협적인 자세로 내려보고 있었다.

　소스라치게 놀라며 최 소위가 본능적으로 가슴을 감싸안았다. 체온이 없는 싸늘한 가슴이 뭉클, 하며 손바닥 안으로 고스란히 들어왔다. 은근한 진통과 함께 무력감으로 하반신은 마비된 듯 이미 무감각해 있었다. 헤쳐진 상의를 겨우 여미며 최 소위가 문득 상체를 세우려는데 도무지 움직일 수가 없었다. 순간 그 어떤 자각과 인식에서 비롯된 상실감

이 회한으로 엄습해 오며 주르륵, 굵은 눈물방울들이 순식간에 쏟아져
내렸다.

　―우린 여기서 만나지 않았습니다. 서로가 누군지 모릅니다. 알아서
도 안 되고 알 필요도 없습니다. 또 우린 아무것도 보지도 듣지도 못했
습니다. 그리고 또 있습니다. 우리는 아무 일도 없었습니다. 전혀 아무
일도 없었던 겁니다. 내 말 명심하십시오.

　이 대위의 소리가 환청인 듯 아련하게 메아리치고 있었다. 그 시간,
중환자 병실과 외과 병실 사이에 있는 잔디밭의 비치파라솔에서는 오
래 전부터 차도 너머 정면으로 바라보이는 대피호 쪽을 묵묵히 지켜보
며 앉아 있었던 사람이 있었다. 중환자 병실의 이 병장이었다. 최 소위,
선우 병장, 이 대위와 여자, 이들 모두의 출입을 빠짐없이 지켜보고 있
었던 것이었다.

　대피호를 나오는 최 소위의 모습을 발견하고 이 병장이 벌떡 일어서
는 것이었다. 그리고 이 병장은 최 소위가 쓰레기 소각장으로 해서 치과
부와 등록과 사무실 뒤로 완전히 사라질 때까지 지켜보고 서 있는 것이
었다.

　다음날 아침, 인사행정과 사무실의 분위기가 무섭도록 싸늘했다. 박
대위가 심각한 표정으로 '나트랑' 후송병원의 안과과장과 통화하고 있
었다.

　―지금 상태는 어떻습니까?

　―방금 전에 수술 끝나고 지금 회복중입니다만 후송 전 안구 출혈이
너무 심했던 것 같습니다. 좌우 안구 모두 좋지 않습니다. 선인장 가시
는 일단 제거했습니다만 좀 더 관망해 봐야 하겠습니다. 네! 네! 최선은

다했습니다만 아직은 뭐라고 구체적으로 결론을 내리기는 어렵습니다. 회복 상태가 여의치 못하면 본국 후송까지도 염두에 두고 있습니다. 이곳에서 할 수 있는 진료의 한계 때문입니다. 지금으로선 최악의 경우까지 염두에 두고 최선을 다하는 수밖에 달리 방법이 없습니다.

　―최악의 경우라면 어떤 경우를?

　―최악의 경우 실명까지 갈 수 있다는 것입니다.

　―네? 그 정도입니까?

　박 대위가 깜짝 놀라며 벌떡 일어섰다. 병사들의 시선이 일제히 박 대위에게 쏠렸다. 한결같이 굳은 표정들이었다. 최 병장이 박 대위의 책상 앞으로 뛰어왔다.

　―과장님, 저쪽에서 뭐라고 합니까?

　―최 병장! 도대체 어떻게 됐던 거야. 어? 다시 한 번 더 물어보는데 사실대로 이야기해야 해! 알았어?

　박 대위가 최 병장을 노려보며 소리쳤다.

　―네! 선우 병장의 보초 근무 시간은 24시부터였는데 보초 근무 교대 시간이 임박해서야 뛰어들어온 선우 병장이 부랴부랴 철모와 총을 들고 황급히 뛰어나가면서 야전침대에 발이 걸려 중심을 잃고 내무반 통로에 놓여 있던 선인장 화분에 얼굴이 정면으로 부딪히면서 선인장을 안은 상태로 엎어졌습니다. 너무 순식간에 발생한 일이라 누워서 신문을 보고 있던 저로서는 어떻게 해 볼 도리가 없었습니다. 선우 병장이 눈이 아파 못 견디겠다고 통증을 호소했고 얼굴 여러 곳이 선인장 가시에 긁혀 출혈이 되고 있었으며 눈에서도 출혈이 되고 있어 즉시 병실로 옮긴 후, 안과과장님 숙소로 달려갔으나 안과과장님은 몸을 가눌 수 없을 정도로 만취 상태여서 하는 수없이 당직근무중이신 외과과장님께

말씀드려서 응급처치를 받게된 것입니다.

자신이 최초 목격자라는 사실에 부담을 느끼고 있는 듯 최 병장이 상기된 표정으로 또박또박 분명하게 말하는 것이었다.

—당장 내무반에 있는 선인장 화분들 전부 수거해서 소각해 버려! 자칫하면 실명까지 될 수 있다니 이걸 어떡하면 좋으냐, 어? 휴우우. 무엇들 하고 있는 거야?! 지금 당장 내무반에 있는 선인장 화분들 전부 폐기해 버리라니까.

박 대위가 버럭 고함을 치고 나갔다. 이렇게 불의의 사고를 당한 선우 병장은 불행히도 외과과장의 응급처치만 받고 이른 아침 '나트랑' 후송병원으로 그렇게 후송되었던 것이었다.

한편 그 시간, 간호장교 숙소 거실에는 초췌한 모습의 최 소위가 팔짱을 낀 채 창틀에 기대서서 밖을 바라보고 있었다. 나이트 근무를 하고 숙소에 있던 간호장교들은 모두 오늘 귀국하는 4명의 동료들을 배웅하러 나갔고 숙소에는 최 소위 혼자 남아 있었다.

귀국하는 동료들의 배웅도 배웅이었지만 최 소위는 어젯밤 대피호에서 이 대위와 있었던 사람이 과연 누구였는지 궁금해서 나름대로 염탐해 보기 위해 동료들과 어울려 현관을 나서고 있을 때였는데 뭐가 못마땅해서인지, 거실 중앙에 턱 버티고 서 있던 간호부장이 지금 우리가 어디 나들이 가는 거냐고, 하면서 당번병도 없는데 누구든 한 사람은 숙소에 남아 있어야 할 게 아니냐고 짜증을 부리며 소리쳤다. 그래서 최 소위가 자청해서 남아 있게 된 것이었다.

물끄러미 피아노를 바라보던 최 소위가 다가가 선 채로 무심히 건반을 두드렸다. 베토벤의 운명이었다. 그것도 미, 미, 미, 도의 첫 네 음만 반복해서 두드렸다. 무서운 고난, 또 암울한 운명의 고통과 엄청난 시련

들을 미, 미, 미, 도, 라는 네 개의 음만으로 집약해서 인간의 운명을 예고하는 장엄한 회한의 소리에 최 소위는 오늘따라 더 진한 전율 같은 감동을 느끼고 있는 것이었다.

그렇게 수없이 반복하며 두드리던 최 소위가 갑자기 아아아, 하고 괴로움에 몸부림을 치면서 피아노 건반 위로 얼굴을 파묻는 것이었다. 쾅, 하는 폭음 같은 소리가 거실을 휘몰아쳤다. 그리고 한참을 미동도 않고 있던 최 소위가 현관으로부터의 인기척에 가까스로 일어났다.

귀국자들도 떠나고 배웅을 나갔던 사람들이 모두 돌아온 후 최 소위는 병실로 갔다. 이를 악물고 비몽사몽간일 듯한 심신을 겨우 가누며 최 소위가 그래도 일과 준비를 하고 있었다. 이때 전화벨이 울렸다.

—여보세요? 최 소웁니다.

—어젯밤 같이 있었던 사람이 누구였습니까?

안과과장 이 대위였다. 움칠, 하며 최 소위의 안색이 순식간에 창백해졌다.

—누구입니까. 말하지 않을 겁니까?

최 소위의 입술이 파르르 떨리고 있었다.

—누구냐고 묻고 있지 않습니까. 그럼 이거 하나만 물어봅시다. 같이 있었던 사람이 장교입니까, 사병입니까?

이 대위가 아주 강압적으로 물었다.

—그게 그렇게 궁금하십니까?

묵묵히 듣고 있던 최 소위가 담담하게 말하고 지긋이 입술을 깨무는 것이었다.

—말 안 할 겁니까?

이 대위의 목소리가 거칠어졌다.

─장교면 어떻고, 사병이면 어떻습니까. 이 대위님은 그게 그렇게 중요합니까?

─상황판단 똑똑히 하시란 말입니다.

이 대위가 위협적으로 말했지만 최 소위는 조용히 수화기를 내려놓고 한동안 수화기에서 손을 떼지 못하고 짓누르고 있었다. 금방 전화벨이 다시 울렸다. 손바닥 안에서 전류처럼 찌릿, 하게 진동되는 전화벨 소리에 움칠, 놀라며 한 걸음 물러나 전화기를 노려보던 최 소위가 황급히 병실을 뛰쳐나가는 것이었다. 전화벨 소리는 멈추지 않고 있었다. 마침 병실로 들어온 간호부장이 사무실로 들어가 전화를 받았다.

─이봐! 최 소위! 전화 끊는다고 해결되는 게 아니잖아. 어? 누구야, 같이 있었던 사람이 누구냔 말이야. 말 안 할 거야?!

또 이 대위의 전화였다. 간호부장이 깜짝 놀라는 것이었다.

─정말 말 안 할 거야? 어? 너, 조기 귀국하고 싶어?

순간 간호부장의 얼굴이 심각하게 일그러졌다.

─어떤 놈이냔 말이야! 어? 정말 말 못 해? 최 소위! 너, 정말 조기 귀국하고 싶어서 그래? 아니면 불명예 제대를 하고 싶어서 그래. 어? 어서 말해 보란 말이야.

이 대위가 악을 쓰며 소리치고 있었다. 묵묵히 듣고 있던 간호부장이 무슨 말인가를 하려는 듯하더니 조용히 수화기를 내려놓는 것이었다. 충격을 받은 듯 고개를 숙인 채 잠시 있던 간호부장이 다시 수화기를 들었다.

─나, 간호부장인데. 방금 전화 어디였지?

─사이공 출장중이신 안과과장님이십니다.

─그래? 알았어. 이 전화 인사행정과 박 대위 앞으로 돌려줘! …… 박

대위님이세요? 간호부장입니다. 안과과장 이 대위, 지금 사이공 출장 중입니까? 언제 귀대죠? 아니에요. 자고 나니 눈이 하도 뻑뻑하고 충혈도 되고 해서. 참, 이 대위 귀국은 언제지요? 문득 생각해 보니 이 대위가 나하고 전입시기가 비슷했던 것 같아서 그냥 한 번 물어보는 것입니다.

전화를 끊고 간호부장이 병실을 죽 한 번 훑어보고 나갔다. 병실을 뛰쳐나왔던 최 소위는 병동 복도 끝에 있는 벤치에 잠시 앉아 있었다. 무심코 앉았는데 정면으로 어젯밤의 대피호가 한눈에 들어왔다.

순간 전신으로 소름이 끼쳐 왔다. 자리를 박차고 일어나 차도로 내려온 최 소위는 무작정 대피호를 등지고 걸었다. 인사행정과 사무실을 막 지나치려다 말고 최 소위가 멈춰 섰다. 훤히 열린 문으로 근무중인 병사들의 모습이 보였지만 선우 병장은 보이지 않았다. 행여나 해서 뒷걸음으로 두어 걸음 물러서서 기웃거려 봤지만 역시 선우 병장은 보이지 않았다.

사무실 출입문 위로는 아직도 선우 병장의 현상공모 소설 당선을 축하하는 현수막이 걸려 있었다. 문득 한 번 치켜보고 최 소위는 곧장 걸어 올라갔다. 곧게 나 있는 차도 끝으로 위병소가 바라보였다. 저곳이 이 병원을 벗어날 수 있는 유일한 통로라는 탈출구라는 생각에 최 소위는 불현듯 뛰쳐나가고 싶은 충동에 사로잡히는 것이었다.

저곳을 벗어나면, 그래서 이 병원을 벗어나면 지금의 이 고통으로부터 벗어나 자유와 해방을 만끽할 수 있을 것 같다는 지극히 막연한 생각을 해 보면서 잠시 우두커니 서 있던 최 소위가 경적 소리에 깜짝 놀라며 차도 가장자리로 피했다.

차에는 입창 7일의 징계를 받고 맹호부대 헌병중대로 이첩되는 이 병장이 타고 있었다. 문득 이 병장과 최 소위의 시선이 마주쳤다. 이 병장이 목례를 했고 최 소위는 그냥 무심히 바라볼 뿐이었다. 얼마를 그렇게 우두커니 서 있다가 최 소위는 병실로 돌아왔다.

─어디 갔다오는 거야?! 빨리 숙소로 가 봐!

들어오는 최 소위에게 윤 중위가 잔뜩 부은 얼굴로 좀 못마땅하게 말했다.

─윤 중위님이 웬일이세요? 쉬시지 않고.

─몰라서 물어? 부장님이 최 소위가 전화도 안 받는다면서 당장 찾아서 보내라고 달달 볶았다고. 얼른 가 봐! 나이트 근무하고 이게 다 뭐야.

─죄송해요, 윤 중위님.

─아냐, 괜찮아. 어서 가기나 해.

최 소위가 머뭇거리고 서 있는데 윤 중위가 다시 말했다.

─왜 이러고 있어? 어서 가 보라니까. 또 나, 찐빠 당하는 거 보고 싶어서 그래?

우두커니 서 있는 최 소위를 아래위로 못마땅하게 훑어보며 윤 중위가 병실을 나갔다. 최 소위가 숙소 현관으로 들어섰다. 현관 벽에 걸려 있는 전신이 투영되고 있는 거울을 향해 정면으로 섰다. 거울에 나타나 있는 자신의 초췌한 모습이 어쩐지 생소하기만 했다. 저건 내가 아냐! 내가 아냐! 하고 내심으로 외치면서 무심한 시선으로 멍하게 거울을 바라보다가 거실로 올라섰다. 거실 소파에는 간호부장이 기다리고 있었다.

─어서 와!

최 소위를 찬찬히 바라보는 간호부장의 시선은 날카로웠지만 목소리는 의외로 부드러웠다. 간호부장의 이와 같은 반응에 최 소위는 잠시 주춤했다.

―뭐하고 있어? 이리 와서 앉아. 어서!

최 소위는 간호부장과 마주해서 앉았다. 한동안 두 사람은 말이 없었다. 푹 고개를 숙이고 있는 최 소위를 측은한 시선으로 바라보던 간호부장이 먼저 입을 열었다.

―최 소위! 지금부터 내가 묻는 말에 예, 아니오, 라고만 대답하면 돼. 어젯밤 대피호에 갔었나?

―네!

―이 대위와 처음부터 같이 있었나?

―아닙니다.

―그럼 처음엔 누구와 같이 있었나? 괜찮아. 사실대로만 이야기해! 수습은 내가 할 테니까. 누구와 있었어?

숙이고 있던 고개를 들며 입을 꽉 다문 최 소위가 지친 시선으로 그러나 호소하듯이 마치 실어증의 환자처럼 간호부장을 물끄러미 바라보는 것이었다.

―좋아! 말하고 싶지 않으면 안 해도 좋아. 내 더 이상 묻지 않을게.

―각오하고 있습니다. 수습은 제가하겠습니다.

―각오를 하고 있다니 바보같이 그게 무슨 소리야. 최 소위가 어떻게 수습을 하겠다는 거야?

폭발 직전의 감정을 지긋이 억누르고 자칫 언성이 높아지려는 것을 가까스로 참으며 간호부장이 말했다.

―최 소위! 지금부터 내가 하는 이야기 명심해서 들어. 이건 명령이야! 내가 알아서 조치할 테니까. 별명이 있을 때까지 일체 함구하고 의연한 자세로 근무하도록 해! 알았지?!

그리고 간호부장은 나갔다. 이상하게도 간호부장은 최 소위에게 대피호에 같이 있었던 사람이 누구였으며, 또 이 대위와는 무슨 일이 있었는지, 하는 것들에 대해 전혀 묻지 않는 것이었다. 정말 뜻밖이었다. 만약 간호부장이 그와 같은 사실을 좀 더 다그쳐 물었다면 최 소위는 아마 숨김없이 모든 것을 다 이야기했을 것이었다.

그 어떤 불결한 이물감이 또 최 소위의 전신을 압박해 왔다. 오늘도 설희는 벌써 몇 번을 씻고, 씻고 또 씻은 몸이었지만 당장 또 씻고 싶었다. 전신으로 스멀스멀 벌레가 기어다니고 있는 것 같은 환각으로 몸서리가 쳐졌다. 구역질도 났다. 육신의 저 깊은 곳으로부터는 아직도 은근한 통증의 환각과 함께하는 불결한 이물감이 은밀하게 꿈틀대고 있었다. 메스로 육신을 가르고 송두리째 도려내 버리고 싶은 충동에 최 소위는 소리 없이 울고 있었다.

그로부터 20여 일 후 최 소위는 귀국했다. 최 소위의 귀국 사유는 건강 때문이었다. 물론 명분이었다. 이러한 최 소위의 조기 귀국은 간호부장의 헌신적인 노력과 배려가 없었다면 불가능했었다. 당시 자포자기 상태의 최 소위는 자신의 의무 복무기간을 도저히 다 채울 수 없다며 차라리 징계를 받고 복무 부적격자 판정을 받아서 불명예 제대라도 하겠다고 했던 것이었다. 그리하여 식음을 전폐하던 최 소위가 마침내 입원하는 사태까지 이르게 되었던 것이었다.

이러한 최 소위의 무모한 결심을 설득하고 무마시키는 것에서부터 만약 최 소위 문제가 공개되었을 경우 예상되는 엄청난 파장을 누구보다도 잘 알고 있는 간호부장은 최 소위를 자신보다 먼저 귀국시키기 위해 노심초사하며 이 일을 어렵게 성사시켰던 것이었다.

그러나 '나트랑' 후송병원으로 후송되었던 선우 병장은 상태가 더 악화되어 결국 한국으로 후송되고 말았다.

찰나 같은 해후가 있었던 최설희 소위와 한태호 일병, 선우 영 병장과 미스코리아 주혜리, 또 간호부장 이 소령, 안과과장 이 대위, 쉼 없이 기웃거리며 서성이던 중환자 병실의 이 병장, 그렇게 후송병원의 그들은 누군가 별리(別離)는 또 다른 만남을 기약하고 준비하는 과정일 뿐이라고 했던 것처럼 그렇게 모두 떠났다.

그래서 그들은 어쩌면 또 다른 전장을 찾아 기약 없이 떠났는지도 모른다. 그리하여 먼 훗날 이들의 만남이 있는 곳은 곧 또 다른 전장일 수 있고 이들의 만남은 만남, 그 자체만으로도 이미 전쟁일 수도 있는 것이었다.

··· 그들의 해후(邂逅)

조금 전 유영미를 배웅하고 김포공항 국제선 청사에서 나온 설희가
문득 멈추며 하늘을 올려보는 것이었다. 흐르는 듯 또 멈춰 있는 듯 그
렇게 까마득하게 날아가고 있는 비행기를 바라보면서 설희는 아직도
여음으로 남아 있는 출국 게이트 앞에서 했던 유영미의 말을 떠올리고
있었다.

"엄마는 네 의사를 전적으로 존중해 주마. 다만 어떤 선택과 결정을
하던 참고해 달라는 것뿐이다. 난, '시카고'로 가 당분간 이모와 함께
있을까 한다. 이모도 이제 예전 같지 않게 마음도 많이 약해졌고…… 이
모부 돌아가시고는 더한 것 같아. 요즈음은 외롭다고 자꾸 성화를 하고.
또 하는 일도 이제 힘들어서 도저히 혼자서는 못하겠다고 하니 이모 일
도우면서 소일을 하던지."

"미안해요. 어머니."

"미안하긴. 내 문젠 조금도 염려할 것 없다. 그리고 둔촌동 집은 네 앞

으로 등기이전 했다. 재래식 주택이긴 하지만 너하고 어릴 적부터 오래 살았던 집이라 무척 애착이 가서 그래. 오늘 아침 세입자한테 확인했는데 약속대로 이상 없이 이사한다고 했다. 전세금도 미리 반환했고. 이제 혈혈단신인데. 널 믿지만, 매사에 신중하고 특히 건강관리 잘 하도록 해라. 무슨 일 있으면 즉시 전화해야 한다. 알았지?'

그렇게 유영미는 설희를 꼭 껴안고 말을 했다. 그때 유영미의 가슴에서 고개를 끄덕이던 설희는 진한 젖 냄새 같은 체취를 맡을 수 있었다. 유아성욕론을 주장한 프로이트는 구강기에는 어머니의 젖을 먹으며 입과 입술 또는 입 안 점막의 자극으로부터 쾌감을 얻는다고 했지만 설희에게는 그런 쾌감의 경험이 전혀 없었다. 비록 어머니의 가슴에 묻혀 유방을 헤집으며 유두를 빠는 포만감을 만끽해 보진 못했지만 처음으로 경험해 보는 유영미의 신선한 체취였다.

지금도 고스란히 남아 있는 그 유영미의 체취를 뇌리로 음미하면서 설희는 배희원과의 약속시간을 떠올리고 서둘러 택시를 탔다. 한 10분쯤은 달려온 택시가 양화교 못 미처서부터 속도가 점점 떨어지면서 가다 섰다를 반복하더니 양화교를 건너서는 1차선에서 뚝 멈췄다. 편도 4차선의 차도가 완전히 꽉 막혀 있었다.

―여기가 어디쯤이에요?

―오늘따라 더럽게 재수없네. 가는 쪽쪽 막히니. 정말 미치고 환장하겠네.

묻는 말에 대답도 없이 택시기사가 신경질적으로 시거 라이터를 딱, 하고 소리나게 누르고 담배를 입에 물더니 질근질근 씹는 것이었다.

―너희들은 좋겠다.

툭, 하고 시거 라이트가 튀어나오자 담배에 불을 붙이고 한 모금 깊게 빨아서 차창 밖으로 푸우우, 하고 내뱉으며 택시기사가 말했다. 반대편 차도 건너로는 물보라를 일으키며 시원하게 물줄기를 쏟아내고 있는 인공폭포가 보였고 여러 쌍의 신혼부부들이 인공폭포를 배경으로 갖가지 포즈를 취하며 기념촬영을 하고 있었다.

참 좋아 보이는구나! 하는 감상과 함께 미미했지만 동경과 소망 같은 상념들이 한 차례 설희의 내면을 스쳐가면서 입가로는 은근한 미소가 실리고 있었다. 한 10분쯤은 지났을까, 여전히 차가 움직일 기미를 보이지 않았다. 차 문을 열고 나오는 운전자들이 하나 둘 나타나기 시작했다.

—무슨 사고라도 났나요?

설희가 시계를 보고 조바심을 하며 또 물었다.

—모르겠습니다.

퉁명스럽게 말하고 택시기사는 이제 아무 말도 하기 싫다는 듯 창틀에 팔을 걸치며 라디오의 볼륨 스위치를 부서져라 쿡 눌렀다. 나 같은 죄인 살리신…… 하고 찬송가가 흘러나왔다.

—골치 아픈 소리하고 있네.

택시기사가 짜증스럽게 다이얼을 휙휙 돌렸다.

—신사동에 있는 한성호텔까지 2시까지 갈 수 있겠습니까?

—낸들 어떻게 압니까? 보시다시피 이렇게 꽉꽉 막혀 요지부동이니. 답답하긴 손님보다 내가 더합니다.

택시기사가 다이얼에서 손을 떼며 짜증스럽게 말했다. 라디오에 갇혀 있던 소리가 답답했다는 듯이 불쑥 튀어나왔다.

"등단 초기에는 본명으로 작품활동을 하시다가 왜 필명을 사용하시게 되셨는지. 무슨 특별한 이유라도 있습니까? 애독자들이 무척 궁금해하시는 것 같습니다."

"그렇습니까? 물론 나름대로의 이유는 있었습니다. 월남에서 한쪽 눈은 이미 실명되었지만 남은 한쪽 눈마저 곧 실명될 것이라는 의학적인 최종선고를 받고 난 후로는 무엇보다도 이제는 더 이상 쓸 수 없게 될지 모른다는 불안과 초조함을 극복하기가 제일 고통스러웠습니다. 희미하게나마 볼 수 있을 때까지 더 많이 보고 느끼고 그래서 사력을 다해 쓰고 싶다는 강박관념에 한없이 시달렸습니다. 자포자기와 방황, 삶을 포기하고 싶은 충동과 유혹, 그 어느 하나도 극복하기 힘든 것들뿐이었습니다. 그렇게 되자 지금까지 내가 살아온 과거에 집착하게 되더군요. 자기 성찰의 기회를 갖게 된 것이지요. 후회와 아쉬움으로 점철된 돌이킬 수 없는 과거뿐이었습니다. 허탈했습니다. 그러나 그렇게 쉼 없이 시달리고 쫓기면서도 다행스러웠던 것은 문득 문득, 아직은 포기할 수 없다는 의지도 생기더군요. 그래서 실명 이전의 나와 실명 이후의 나를 확연히 구분하고 싶었습니다. 불가능한 것인 줄 알면서도 과거의 나를 잊고 싶었습니다. 지워 버리고 싶었습니다. 단순히 생각해 보면 누가 나를 부르고 내가 누구인지를 스스로 기록한다는 것, 이름이라는 것의 의미가 바로 그런 것 아닙니까? 그 이름을 바꾼다는 것은 지금의 나를 보다 새롭게 인식하고 자각할 수 있다는 나름대로의 소망이자 일종의 도전이기도 했습니다."

아나운서의 물음에 작가가 숙연하도록 담담하게 대답하고 있었다.

"한쪽 눈을 월남에서 실명했다고 하셨는데 전상이었습니까?"

이때까지도 인공폭포에서 기념촬영을 하고 있는 신혼부부들에게 마음을 빼앗기며 무심히 듣고 있던 설희가 월남이라는 말에 문득 라디오를 쳐다보는 것이었다.

"안전사고였습니다. 내무반에서 부주의로 넘어지면서 선인장 가시에 찔렸습니다. 전적으로 제 부주의에서 비롯된 것이지요."

선인장이라는 말에 설희가 바싹 긴장하며 자세를 고쳐 앉는 것이었다. 사고현장이 수습되었는지 설희가 타고 있는 앞차들이 서서히 움직이기 시작했다.

"실명 직전에는 이제는 영영 볼 수 없다는 안타까움에 그동안 보관하고 있던 사진과 편지들을 한 장 한 장, 순서대로 정리하며 사진 속의 사람과 배경들을 암기했습니다. 첫 번째 있는 사진은 누구와 언제 어디에 가서 함께 찍은 사진이고 두 번째 사진은 어떻고, 또 첫 번째 있는 편지는 언제 누구에게서 받은 편진데 뭐라고 적혀 있고, 순서대로 펼치면 기억해낼 수 있도록 말입니다. 또 손끝으로 더듬어 감각으로 알 수 있도록 바늘로 구멍을 뚫어놓기도 했지요. 그랬었는데…… 그나마 희뿌옇게 남아 있던 시력마저 암흑의 문턱에서 서성이게 될 즈음에는 이제 정말 마지막이구나! 하는 절망감에 그 사진과 편지들이 간절하게 보고 싶어 찾아서 들고 있을 때는 그 무게를 힘에 겨워 감당할 수 없도록 하중을 느끼게 되더군요. 그랬어도 보고, 보고, 또 보고 더듬고 쓰다듬으면서 이제 곧 이 아름다운 강산과 보고 싶은 사람들을 볼 수 없다는 좌절과 절망감에 괴로워하며 안타깝게 과거를 추억했습니다."

너무도 짙은 우수와 감회 또 애잔한 회한들이 넘치고 있는 이 말에 설희는 충격을 받고 있었다.

"그러나 시간이 흐를수록 내가 볼 수 없는 것들을 곁에 두고 있다는 것이 두렵기 시작했습니다. 아무것도 남기고 싶지 않았습니다. 그래서 그 많은 사진과 편지들을 한 장 한 장, 손톱 밑이 아프도록 잘게, 잘게 찢으며 그 한 장의 사진, 그 한 통의 편지 속에 각인되어 있는 추억과 회한들을 마지막으로 음미하며 반추했습니다. 그러고는 모두 불태웠습니다. 갈등과 좌절의 고통 속에서 경험한 두 번의 자살 시도와 오랜 잠적, 도피와 은둔의 방황이 끝나갈 무렵 어디에서 비롯된 것인지 알 수 없었지만 비로소 체념이라는 어휘에 집착하게 되었습니다. 체념에 집착한다는 것은 한편으로는 제 현실에 대해 보다 이성적이고 긍정적인 사고를 갖기 시작했다는 의미도 되었습니다. 현실적인 냉철한 자각이지요. 그래서 실명 이전의 나와 이후의 나를 극명하게 구분해 보고 싶었습니다.”

“네. 그래서 필명을 사용하시게 되셨군요. 샤진과 편지 말씀을 하시니까 얼마 전 어느 잡지에서 읽은 작가님의 인터뷰 기사가 생각납니다. 차마 태울 수가 없어 아직까지 보관하고 있는 한 통의 편지가 있다고 하신 것 같았는데 혹 무슨 특별한 사연이라도 있는 편지입니까?”

“글쎄요. 그 편지는 두 눈이 완전 실명되었을 때 받은 편지였습니다. 발신인이 누군지 전해 듣고는 개봉하지 않고 아직도 보관하고 있는 편집니다. 다만 이 편지가 갖는 의미가 제게 있어서…….”

하고 작가가 잠시 다음 말을 잇지 못하고 있었다.

“의미라고 말씀을 하셨는데. 풍기는 뉘앙스가 예사롭게 들리지 않습니다.”

“그렇습니까?”

할 때 차가 호텔 정문에 멈췄다. 설희는 의자등받이에 머리를 기댄 채 눈을 감고 월남! 그곳엔 불과 4개월 남짓 머물었던 곳인데, 하면서 추억하고 있었다. 마치 둔기로 머리를 강타당한 듯한 좀은 혼미한 의식들이 꿈틀대고 있었다. 또 소음 같은 환청과 흐린 환영들도 난무하고 있었다.

─손님 안 내리세요?

택시기사가 짜증스럽게 말했다.

─어머, 죄송합니다.

그때서야 설희가 깜짝 놀라며 황급히 차에서 내렸다. 우두커니 선 채 희뿌연한 매연을 거친 엔진 소음과 함께 쏟아내며 쏜살같이 꼬리를 감추고 있는 택시를 바라보면서 설희는 선우 영! 하면서 외치듯이 또 추억하고 있었다.

선우 영! 그러나 그와의 추억을 반추해 보면 기껏해야 손꼽아 헤아릴 수 있을 정도의 그냥 스쳤다고 할 수 있을 그런 정도의 만남만이 있었을 뿐인 것 같은데, 더구나 그와 나는 사병과 장교의 신분이었고…… 그 만남이라는 것도 남녀간의 은밀한 감정이나 관심이 전제된 그런 만남이 아니었는데, 결코 그런 감정은 없었던 것 같은데, 결코 그런 만남은 없었는데, 그런데도 분명하게 기억할 수 있는 살처럼 날아와 뇌리로 명중하는 아련한 이름이었다. 이렇게 설희는 자신의 내면 어딘가에서 자신도 모르게 그토록 오랫동안 숨은 듯 잠재해 있었던 아니면 다만 사장된 채 그러나 잊혀져 있었을 뿐인 것 같은 그런 과거를 마음을 졸이며 추억해 보는 것이었다.

다만 사무실, 병실, 병동, 복도 등에서 오가며 조우했던 몇 번의 지극히 평범한 기억과 우연히 정말 우연히 만났던 연병장의 그 벤치. 또 자신의 일방적인 요구로 이루어졌던 그 대피호에서의 만남. 그 정도뿐인 것 같은데, 그런데도 그의 이름이 이렇게 살처럼 무수히 날아와 사정없이 심신에 꽂히는 것은 과연 무엇 때문이란 말인가? 하고 설희는 스스로 묻고 또 묻고 있는 것이었다.

그는 과묵했으며 그의 분위기는 항상 그 어떤 뚜렷한 음영으로 드리워져 있었던 것 같았고…… 하는 여기까지의 짧은 기억은 아침 해가 돋으면 금방 녹아 버리고 말 것 같은 고작 그 정도의 잔설 같은 것뿐인데, 하면서 설희는 자꾸만 심신을 움츠리는 것이었다. 푸드득 푸드득, 하고 몸부림치듯이 비상의 날개짓을 하고 있는 추억의 날개를 설희는 애써 접으려 하고 있는 것이었다.

월남! 또 차마 추억할 수 없는 지금껏 잊혀져 있었던 또 용케도 망각하고 있었던 그 대피호에서의 치욕적인 상흔, 그 기억만은 차마 할 수가 없었다.

그때 그는 그 대피호를 먼저 나가면서 5분쯤 후 내게 차도를 바라보라고 했었고 그 차도에서 그가 담배에 불을 붙이면 즉시 대피호를 나와서 그가 일러준 길로 가라고 했었다. 그것이 그와의 마지막 만남이었다. 그가 약속했던 5분이 지나도 나는 차도에서 담배에 불을 붙이는 그의 모습을 끝내 볼 수 없었다.

그리고 얼마 후, 나는 전장의 잔해처럼 무자비하게 팽개쳐진 채 그 대피호에서 영원히 회복할 수 없는 또 결코 회복될 수 없는 갈기갈기 찢어진 상흔의 육신을 떨리는 손으로 어루만지며 헤쳐진 가슴을 어루만지듯 여미고 있었다.

또 그 시간쯤 그는 나로 인해 그토록 엄청난 사고를 당했었고…… 그리고 다음날 그는 어쩌면 예비된 자신의 불행한 미래를 안고 말없이 병원을 떠났었는데…….

이렇게 어쩔 수 없이 그때의 기억들을 반추해 보면서 커피숍으로 들어온 설희는 제일 구석진 자리를 찾아 앉자 마자 카운터에서 빌려온 전화번호부 책을 펼쳐놓고 조급하게 라디오 방송국의 전화번호들을 모두 수첩에 적었다.

―많이 기다렸지요? 미스 최 맞지요?

배희원이었다. 설희는 반사적으로 벌떡 일어섰다.

―아, 괜찮아요.

손으로 앉으라는 시늉을 하고 배희원이 앉았다.

—미스 최! 그때가…… 미스 최가 파월되기 전, 원주에서 근무할 때였으니까. 한 15, 6년쯤 됐지요? 세월이 그렇게 흘렀는데도 한눈에 알아볼 수 있네요.

배희원이 감회 어린 시선으로 설희를 바라보며 말했다.

—그동안 별고 없으셨습니까?

—그래요. 미스 최도 그랬지요?

—네!

—미스 최! 나한테 섭섭한 게 참 많았었지요? 미스 최 임관하기 전, 전화에서도 내가 여러 번 그랬을 테고. 특히 원주에서 미스 최와 처음이자 마지막으로 대면했을 때도 지금 내가 이런 말을 한다는 자체가 부끄럽기도 하고 또 이렇게 서로 마주하고 있는 것만으로도 미스 최한테 고맙다는 말밖엔 할 말이 없어요.

—어머니! 지난 일들 마음에 담고 있지 않습니다.

설희의 어머니, 하는 이 말에 배희원이 좀 뜻밖이라는 표정을 짓는 것이었다. 그리고 두 사람은 잠시 말이 없었다. 배희원이 무슨 말을 하려는 것 같긴 한데 선뜻 하지 못하고 의자 팔걸이를 양손으로 잡고는 힘을 주어 잡았다 놓았다 하면서 망설이는 것이었다.

배희원이 카운터를 향해 손을 들었다. 종업원에게 커피를 주문하고 배희원이 옆의자에 둔 핸드백을 무릎 위에 올려놓고는 또 망설이는 것이었다.

—미스 최 면전에서 내가 태호 이야기를 한다는 게…….

곤혹스러워하며 말을 잇지 못하고 있는 배희원의 눈이 흐릿하게 보였다.

─화장실 좀 다녀오겠습니다.

그렇게 의도적으로 로비로 나간 설희가 배희원을 돌아보았다. 배희원이 손수건으로 눈 밑을 닦아내고 화장을 고치고 있었다. 잠시 후, 설희가 돌아왔다. 배희원의 찻잔 옆으로는 얄팍한 사각의 작은 봉투가 놓여 있었다.

─태호가 미스 최한테 전해 달라고 했어요.

설희가 찻잔을 내려놓기를 기다리던 배희원이 봉투를 설희 앞으로 천천히 밀면서 말했다.

문득, 그 봉투를 바라보면서 설희는 파월 명령을 받기 전, 원주의 어느 다방에서 배희원과 첫 대면을 했을 때의 일이 떠올랐다. 그때 설희의 출생의 비밀과 가족관계를 거론하며 태호와 헤어질 것을 요구하는 배희원의 말에 설희는 눈물을 흘리며 탁자에 이마가 닿을 듯이 고개를 숙이고 있었다.

안 보면 멀어진다는 서양속담 알지요? 하고 서양속담을 빙자하면서 4선의 여당 국회의원이자 국회 국방분과위원장인 태호의 아버지를 거론하며 은연중에 설희를 압박했었다. 그러면서 배희원은 편지와 사진이 들어 있는 두툼한 봉투를 설희의 이마 앞으로 밀어넣고 나갔다. 그리고 한 달쯤 후, 설희는 전혀 뜻밖의 파월 명령을 받았던 것이었다.

─사실 여기 나오기 전까지만 해도 할 이야기가 무척 많았었는데. 막상 이렇게 대면을 하고 보니…….

배희원이 답답해하면서 소리가 나도록 꿀걱, 하고 마른침을 삼키고는 흐으, 하고 길게 숨을 토해내는 것이었다. 답답하긴 설희도 마찬가지였다. 오랜만에 만난 반가운 친구도 친인척도 아닌데 스스럼없는 대화가 격의 없이 이루어지기를 기대한다는 것은 처음부터 두 사람에게는 무리었다.

—미스 최! 언제 식사라도 같이하고 싶은데. 되겠어요?

—네! 제가 연락 드리도록 하겠습니다.

—그렇게 해 주겠어요?

배희원이 주는 명함을 받아서 작은 봉투와 함께 핸드백에 넣고 설희는 천천히 지퍼를 당겼다. 호텔 정문에서 배희원을 배웅하고 서둘러 방으로 들어온 설희는 수첩을 펼쳤다.

한 곳 한 곳, 수첩에 적혀 있는 순서대로 전화를 했다. 겨우 통화가 된 한 방송국에서 설희는 자신이 찾던 방송프로그램이 '작가와의 만남' 이라는 것과 방송시간이 매일 오후 2시부터 2시 30분까지이며 내일이 마지막 시간이라는 것도 알아냈다. 그러나 작가의 주소와 전화번호를 물었지만 그것은 작가의 요청이 있어 절대 알려줄 수 없다고 했다.

잠시 깊은 상념에 빠져 있던 설희는 배희원으로부터 받은 봉투를 개봉했다. 그러나 편지는 없었고 한 장의 칼라사진만 있었다. 안개 낀 강변을 바라보며 휠체어에 앉아 있는 태호의 옆모습이었다. 태호는 짙은 검정색 안경을 착용하고 있었고 휠체어 옆으로 혓바닥을 내밀고 있는 맹인 안내견으로 보이는 개 한 마리가 엎디어 있었다.

설희는 그 사진을 물끄러미 바라보면서 만감이 교차하는 상념 속에 한동안 눈을 감고 있었다. 사진을 뒤집었다. 예전의 태호는 항상 사진 뒷면에 장소와 날짜, 그리고 짧은 감상들을 적었는데 그냥 테임스 강변에서라고만 적혀 있었다. 그의 모습을 본 지가 얼마 만인가, 하는 감회에 젖으며 설희는 안면과 전신에 붕대를 감고 예측불허의 만신창이가 된 몸으로 후송되어 왔던 월남에서의 태호를 반추해 보면서 지금의 사진 속 태호를 손가락으로 지긋이 눌렀다가 천천히 원을 그리듯이 문질러 보는 것이었다.

설희는 세입자와의 약속으로 둔촌동 옛집을 찾아갔다. 방금 버스에서 내린 설희는 한동안 주변을 두리번거리며 살피고 있었다. 옛날 설희가 살았을 때와 크게 달라진 것이 없다는 느낌이 들었다. 방금 내린 버스정류소의 명칭도 학교앞이라고 그대로였고 낯선 건물들도 많이 보였지만 눈에 익은 도로변 단층 상가들은 옛 기억들을 되살리기에 충분했다.

문방구가 있었고, 그 문방구를 끼고 골목길을 따라 좀 올라가다 보면 좌측으로 작은 교회가 있었고 그 교회 담을 끼고 돌아가면 우측으로 유치원이 있었고 또 그 유치원에서 우측으로 비스듬히 바라보면 약간 경사진 곳으로 설희의 집이 주위의 집들보다 높게 위치해 있었다. 마루에 서서 보면 유치원 안마당이 훤히 바라보였다.

이렇게 설희는 옛집의 위치를 가늠해 보는 것이었다. 상가건물들 너머로 우뚝 솟아 있는 그때는 없었던 흰색의 높은 건물이 보였다. 보훈병원이라고 건물 상단에 크게 적혀 있었다. 설희가 길을 건너기 위해 횡단보도 앞에서 신호를 기다리고 있는데 야구모자를 깊숙이 눌러 쓴 목발의 남자가 설희에게 다가와서 물었다.

—실례합니다. 이 근처에 '비에트 베트' 라는 다방이 어디 있는지 아십니까?

—저도 처음이라 잘 모르겠습니다.

—저쪽 횡단보도 건너 3층 건물 1층에 간판 보이시죠?

설희 뒤에 있던 남자가 손을 들어 가리켰다. 'Viet—Vet', 설희가 목발의 남자를 비켜보고 남자가 가리켰던 쪽을 봤다. 불과 5, 6미터 정도의 직선거리였는데 십자성, 맹호, 백마, 청룡, 비둘기부대의 눈에 익은 부대 마크들이 그려 있는 아래로 영문으로 'Viet—Vet' 라고 크게 적혀 있는 간판이 보였다.

—월남전 참전하셨습니까?

남자가 목발의 남자에게 물었다.

—네!

—네에. 그러셨군요. 저 다방, 주로 월남 참전용사들이 많이 출입한다고 합니다.

—저도 그렇게 들었습니다. 전, 오늘 처음입니다.

신호가 바뀌고 목발의 남자가 먼저 횡단보도로 들어서고 설희도 뒤따라갔다. 횡단보도를 건넌 목발의 남자는 좌측으로 갔고 설희는 우측으로 몸을 틀려다 말고 돌아서서 다시 다방 간판을 바라보는 것이었다. 아까보다 더 선명한 색감으로 부대 마크들을 볼 수 있었다.

야자수와 그 아래로 네 개의 작은 별들이 반짝이듯이 자리잡고 있는 십자성부대 마크가 선명하게 보였다. 회한의 뭇 상념들이 실려 있는 은빛 너울의 잔잔한 파문이 설희의 가슴으로 밀려오고 있었다.

그러나 설희는 세입자와의 약속시간에 쫓기며 곧 돌아섰고 옛 기억을 더듬어 골목을 따라 올라가다가 유치원 앞에 잠시 멈췄다. 노란색 철 대문의 틈새로 보이는 놀이터는 비어 있었지만 재잘대는 아이들의 소리는 들려 왔다.

작은 모래밭, 그네, 미끄럼틀 등 신기하게도 어느 하나 변함없이 그 자리에 그대로 있었고 그때는 없었던 두어 종류의 놀이기구가 더 보였다.

설희가 유영미와 함께 고아원에서 처음 이 집으로 오던 날, 설희는 이 고아원 앞을 지나다가 유치원 마당에서 뛰노는 아이들을 부러운 듯 바라보았다. 그때 유치원 다니고 싶어? 했던 유영미의 소리가 지금도 아련하게 들리는 듯했다.

저만치 보이고 있는 설희의 집 앞에 주차해 있는 트럭에는 벌써 이삿짐을 다 싣고 작업 인부들이 밧줄을 치고 있었다. 설희는 세입자와 인사를 하고 각종 공과금 영수증과 열쇠를 받았고 차는 곧 떠났다.

텅 빈 집, 무수한 흙발자국들이 어지럽게 찍혀 있는 거실, 깔려 있었던 비닐장판을 걷어간 흔적으로 아직도 습기를 느낄 수 있도록 퀴퀴한 냄새가 나고 있는 폐허처럼 황량한 방 안, 군데군데 찢어진 벽지들과 장롱이 놓였던 벽 쪽으로는 오랫동안 습기가 차 있었던지 듬성듬성 곰팡이가 피어 있었다.

방바닥 모서리 구석에는 솜처럼 뭉쳐 있는 회색의 먼지더미 속으로 푸른 녹이 낀 10원 짜리 동전도 두어 개 보였다. 알루미늄 커튼 레일이 끝이 아래로 휘어진 채로 있는 창틀과 모서리가 깨진 유리창을 청색 테이프로 땜질해놓은 유리창문은 반쯤 열려 있었다. 형광등이 달려 있었던 자국이 직사각형으로 그린 듯이 나 있는 천장에는 휘어진 전선이 두 가닥으로 찢어진 채 천장을 향해 솟구쳐 있었다.

설희는 제일 마지막으로 자신의 방을 둘러보았다. 창틀 아래로 미처 떼어가지 못한 시간표가 붙어 있었다. 시간표에 가사시간이 있는 것으로 보아 설희가 이 방에 거처했을 때의 또래 여학생의 방이었던 모양이었다.

자신의 내면에서 지금껏 숨은 듯 오밀조밀하게 군락을 이루고 있던 과거의 추억들이 전류처럼 찌릿하게 전신으로 흐르며 은밀하게 꿈틀대고 있는 것을 온몸으로 느끼며 한동안 감상에 젖어 있던 설희는 얼마 후 집을 나왔다.

집을 나온 설희는 그 어떤 자력에 이끌린 듯 아니면 그 어떤 주술적인 힘에 유인된 듯 그렇게 Viet—Vet 다방 앞에 와 있었다.

한동안 미동도 않고 우두커니 서 있던 설희가 무슨 결심이라도 한 듯 성큼 다방으로 들어가는 것이었다. 설희는 출입구에서 정면으로 바라보이는 벽 쪽으로 가서 앉았다. 설희의 바로 위로 걸려 있는 스피커에서는 베르디의 리골레트 중 〈여자의 마음〉이라는 오페라의 아리아가 흘러나오고 있었다.

고무신 거꾸로 신은 자기의 옛날 애인과 닮았다면서 설희가 병실에 나타나기만 하면 벌떡 일어나서 바람에 날리는 갈대와 같이 네 항상 변하는 여자의 마음…… 하면서 이 노래를 불렀던, 지금은 이름을 기억할 수 없는 어느 전상 환자의 기억이 가물가물 되살아나는 것이었다. 입술을 꼭 다물며 설희가 잔잔하게 웃었다.

손님도 없었지만 설희가 얼마를 그렇게 앉아 있었는데도 차 주문을 받으러 오는 사람이 없었다. 좀 의아히 생각하면서 설희는 카운터 위에 걸려 있는 시계를 보았다. 어제 확인한 선우 영이 출연하는 라디오 방송을 듣자면 시간으로 봐서 지금 일어서야 할 것 같았다. 막상 차도 마시지 않고 일어서려니 좀 그랬다.

설희는 좀 어정쩡한 기분으로 일어서서 출입구 쪽으로 갔다. 혼자 있던 남자손님이 무표정하게 설희를 힐끔 쳐다보는 것이었다. 아까 횡단보도 앞에서 보았던 목발의 남자였다.

출입구 우측으로 걸려 있는 흑판에는 이름과 주소, 전화번호 등이 빼곡이 적혀 있었다. 서로 찾고 있는 전우들의 인적사항으로 보였다. 설희가 호기심으로 흑판 앞으로 바싹 다가가는데 갑자기 출입문이 활짝 열렸다. 자칫 설희가 밀려오는 문에 부딪힐 뻔하면서 물러났다.

두 사람의 남자가 비켜서는 설희를 발견하고 미안하다는 표정을 지어 보이고 설희 앞을 가로막으며 흑판을 마주해 서는 것이었다. 또 한 걸음 설희는 어쩔 수 없이 물러났다.

이 두 사람은 월남 '퀴논'에 주둔해 있던 한국군 후송병원 중환자 병실에 입원해 있었던 청룡부대 출신의 이 병장과 태 병장이었다.

―야! 저기 세 번째. 저 친구 맞지?

―어, 맞아. 엔오큐(N.O.Q) 당번병이었잖아. 성 병장이라고. 늦어도 15시까지 온다고 했다.

―그래? 선우 병장은?

―방금 전에 선우 병장한테 전화해 봤는데 16시까지는 올 수 있다고 했다.

―그래?

그때까지도 두 사람은 자신들에 막혀 나가지 못하고 있는 설희를 전혀 의식하지 못하고 있는 것 같았다. 돌아서던 이 병장이 그때서야 뒤에 있는 설희를 발견하고는 태 병장의 팔을 잡아끌며 길을 열어주었다. 설희가 그들의 앞을 지나 다방을 나가자 두 사람은 서로 누구지? 글쎄 손님이었나? 하는 표정으로 고개를 갸우뚱하는 것이었다.

다방을 나온 설희는 택시 정류소 앞에서 방금 전 다방에서 들었던 두 사람의 말을 떠올리고 있었다. 오늘 만남이 이루어진다는 엔오큐 당번병 성 병장? 곰곰이 생각해 보니 그 성 병장은 아스라이 기억할 수 있는 사람이었다. 그런데 그 성 병장을 알고 있는 사람이라면 두 남자도 후송병원에 근무했던 사람? 이렇게 유추해 보면서 설희는 택시를 타고 호텔로 돌아왔다.

항상 그랬듯이 점심시간이 지나고서야 Viet—Vet은 사람들로 북적댔다. 다방의 거의 반 정도가 차 있었고 오전보다는 다방 분위기가 훨씬 활기찬 모습이었다. 손님들 중에는 보훈병원이라고 적혀 있는 환자복을 입고 있는 사람도 여럿 보였다.

6년 전쯤, Viet—Vet이라는 이름의 이 다방이 이곳에 자리잡게 된 계기는 이랬다. 이 병장이 전상 후유증으로 보훈병원에 장기 입원해 있는 전우를 위문하러 왔다가 마침 당시 최고의 베스트셀러 작가였던 선우 영이 보훈병원 현관 정문 앞에 있는 분수대를 배경으로 월남 참전 전상 환자들과 함께 모 TV 방송과 인터뷰하는 장면을 목격하게 되었던 것이었다.

이날 두 사람은 감격적인 해후를 했다. 이때 이런 저런 이야기 끝에 선우 영이 재정적인 문제는 자신이 책임지겠다면서 월남전 참전 용사들의 왕래가 잦은 이 보훈병원 근처에 Viet—Vet이라는 이름으로 월남 참전 용사들의 쉼터 겸 만남의 장소로 활용할 수 있는 공간을 하나 마련하자고 제안하면서 비롯된 것이었다.

그러나 처음에는 그야말로 유명무실한 장소에 불과했으나 경찰관이었던 이 병장의 노력으로 조금씩 자리를 잡아가기 시작했고 선우 영이 잡지나 신문, 방송인터뷰 때마다 이 사실을 적극적으로 홍보한 것이 주효해서 오늘에 이르게 된 것이었다.

—야, 아까 봤던 그 여자 손님 말이야. 어딘지 모르게 낯이 좀 익은 것 같지 않았었니?

—몰라. 난, 무심코 봤는데?

—눈에 확 띄는 깨끗한 피부하며. 어쩐지 낯이 익은 얼굴 같단 말이야.

—그래? 듣고 보니 나도 좀 그렇긴 한데. 글쎄다.

—아까 한 번 물어볼 걸 그랬지?

태 병장이 아쉬워하면서 말했다. 제일 구석진 자리로는 여럿이 둘러 앉아 누렇게 색이 바랜 흑백사진을 돌려보고 있었다. 야, 오늘 나타난다는 성 병장이 이 친구 맞지? 꼭 계집애 같이. 간호장교 숙소 당번병으로는 제격이었다니까. 이 자식 간호장교들 피 빨래는 안 했나 몰라. 내 오늘 만나면 꼭 한 번 물어봐야지, 하는 누군가의 말에 한 차례 폭소가 터져나왔다.

그 시간, 호텔로 돌아온 설희는 소파에 앉아 라디오를 듣고 있었다. 설희의 얼굴은 담담하게 보였지만 긴장하고 있는 기색이 역력했다. 그러나 오늘이 마지막 시간 때문인지 어제와 같은 그런 내용의 대담은 없었다. 주로 선우 영이 추구하는 작품세계와 앞으로의 계획 등을 듣는 일반적인 내용이 대부분이었다.

방송이 끝나자 설희는, 어떻게 해서라도 선우 영을 꼭 만나야 한다. 그의 실체를 확인하고 싶다. 꼭 확인해야 한다, 하고 그 어떤 죄의식 같은 것에 조급하게 쫓기며 안타까워하고 있는 것이었다. 그렇게 안절부절못하고 있던 설희는 잠시 후 호텔을 나와 Viet—Vet으로 갔다.

같은 시간 Viet—Vet에서는 선우 영이 출연한 방송 청취를 끝내고 삼삼오오 짝을 지어 이야기꽃을 피우느라 다방 안이 좀 소란스러웠다. 특히 후송병원 출신 전우들이 모여 있는 테이블은 더 소란했다. 오늘 처음 나타난 간호장교 숙소 당번병이었던 성 병장 때문이었다. 왁자지껄하면서 무슨 이야기 끝에 한바탕 폭소가 터져나왔다. 성 병장이 군복을 입고 있을 때도 그랬었지만 지금이 더 여자처럼 예쁘게 보인다고 모두들 너스레를 떨었다.

누가, 성 병장에게 숙소 당번병 할 때 정말 간호장교들 피 빨래는 안 했느냐고 물었고 또 누가 간호장교들 생리일 기록해놓은 거 아직도 보관하고 있느냐고 묻자 이번에는 누군가가 혹시 간호장교들 방에 불려 들어가 시달리지 않았느냐고 하면서 누구 방에 불려가서 어떻게 성희롱을 당했었는지 아니면 성폭행을 당했었는지 이제 공소시효도 지났을 테니 그만 이실직고하라고 하자 또 한 차례 폭소가 터져나왔다.

　—야, 아직 여전들 하구만. 모두 이렇게 만나게 될 줄 정말 몰랐다. 선우 병장도 나온다며?

　—그래. 어디 그 뿐인 줄 아니? 네가 모셨던 중전마마님께도 네 소식 전했다.

　—중전마마라니? 아아, 간호부장님?

　성 병장이 피식 웃으며 말했다. 성 병장이 간호부장이라는 말에 문득 무슨 생각이 났던지 다시 말했다.

　—야! 간호부장님 이야기를 하니까 생각이 나서 그런데, 내가 아까 다방 앞 횡단보도에서 신호를 기다리고 있을 때 어떤 여자가 다방 앞에서 왔다갔다 하면서 기웃거리고 있더라고. 처음에는 무심코 봤는데 자꾸 보니 그게 아닌 것 같아. 꼭 무슨 용무가 있는 사람처럼 보였어.

　—그래? 그럼 한 번 물어보지 그랬어?

　유심히 듣고 있던 이 병장이 말했다.

　—또 내가 횡단보도를 건너와서 다방에 막 들어서려는데 뒤에서 누가 자꾸 쳐다보고 있는 것 같은 기분이 들더라고. 그래서 돌아봤더니 또 얼른 피하며 돌아서서 곧장 가더라고. 물론 많은 세월이 흘렀지만 직감에 간호장교님들 중에 한 분인 것 같기도 해.

　묵묵히 듣고 있던 이 병장이 슬그머니 일어나는 것이었다. 다방을 나온 이 병장이 사방을 두리번거리며 살폈다. 성 병장이 이야기했던 그런 여자는 보이지 않았다.

—어딜 갔다 오는 거야?

다소 상기된 얼굴로 들어오는 이 병장을 보고 태 병장이 물었다.

—아아. 혹시 선우 병장이 오나 해서. 이제 도착할 시간도 다 돼 가잖아.

그렇게 얼버무리며 이 병장이 태연히 자리에 앉았다.

Viet—Vet이 정면으로 바라보이는 횡단보도 앞에서 오르락내리락 하면서 아까부터 설희가 초조히 서성이고 있었다. 이때 설희의 몇 걸음 앞 차도에서 검은 승용차가 멎었다. 조수석에서 내린 여자가 뒷문을 열고 손을 내밀자 검정색 안경의 남자가 여자의 손을 잡고 내렸다.

아! 하고 비명 같은 탄성을 지르며 설희는 열린 입을 다물지 못하고 있었다. 여자의 부축을 받은 선우 영이 횡단보도를 건너 다방으로 들어가고 잠시 후 좀 전에도 밖을 살피고 들어갔던 이 병장이 나왔다. 주변을 살펴보고 있던 이 병장이 짐짓 놀라는 것이었다.

횡단보도를 건너오는 설희를 발견한 것이었다. 횡단보도를 건너온 설희가 막 인도로 들어서는데 이 병장이 단결! 하고 거수경례를 했다. 설희가 주춤하며 깜짝 놀라는 것이었다.

—최 소위님이시죠? 저 모르시겠습니까? 중환자 병실에 입원해 있었던 청룡의 이 병장입니다.

설희가 이 병장을 쳐다봤지만 잘 기억나지 않았다.

—중환자실의 골칫덩이 아니었습니까. 최설희 소위님 맞으시죠?

이 병장에 대한 정확한 기억을 떠올려 볼 겨를도 없이 설희가 엉겁결에 무의식적으로 고개를 끄덕이는 것이었다.

—여기까지 오셨는데 잠시라도 들어가시지 않겠습니까? 괜찮습니다. 엔오큐 당번병이었던 성 병장도 와 있습니다.

그러나 이 병장은 선우영이 와 있다는 말은 하지 않는 것이었다. 이 병장이 뒤로 비켜나면서 좀 머뭇거리고 있는 설희에게 다방을 향해 얼른 길을 열었다. 이 병장과 설희가 다방에 들어서자 모든 시선이 한꺼번에 몰려왔다. 이 병장이 카운터 옆 낮은 칸막이가 쳐 있는 빈자리로 설희를 안내했다.

웬일인지 좀 난감하다, 하면서 당황해하는 그런 조심스런 표정을 짓고 잠시 주저하며 서 있던 이 병장이 선우 영과 성 병장이 있는 쪽으로 갔다. 이 병장이 다가오자 모두 처음 보는 여잔데 누구냐고 물었다. 장난기 있게 새끼손가락을 세워서 이거야? 하면서 애인이냐고 묻는 사람도 있었다.

—누구, 오셨니?

선우 영이 물었고 선우 영을 수행해 온 미스 박은 칸막이에 가려 보이지는 않았지만 설희가 앉아 있는 쪽을 유심히 바라보는 것이었다.

—야! 나 좀 보자.

이 병장이 손짓으로 성 병장을 불렀다. 성 병장이 다가오자 이 병장이 성 병장의 손을 잡아끌고 카운터 쪽으로 가면서 귀엣말을 하자 성 병장이 좀 놀라는 표정을 지으며 알았다는 듯 고개를 끄덕였다. 카운터 앞에서 이 병장이 명함 뒤에다 뭔가를 급히 적어 들고 설희 앞으로 다가갔다.

—성 병장!

설희가 먼저 알아보고 반갑게 말했다. 이 병장이 성 병장의 손을 황급히 잡아당기며 강제로 앉혔다.

—저도 오늘 처음 나왔습니다. 최 소위님! 정말 반갑습니다.

—나도 그래요.

설희도 반갑게 말했다.

—제 명함입니다. 다시 연락 드리도록 하겠습니다. 그럼.

이 병장이 성 병장의 발등을 지긋이 밟으며 서둘러 일어서는 것이었다. 성 병장의 발등을 밟는 이 병장의 발을 본 설희가 잠시 무슨 생각에 잠겨 있더니 이 병장의 의도를 짐작하고 알았다는 듯 일어서는 것이었다. 설희가 선우 영이 앉아 있는 쪽을 향해 돌아섰다.

—가능하시면 연락처라도 좀 주시겠습니까?

이 병장이 설희의 앞을 가로막으며 수첩을 펼쳐서 볼펜과 함께 설희 앞으로 내밀었다. 주저하지 않고 설희는 이 병장이 내민 수첩에 전화번호를 적었다.

—여긴 어디지요?

—당분간이에요. 귀국한 지 얼마 되지 않아서. 그럼.

설희는 Viet—Vet을 나왔다. 따라 나가려는 성 병장의 손을 잡아당기고 이 병장이 성 병장에게 또 귀엣말을 하면서 아무 일도 없었다는 듯 아주 태연히 선우 영이 있는 쪽으로 가는 것이었다.

이 병장이 좀 당황해하는 눈치였는데 왜 그랬을까? 하는 짙은 여운의 의구심을 안고 서둘러 호텔로 돌아온 설희는 방에 들어서자 마자 급히 핸드백을 열고 이 병장으로부터 받은 명함을 찾아냈다.

선우 영의 이름과 함께 영문으로 H와 O라고 표시해놓은 전화번호가 있었다. 집과 사무실 전화라는 뜻인 것 같았다. 이 병장은 선우 영의 이름을 병장 선우 영이라고 적어놓았다.

설희의 속단인지는 몰라도 지금의 선우 영을 만나는 것이 아니라 과거의, 월남에 있을 때의 병장 선우 영을 만나 보라는 뜻인가? 만약 그렇다면 이 병장이 왜 그런 요구를 나한테 한단 말인가? 하면서 설희는 오랫동안 깊은 상념에 빠져 있었다.

그것은 설희에게 과거로 돌아가라는 이 병장의 암묵적인 제안일 수도 있을지 모른다, 하는 이해할 수 없는 미묘한 여운이 있는 혼란한 상념 속에서 설희는 쉼 없이 뛰고 있는 불규칙한 가슴의 진동을 수습하기에 급급해하고 있었던 것이었다.

앉았다 섰다를 수없이 반복하면서 초조하게 방 안을 맴돌았고 또 수없이 수화기를 들었다 놓았다 하면서 망설이든 설희가 저녁 무렵이 되어서야 수화기를 들었다.

—여보세요? 선우 영입니다.

—최 소위예요.

—최설희 소위님?

—오랜만이에요. 꼭 만나고 싶어요. 장소 알려주면 내가 찾아갈 수 있어요. 라디오 방송도 들었고…… 낮에 다방으로 찾아갔었어요. 오늘 꼭 만나고 싶어요. 알려주세요. 어디에요?

설희가 조급하게 물었다.

—…….

—최근에 귀국했어요. 신사동 한성호텔에 투숙중이에요.

설희가 먼저 자신의 위치를 일러주자 잠시 말이 없던 선우 영이 지금 자신이 있는 곳은 논현동이라고 했다. 그리고 택시를 타면 집까지 10여 분이면 충분하다고 하면서 택시를 타고 찾아오는 방법을 아주 소상히 말해 주는 것이었다. 설희는 지금 이렇게 뭔가에 쫓기듯이 서두르고 있는 자신의 행동이 과연 이성적인가? 아니면 월남에서의 그때처럼 행여 이성을 잃고 있는 것은 아닌가? 하는 조바심을 하면서도 서둘러 선우 영의 집으로 향했다.

그때도 선우 영에게 내가 먼저 월남의 그 대피호에서 만나자고 했었는데 오늘도 또 내가 먼저 만나자고 한 것이 아닌가? 하면서 비록 선우 영을 만나자고 한 동기는 그때와 다를지라도 지금의 이 상황을 놓고 설희는 스스로를 어떻게 이해해야 하나, 하면서 어느덧 선우 영의 집 앞에 도착했다. 대문은 반쯤 열려 있었고 현관에서 대문을 향해 비추고 있는 조명등의 노란 불빛 속에 선우 영이 우뚝 서 있었다.

　—최 소위님이시지요? 어서 오십시오.

　설희의 인기척에 어떻게 알았던지 선우 영이 반갑게 말했다. 선우 영의 모습을 본 순간 설희는 복받치는 안타까움으로 마치 오랜만에 만난 연인을 대하듯이 그렇게 성큼 문턱을 넘어 두어 걸음을 달려가듯 했지만 더 이상은 발을 내딛지 못하고 멈추고 마는 것이었다. 선우 영의 그림자가 설희 앞에서 멈칫멈칫 하면서 일렁이듯이 미동하고 있었다.

　—들어가시지요.

　돌아서면서 선우 영이 먼저 발을 내딛었다. 좀 어눌하게는 보였지만 전혀 실명의 장애인이라는 느낌이 들지 않을 정도로 몇 발자국을 앞서 가고 있는 선우 영을 설희는 참담한 시선으로 바라보는 것이었다. 먼저 들어온 선우 영이 설희를 기다리며 소파 앞에 서 있었고 탁자 위에는 언제 누가 갖다놓았는지 두 잔의 커피가 마주해서 놓여 있었다.

　거실 천장으로는 다섯 개의 백열등이 원형으로 어우러져 있는 조명등이 낮게 장치되어 있었다. 바로 머리 위에서 비추고 있는 백열등으로 설희는 벌써 열기를 느끼고 있었다. 암막 같이 드리워져 있는 검은 커튼, 흰 벽지, 또 아무 장식물이 없는 거실 분위기가 설희를 압박해 왔다. 암울해 보였다.

　그 순간 월남에서의 그때, 그 대피호 같은 밀폐된 공간에서처럼 선우 영과 함께 있다는 착각이 설희의 뇌리를 찰나로 스쳐가는 것이었다. 선우 영의 모습이 너무도 고즈넉해 보였다. 불현듯 선우 영을 와락 안아주고 싶은 내밀한 충동이 치솟는 것이었다. 안타까운 연민이었다.

─편히 앉으세요.

선우 영이 말했지만 설희는 선우 영의 얼굴을 바라보고 있을 뿐이었다. 선우 영의 검은 안경에 불씨같이 자리잡고 있는 백열등이 눈동자처럼 어른거리며 타는 듯이 빛나고 있었다.

─최 소위님! 그렇게 오래 서 계시면 머리가 뜨겁습니다. 어서 앉으십시오.

설희가 앉자 선우 영도 따라 앉았다.

─커핀데 괜찮으시겠습니까?

설희의 시선은 선우 영의 얼굴에서 잠시도 떠나지 않고 있었다.

─선우 병장! 선우 병장 후송 후, 소문 들어서 알고 있었지만, 설마…….

─예비된 제 삶이지요. 흔히들 이야기하는 숙명…… 그렇게 스스로 형이상학적으로 이해하고 있습니다.

양손으로 안경 다리를 잡고 가볍게 들었다 놓으면서 미소를 짓고 있는 선우 영의 얼굴이 전혀 어둡게 보이지 않았다. 이때 방문이 열리며 여자가 나왔다. 여자가 먼저 설희에게 목례를 하자 설희도 어색해하며 목례를 했다.

─미스 박! 이제 다 끝났습니까?

─네! 구술해 주신 부분 정리해서 두 번째 서랍에 두었습니다.

─그래요? 수고했어요. 미스 박! 인사하시지요. 언제 내가 미스 박에게 이야기한 적이 있었던가? 이분은 내가 월남에 있을 때…….

─알고 있습니다.

─미스 박이 어떻게?

선우 영이 의외라는 듯 물었다.

─아까 비에트 베트에서 작가님 수행하고 있을 때 뵈었습니다.

─아아, 그랬어요?

─안녕하세요. 미스 박입니다.

설희를 정면으로 빤히 바라보면서 어떻게 보면 도발적으로 보일 수 있을 정도로 미스 박이 말했다. 미스 박은 20대 후반의 나이로 보였다. 설희는 나하고는 적어도 10년은 나이 차가 나겠구나! 하는 생각을 하면서 미스 박을 바라보는 것이었다.

─안녕하세요. 미스 최에요.

설희가 미스 최!라고 자신을 소개하는 것이었다. 말을 하고도 설희는 내심으로 미스 최라니, 내일 모레면 내 나이가 40인데, 했다.

─작가님, 내일은 10시까지 도착하겠습니다.

선우 영과 설희에게 번갈아 목례를 하고 미스 박이 나갔다.

─미스 박은 출판사 직원입니다. 출판사 사장님의 배려로 5년째 전적으로 제 일을 전담해서 도와주고 있지요. 아주 성실하고 영리한 사람입니다.

미스 박이 나가고 마주 앉은 두 사람은 한동안 말이 없었다. 그러나 설희의 시선은 잠시도 선우 영의 안경에서 떠나지 않고 있었다. 밤하늘의 별처럼 백열등이 자리하고 있는 선우 영의 검은 안경에는 설희의 모습도 보일 듯 말 듯 아슬아슬하게 어른거리며 나타나 있었다. 선우 영의 어둠 속, 저기 내가 저렇게 작지만 빛인 듯 들어 있구나! 하면서 설희는 선우 영의 안경을 안쓰럽게 바라보고 있는 것이었다.

─용서하세요.

설희가 무의식적으로 손을 뻗어 선우 영의 손을 잡으며 말했다. 순간

선우 영의 상체가 엉거주춤한 자세로 움칠, 하면서 약간 앞으로 기울어
졌다.

─따뜻한 차로 바꿔드리겠습니다.

설희의 손을 조심스레 걷어내고 선우 영이 찻잔을 들고 일어섰다.

─혼자서 어떻게…….

─나름대로 잘 하고 있습니다.

아주 유쾌하게 말하며 막 발을 옮기던 선우 영이 발끝으로 탁자 다리
를 툭, 차면서 약간 비틀, 했다. 순간 선우 영이 들고 있던 찻잔이 흔들리
며 커피가 설희의 머리 위로 쏟아졌다. 깜짝 놀라며 선우 영이 잔을 내
려놓고 설희를 일으켜 세웠다. 미지근한 커피가 설희의 등을 타고 주르
륵 흘러 내렸다.

월남의 그 대피호에서 출렁, 하며 선우 영의 탄띠에 매달려 있던 수통
이 흔들렸던, 어쩌면 선우 영의 불행한 미래를 예고라도 하듯이 경종처
럼 크게 울렸던 그때의 물소리가 아스라이 들리는 듯하는 것이었다.

그땐 선우 영의 등뒤에서 조바심을 하며 숨죽여 껴안고 있었는데, 하
고 설희는 눈을 감으며 추억하고 있었다. 설희의 어깨를 잡고 있던 선우
영의 손이 설희의 젖은 등을 확인하기라도 하는 듯 더듬으며 미끄러지
듯이 내려와 허리에서 멎었다.

─너무 많이 젖었습니다. 현관 우측으로 욕실이 있습니다.

이렇게 말하고 선우 영이 방으로 들어가는 것이었다. 찰칵, 하고 문
닫히는 소리에 설희는 눈을 떴다. 설희의 검정색 겉옷이야 문제가 없었
지만 흰색 블라우스의 목 깃과 가슴 쪽으로 심하게 커피 얼룩이 져 있었
다. 아무리 밤이지만 이대로는 도저히 나갈 수 없을 지경이었다. 잠시
망설이다가 하는 수 없이 설희는 욕실로 들어갔다. 거울이 보이지 않았

다. 옷이야 육안으로 얼룩을 확인할 수 있겠지만 머리나 얼굴 매무새는
거울이 없으니 어떻게 해 볼 도리가 없었다. 난감했다.

이때 노크 소리가 났다. 짐짓 놀라며 설희가 본능적으로 가슴을 감싸
고 돌아섰지만 더 이상 노크 소리는 없었다. 핸드백에서 손거울이라도
가져와야겠다는 생각에 설희는 욕실 문을 열었다. 문 옆으로는 타월과
포장된 칫솔, 오랫동안 사용하지 않고 방치해 두었던지 손잡이와 거울
테두리의 황금색 도금이 낡아서 검게 얼룩이 져 있는 제법 큼지막한 손
거울, 머리 빗, 헤어드라이어가 가지런히 놓여 있는 것이었다.

찰칵, 하고 현관문 닫히는 소리가 났다. 그리고 지팡이가 콘크리트 바
닥을 이쪽 저쪽 두드리는 규칙적인 소리도 났고 잠시 후 철커덕, 하고
철 대문이 닫히는 소리가 크게 났다. 이런 선우 영의 외출의 뜻을 헤아
리며 설희는 수건과 칫솔을 들고 욕실 문을 닫았다.

집을 나온 선우 영은 집에서 50여 미터쯤 떨어져 있는 근린공원으로
갔다. 비나 눈이 온다거나 아니면 출장을 간다거나 하는 따위의 일들이
없으면 선우 영은 거의 매일이다시피 습관처럼 이곳을 찾았다. 쓰다가
꽉꽉 막혀서 단 한 줄도, 때로는 단 한 단어의 어휘 선택을 못해 전전긍
긍하며 고통스러울 때도 그랬고 잠들기 전 숙면을 위해서도 그랬었다.

더듬어 쇠줄을 잡고 선우 영이 그네에 올라 다리를 쭉 뻗었다. 소위
최설희! 하면서 선우 영은 스스럼없이 설희의 방문을 허락한 자신을 다
시 한 번 돌이켜 보는 것이었다.

시공을 넘나드는 시계추가 흔들리듯 그렇게 그네에 심신을 맡기고 선
우 영은 그때, 월남 후송병원의 연병장 벤치와 설희의 일방적인 요구로
그 대피호에서 만났던 기억을 반추해 보면서 지금껏 자신의 내면에 어
떤 이유로든 내재해 있었을 것 같은 설희의 존재와 그의 뜻을 확인해 보

는 시도를 하는 것이었다. 그러나 아쉽게도 그 설희에 대한 구체적인 기억은 더 이상 나아가지 못하고 문득 멈추고 마는 것이었다. 설희와 그 대피호에서 찰나 같이 만났을 뿐인 바로 그 다음날 선우 영은 불의의 사고로 후송되고 말았기 때문이었다.

또 불현듯 그때 미스코리아의 화려한 신분으로 위문단과 함께 섬광처럼 나타났던 혜리의 모습이 아련하게 떠올랐다. 선우 영이 안경 다리를 매만지며 눈을 끔벅이고 있었다. 뇌리에 각인되어 있는 그때의 혜리를 실상으로 그려내고 싶은 내면의 욕구와 소망이 표출되는 행동으로 보였다.

혜리! 주혜리! 가없는 보랏빛 창공으로 깃털 하나 떨구지 않고 화려한 비상을 했던 혜리! 하면서 선우 영은 마치 탄식하듯이 그렇게 추억해 보는 것이었다. 너무도 선명한 궤적을 그리며 유성처럼 선우 영의 가슴으로 추락되는 추억이었다.

그때 혜리가 찰나로 머물다 간, 월남에서의 그날. 나는 그 혜리로부터 받은 충격과 허전함을 스스로 수습하고 다스리기 위해 홍건한 달빛뿐이었던 그 연병장 벤치에 있었는데, 그때 나타난 최 소위를 본 순간 나는 어쩌면 최 소위도 나처럼 그 어떤 고통과 허전함을 잉태하고 있는 것 같다는 막연한 추측을, 또 왜 그랬는지는 몰라도 그런 것이 최 소위에게 있었으면, 하는 기대 같은 것도 했던 것 같았다.

또 나는 그때 최 소위의 얼굴에 드리워져 있는 우수와 고뇌의 애잔한 그림자를 발견할 수 있었다. 그리고 잠시 후, 최 소위의 이해할 수 없는 눈물을 봤었고, 비록 순간적이긴 했지만 연민 같은 감정도 느꼈던 것 같았고, 그래서 나는 차마 더 이상 최 소위의 그런 모습을 지켜볼 수가 없어 묵묵히 그러나 도망자처럼 황급히 그 자리를 뜨고 말았었는데……

하면서 선우 영은 하염없이 그네에 몸을 맡기고 있을 뿐이었다.

지금껏 침묵하며 윤회를 멈추고 있었던 육중한 시공의 수레바퀴가 오직 상흔으로만 점철된 자신의 심신을 싣고 이제야 비로소 서서히 움직이기 시작하는 것 같은 그런 거친 금속성의 마찰음을 들으며 선우 영은 그렇게 과거를 추억하고 있었다.

선우 영과의 짧은 그러나 너무도 긴 여운이 남는 그런 해후를 하고 호텔로 돌아온 설희는 카운터에 잠시 들러 착신 전화 유무를 확인하고 커피숍으로 갔다.

커피를 한 모금 마시고 막 잔을 내려놓는데 종업원이 다가왔다. 벌써 여러 번 설희를 찾던 사람이라고 하면서 전화를 받아 보라고 했다. 이 병장이었다. 이 병장이 자기가 실수를 한 것 같다면서 간호부장의 이야기를 하는 것이었다.

퇴근시간쯤 간호부장으로부터 Viet―Vet 운영문제로 전화가 왔었는데 이런 저런 이야기 끝에 다방 분위기를 이야기한다는 것이 그만 설희가 오늘 Viet―Vet에 다녀갔다는 이야기를 하고 말았다는 것이었다. 또 어떻게 하다 보니 설희의 전화번호까지 알려주고 말았다는 것이었다. 자기가 신중하지 못했고 너무 경솔했다면서 설희가 민망할 정도로 죄송하다고 사과를 하는 것이었다.

또 이 병장은 Viet―Vet 앞에서 설희를 처음 만났을 때 좀 더 신중하게 고려했어야 했는데 지금 생각해 보니 자신이 너무 성급했으며 또 후회하고 있다고 하는 것이었다. 설희에게 막무가내로 Viet―Vet에 들어가자고 하는 것이 아니었다는 것이었다.

―이 병장이 뭐가 경솔했다는 거예요? 부장님 만나게 되니 오히려 반갑지요. 그렇게 마음 쓸 것 없어요. 나도 간호부장님 소식 궁금해하고

있었어요.

—그렇지만. 여하튼 죄송합니다. 그럼.

말끝을 흐리며 이 병장이 전화를 끊었다. 수화기를 내려놓고 간호부장! 하면서 설희는 한동안 멍하니 서 있었다.

월남에서 그녀의 설희를 향한 집착과 집요한 관심으로 설희의 일거수일투족은 그녀에게서 벗어날 수 없었고 또 그녀의 은근한 시선과 은밀한 접근으로 설희는 얼마나 힘들어했는지 몰랐다.

그러나 곰곰이 생각해 보면 만약 간호부장이 아니었더라면 또 간호부장의 그와 같은 배려와 집착이 없었더라면 어쩌면 설희는 징계를 받고 조기 귀국을 당했거나 아니면 불명예 제대를 했을지도 몰랐다. 설희는 정말 고마웠던 분이었는데, 하는 마음이 많이 있으면서도 왠지 전적으로 그런 마음만으로 다 채워지지 않는 뭔가 오히려 부담으로 남는 그런 상념 속으로 빠져들고 마는 것이었다.

—오늘 무척 바쁘신 것 같네요. 또 전화 왔습니다.

종업원이 다가와 웃으며 말했다.

—그래요? 고마워요.

설희는 또 누군가? 하면서 전화를 받았다.

—여보세요?

아무 대답이 없었다. 설희가 좀 의아한 표정을 짓고 있는데 흐으, 하는 신음 같은 소리가 들리는 것이었다.

—여보세요? 최설흽니다.

—나, 간호부장이야!

—어머, 부장님!

—보고 싶은데. 지금 가까이 있어. 내 금방 그리로 갈게.

간호부장이 금방 전화를 끊었다. 자리로 돌아온 설희는 목이 아프도록 계속해서 마른침만 삼키고 있었다.

잠시 후, 로비로부터 조급하게 뛰어오는 날카로운 구두 소리가 커피숍 입구에서 뚝 멈췄다. 간호부장이었다. 설희는 앉은 채로 간호부장을 멍하니 바라보고 있을 뿐이었다. 갑자기 전신으로 닿고 있는 환각의 이물감 같은 것으로 순식간에 오싹, 소름이 끼쳤다.

간호부장이 얼굴 가득 미소를 머금고 다가와서 설희 앞에 섰다. 의자 팔걸이를 힘있게 꽉 짚고 가까스로 설희가 일어서려는데 간호부장이 설희의 어깨를 누르며 앉혔다. 설희가 마치 경악반응을 일으키는 것처럼 움칠, 하는 것이었다. 동물이나 곤충들의 위사반사(僞死反死) 같은 반응으로도 보였다. 그리고 마주 앉은 두 사람은 한동안 말이 없었다.

간호부장은 설희를 지긋이 바라보고 있었고 설희는 그런 간호부장의 시선을 다 받아내지 못하고 마침내 힘없이 고개를 떨구고 마는 것이었다. 눈이 시린 듯 간호부장이 눈을 한 번 끔벅, 하는데 눈 꼬리로부터 이슬 같은 물기가 언뜻 비쳤다.

─우리 10년도 훨씬 넘었지? 전역 후 미국 이민 갔다는 소식은 나중에 들었지. 오늘 이 병장 통해서 얼마 전 귀국했다는 소식을 들었고…….

간호부장이 고개를 떨구고 있는 설희의 얼굴 앞으로 천천히 손을 뻗었다. 섬뜩한 움츠림이 순간적으로 없었던 것은 아니었지만 설희는 간호부장의 손을 잡았다.

─매정하다고 제게 많이 섭섭해하셨지요?

설희의 말에 간호부장이 은근한 미소를 머금고 고개만 저었다.

─부장님께 대한 감사한 마음 항상 잊지 않고 있었습니다.

─그랬어?

흡족해하며 간호부장이 젖은 시선으로 설희를 바라보는 것이었다. 설희는 도저히 더 이상 간호부장과 그 어떤 이야기를 할 수도, 들을 수도, 또 이렇게 마주해 있을 수도 없을 것 같았다. 가슴이 답답해 왔고 뛰는 가슴의 진동을 진정시킬 여력조차도 없었다. 설희는 어떻게 해서든지 지금의 이 상황에서 벗어나야겠다는 일념에만 집착하고 있었다. 궁리 끝에 숙소로 곧 이모가 오신다는 거짓말을 하고 설희는 간호부장과 로비에서 헤어졌다.

집수리가 끝나고 이사를 한 지도 열흘이 지났다. 이사를 마치고 설희는 쉴 사이도 없이 미국에서부터 계획해 왔던 일을 추진하기 위해 준비해 온 자료들을 정리하며 바쁜 나날을 보내고 있었다.

설희가 미국으로 이민 온 다음해부터 유영미는 행운이었던지 호황을 맞아 한때는 뉴욕에서 세 곳의 세탁소를 운영할 만큼 번창했고 대형 슈퍼마켓도 운영하면서 상당한 성공을 거두고 있을 때였다. 이러한 성공에 힘입어 설희는 유영미의 적극적인 권유로 비록 만학이었지만 사회복지학 공부를 시작했고 꾸준히 관련시설 기관들을 탐방하며 자료수집을 하면서 적절한 귀국의 기회를 가늠해 보고 있던 중일 때였다.

그런 어느 날, 설희는 유영미의 제안으로 3박 4일 동안 '플로리다' 로 휴가여행을 갔었다. 물론 유영미가 사전에 준비한 계획된 여행이었다. 그 여행의 마지막 날 밤, 유영미는 뜻밖에도 그동안 자신은 배희원과 연락이 닿고 있었다는 것과 배희원이 유영미를 만나러 수차 미국에 드나들었다는 이야기를 하면서 설희에게 이해를 구하며 말했었다.

물론 구체적인 태호의 이야기도 있었다. 월남에서 하반신과 얼굴 등 최악의 전상을 입고 후송되었던 태호는 치료 차 오랫동안 영국에 머물고 있으며 수차에 걸친 수술 끝에 처음에는 거의 절망적이라고 우려했던 시력도 상당 수준으로 회복되었으며 하반신도 이제는 보행에 지장이 없을 정도로 기적적으로 회복되었다는 것이었다.

그리고 태호는 사회복지학 박사과정을 밟고 있다고 했다. 또 머지않아 귀국하며 귀국 후에는 후천적 장애인을 위한 사회복지시설을 운영할 것이라고 했다. 그리고 유영미는 조심스럽게 말했다. 차제에 복지시설 운영에 대한 장래의 뜻도 같고 하니 서로 뜻을 모아 두 사람의 꿈을 동시에 펼쳐보는 것이 어떻겠느냐는 것이었다. 그러나 그때 설희의 반응은 냉담하리만큼 아주 소극적이었다.

이와 같은 설희의 반응을 간파한 유영미는 이제는 힘이 들어 여러 곳의 사업장 운영을 도저히 못하겠다며 세탁소를 먼저 정리하더니 나중에는 그렇게 잘 되던 슈퍼마켓까지 과감하게 정리해 버리고 마는 것이었다. 유영미도 노후에는 한국에서 보내기 위해 준비중이었다는 것이 명분이었다.

또 유영미는 설희에게 이 이야기는 무덤까지 가져가기로 다짐했던 것이었다면서 아버지의 이야기를 하는 것이었다. 설희가 월남에서 귀국 후 유영미에게 아버지의 이야기를 물어봤을 때 유영미는 만약 한 번만 더 아버지의 이야기를 물어보면 설희 너와의 인연도 끊겠다고까지 했던 것이었다. 그랬었는데 유영미가 설희에게 무슨 의도가 있었던지 그 아버지의 이야기를 하는 것이었다.

집안의 장손인 아버지는 나이가 들면서 아들에 대한 집착이 강했다고 했다. 그래서 아버지는 아들을 봐서 대를 잇겠다고 유영미를 떠났다고 했다. 사실 설희를 입양할 때도 아버지는 무조건 아들을 고집했었고 유영미 역시 처음에는 그랬었다.

그러나 그때, 첫눈으로 오는 함박눈을 맞으며 고아원 처마 밑에 쪼그려 앉아서 이제 가까스로 눈이 쌓이고 있는 땅바닥에 뭔가 손가락으로 그리고 있던 예쁘장한, 그때는 명자라는 이름으로 불렸던 설희의 모습이 찡, 하도록 너무도 애처롭게 다가와 즉석에서 유영미가 아버지를 설득해서 설희를 입양하게 되었다는 것이었다. 그리고 어머니는 그랬다.

"설희 네가 자존심이 상하고 마음 아파할지는 몰라도 인간의 삶이라는 것은 어차피 자신의 선택보다는 선택당하는 경우가 더 많다고 생각한다. 인간의 출생은 설희 너나, 나나, 전혀 우리의 뜻이나 의지가 있었던 게 아니잖니? 그래서 인간을 피투성(被投性)의 존재라고도 하지 않니? 인간은 내가 태어나고 싶다고 해서 언제 어디서나 내 뜻대로 태어날 수가 없고 또 스스로 부모를 선택해 태어날 수 없는 게 인간이지 않니. 좀 더 극단적으로 말하자면 전혀 내 뜻과 상관없이 어느 날 갑자기 타인의 뜻에 따라 태어난 게 아니니. 인간이 부모를 선택해서 태어날 수 없는 것과 같이 인간은 일상의 매사에 있어서도 스스로의 주관적인 선택보다는 선택당하는 어쩔 수 없는 객관적인 일들이 훨씬 더 많다고 생각한다. 그래서 인간은 어차피 선택당하는 나약하고 객관적인 존재일 수밖에 없다고 생각한다."

선택이라는 어휘를 유별나게 강조하며 설희의 감성을 예민하게 자극했던 이 유영미의 말이 직접적이었든 간접적이었든 간에 설희가 귀국을 결심하게 된 동기가 된 것 또한 사실이었다. 그것은 설희가 설득을 당했다기보다는 자신을 선택해 준 유영미의 순수한 모성을 이해했다고 하는 것이 더 옳았다. 그것뿐이 아니었다. 유영미는 설희에게 모든 것을 운명이 아닌 숙명으로 받아들이라고 운명과 숙명이라는 말을 분명히 구분해서 이야기했던 것이었다.

설희는 어머니가 왜 자신에게 숙명이라는 말을 수없이 강조했었는지 그 뜻이 궁금해서 어느 날 한글사전을 찾아본 일이 있었다. 사전에는 '운명은 인간을 지배하는 필연적이고 초월적인 힘. 또는 그로 말미암아 생기는 길흉화복' 이라고 했고 '숙명은 날 때부터 타고 난 운명. 피할 수 없는 운명' 이라고 설명하고 있었다. 그리고 설희가 유영미의 뜻을 따르겠다고 했을 때 유영미는 참 잘 생각했다고, 아주 현명한 선택을 했다고 얼마나 흡족해했는지 몰랐다.

그동안 설희는 여러 차례 배희원을 만났었다. 재정적, 행정적인 모든 지원을 해 주겠다고 했지만 설희는 미국에서부터 나름대로 준비해 온 것도 있고 해서 일단 스스로 추진해 보기로 했다. 그러나 인허가 행정관서에서 요구하는 까다로운 구비서류에서부터 모든 것이 설희의 생각처럼 그렇게 간단치 않았다.

또 때마침 불어닥친 부동산 투기 열풍으로 당장 부지 매입에서부터 문제가 발생했던 것이었다. 부동산 가격이 귀국하기 전 설희의 예상보다 거의 두 배 이상이나 폭등해 있었기 때문이었다.

이런 산적한 문제들을 놓고 고민하고 있을 때 배희원으로부터 또 전화가 왔다. 태호의 아버지가 설희 혼자서는 도저히 불가능하다고 판단을 했음인지 지원을 하겠다면서 설희를 만나자고 했던 것이었다.

국회 국방분과위원장을 역임한 4선의 국회의원이었던 태호 아버지는 얼마 전 이런 저런 사유로 정계를 완전 은퇴한 후, 경영 일선으로 복귀해 사업에 전념하고 있었다. 설희는 한영준으로부터 예상 밖의 파격적인 지원을 받게 되었다. 한영준이 자신도 오래 전부터 사회복지사업에 뜻을 두고 있었다면서 행정관서의 인허가에서부터 부지 확보 등 일체의 지원을 해 주기로 약속했던 것이었다.

토요일의 오후.

소파에서 한가롭게 책을 보고 있던 설희가 졸음을 참지 못해 책을 접고 입이 찢어져라 하품을 하는 것이었다. 소파 팔걸이에는 어제 저녁, 무료한 시간을 채우느라 보다가 치우지 않고 그대로 둔 앨범이 있었다.

잠을 청하기 위해 설희가 앨범을 들어 바닥에 내려놓는데 부저 소리와 전화벨 소리가 거의 동시에 울렸다. 누가 왔나? 하고 무심코 대문 쪽을 돌아봤다. 대문 아래로 움직이고 있는 검정색 하이힐이 보였다. 고개를 갸우뚱하고 먼저 전화부터 받으려는데 전화벨 소리가 뚝 끊겼다.

─누구세요?

대문을 향해 설희가 큰소리로 물었는데 때마침 지나가는 잡상인의 확성기 소리에 미처 듣지 못했던지 대답이 없었다. 설희는 올 사람이 없는데 누굴까? 하는 의구심으로 나갔다.

─마침 있었구나.

간호부장이었다.

─어머, 웬일이세요? 부장님!

짐짓 놀라며 잠시 망설이던 설희가 대문을 열었다.

─어떻게 아셨어요?

─왜 내가 못 올 곳에라도 왔어?

─아니에요. 부장님.

─옷이 이게 다 뭐야? 너무 타이트하잖아. 가슴도 다 보이고. 이러다 혼자 있는 집에 치한이라도 들이닥치면 어쩌려고 그래. 무슨 일 당하면

어쩌려고.

─부장님도, 설마.

미국에서 입다 가져온 가슴이 브이 형으로 깊게 파진 타이트한 검정색의 얇은 스웨터였는데 볼륨 있는 설희의 팽만한 가슴으로 해서 좀 야하게 보였던 모양이었다.

─설마, 설마 하다가 큰일나.

간호부장이 설희의 엉덩이를 철썩, 하고 소리가 나도록 치고는 스스럼없이 먼저 들어가는 것이었다.

─앉으세요. 부장님.

거실을 둘러보며 서 있는 간호부장을 향해 소파를 가리키며 설희가 말했다.

─나, 지금 휴가중이야. 설희가 집 전화번호 알려준다고 약속해놓고 알려주진 않지. 무척 오고 싶었는데. 이사하느라 바빠서 그랬지?

─네!

─그렇게 서 있지 말고 와서 앉아.

간호부장이 빈자리를 손바닥으로 톡톡 치며 말했다. 설희가 선뜻 앉지 못하고 머뭇거리고 있었다. 간호부장이 바닥에 있는 앨범을 집어들고 펼쳤다.

─누구? 꽤 오래된 사진 같은데? 애인?

말없이 설희가 간호부장과 좀 떨어져 앉았다.

─지금도 만나?

당장 사진을 빼앗아 버리고 싶은 순간적인 충동으로 하마터면 설희가 간호부장 곁으로 바싹 다가갈 뻔했다. 간호부장이 앨범을 넘기며 다시 물었다.

―전부 같은 사람과 찍은 사진뿐인데. 누구야?

그래도 설희의 대답이 없었다. 갑자기 앨범을 덮으며 간호부장이 설희를 뚫어지게 쳐다보는 것이었다. 부담스럽기 짝이 없는 시선이었다. 이때 전화벨이 울렸다. 어떤 의미로든 거실 가득 팽배해 있었던 긴장감을 한순간에 날려 버리는 소리였다. 구세주를 만난 듯 설희는 잽싸게 뛰어가서 수화기를 들었다.

―최 소위님? 저 선우 영입니다. 외출하셨던가 보지요?

좀 전의 전화도 선우 영의 전화였던 모양이었다.

―아니에요. 마침 손님이 오셔서 전화받지 못했습니다.

―누구?

간호부장이 물었다. 설희는 간호부장과 등을 지고 돌아섰다.

―아니에요. 아주 든든한 스폰서가 나타나셨어요. 너무 힘이 들어서 한때는 포기할 생각도 했었는데 아주 잘 해결될 것 같아요. 구체적인 사업계획서는 이미 제출된 상태지만 관계자들의 일반적인 반응이 너무 이상적이라고들 해요. 기본 취지는 그대로 유지시키되 일정 부분은 한국 실정에 맞게 조정이 불가피할 것 같아요.

간호부장을 무시한 채 설희는 의도적으로 대화에 열중하고 있었다. 설희의 목소리는 밝았고 또 평소보다 더 컸다.

―누구야, 어? 지금 도대체 무슨 이야기를 하고 있는 거야. 어?

불쾌한 감정이 역력한 굳은 얼굴로 간호부장이 조바심을 하며 설희의 등을 노려보고 다그치듯이 묻는 것이었다.

―물론이지요. 그 문제로 관계자 실무회의에 참석하고 왔어요. 지엽적인 문제이긴 하지만 선천적 장애인 중심이나 후천적 장애인 중심이냐 하는 우선 순위의 문제와 수용범위 등을 놓고 다각도로 실무적인 검

토작업이 진행중이에요. 네? 그러세요? 기꺼이 받아들이지요. 그렇게까지 후원해 주신다면 저로서는 천군만마를 얻은 거나 다름없지요. 고마워요.

간호부장이 도저히 못 참겠다는 듯 벌떡 일어서는 것이었다.

―네에. 물론이지요. 전문가들의 소견이니 당연히 따를 수밖에 없지요. 네! 그럼 내일 다시 전화하지요.

간호부장을 조금이라도 의식하고 있었다면 지금 손님이 계시니 잠시 후 다시 전화를 하겠다든지 하면서 상대방에게 양해를 구할 수도 있는 것을 설희 쪽에서 더 의도적으로 이어가고 있었던 것이었다. 부담스러운 간호부장의 존재를 의식하고 있었던 설희는 내심으로 쾌재를 부르며 전화를 끊고 돌아섰다. 그런데 간호부장이 보이지 않는 것이었다.

전화에서 선우 영은 지금 설희가 추진중인 이와 같은 사업을 언젠가는 자신도 꼭 하고 싶어 나름대로 구상중이었는데 설희가 추진한다고 하니 마침 잘 되었다고 하면서 어떤 방법으로든 조건 없이 지원하고 싶다는 뜻을 밝히며 동참을 약속했던 것이었다.

간호부장이 다녀간 이후 설희는 자신이 전화를 거는 경우를 제외하고는 거의 전화기의 코드를 뽑아놓고 있었다. 밤낮없이 뻔질나게 오는 간호부장의 전화로 설희는 그 어떤 두려움으로 조바심을 하며 예민해 있었고 전화번호를 바꿔 버릴까, 하는 생각도 했다. 특히 일요일 같은 경우 예감으로 간호부장이 올 것 같으면 목욕을 간다거나 아니면 특별한 볼일이 없어도 무작정 외출을 했다.

오늘도 설희의 예감이 그랬다. 왠지 간호부장이 들이닥칠 것만 같았다. 토스트 한 조각과 우유 한 컵으로 점심을 해결하고 어디를 갈까? 하고 망설이다가 달력에 동그랗게 표시해놓은 유영미의 생일을 확인하고는 오늘 생일선물을 사서 보내드리면 되겠구나! 하고 생각하면서 조간신문에 전면광고로 난 백화점 바겐세일 광고를 훑어보고 서둘러 집을 나왔다.

백화점은 바겐세일로 붐비고 있었다. 이곳 저곳 한참을 기웃거리다가 블라우스가 걸려 있는 매장으로 들어갔다. 매장 안에는 도수가 아주 높아 보이는 두터운 안경을 낀 중년의 남자가 핸드백을 들고 무료하게 그러나 좀 계면쩍은 듯이 앉아 있었다.

남자를 지나쳐 가서 설희는 걸이에 걸려 있는 블라우스들을 하나하나 밀쳐내면서 고르고 있었다. 문득 따가운 시선을 느끼며 설희가 손을 멈추고 돌아보았다. 안경 다리를 매만지며 설희를 찬찬히 훑어보고 있던 남자가 얼른 시선을 피하는 것 같았다.

그러나 별 의심 없이 대수롭지 않게 여기고 설희가 다시 옷을 고르고 있었다. 고르던 옷 중에서 소라색의 블라우스가 마음에 드는지 설희가 옷걸이 채로 들고 나와 탈의실 문 바깥쪽에 부착되어 있는 큼지막한 거울에 비춰보면서 어머니한테 참 잘 어울리겠다, 하고 있는데, 남자가 일어서서 설희를 힐끔 쳐다보며 나가는 것이 거울로 보였다. 이때 탈의실 문이 열리며 여자가 새 옷으로 갈아입고 나왔다.

—여보 어때요? 어? 이 양반이 어디 가셨지?

—방금 나가셨습니다. 한 번 입어 보시지요.

판매원이 그 여자에게 그렇게 말하고 설희에게는 탈의실로 들어가서 입어 보라고 권했다. 설희는 입어 보지 않아도 된다고 하면서 사이즈만 어머니에게 맞는 것을 주문했다.

—이 양반이 화장실에 가셨나? 가슴이 너무 많이 패였나? 아가씨 보

기는 어때요?

여자가 거울에 이쪽 저쪽 몸을 틀어 비춰보며 말했다.

―이 정도는 괜찮습니다. 사모님 가슴 볼륨이 적당하시니까 잘 어울리십니다.

―그래요?

판매원의 말에 여자가 만족해하는 것 같았다.

―포장은 하지 마시고 포장지와 박스만 담아주세요.

집에 가서 생일 축하편지를 써서 함께 포장할 작정으로 설희는 판매원에게 그렇게 요구하고 옷값을 치르기 위해 핸드백을 열고 지갑을 찾는데 설희를 빤히 쳐다보고 있던 여자가 깜짝 놀라며 말했다.

―어머! 최 소위 아냐?

―네?

설희도 놀라서 돌아봤다. 누군지 금방 생각나지 않았다.

―나 몰라? 수술실에 노 중위.

―아아, 노 중위님. 이제 알아보겠어요.

―이게 얼마만이야. 어? 여기서 이렇게 만나게 되다니. 전역하고 미국 이민 갔다는 소릴 들은 것 같은데.

―네. 얼마 전 귀국했어요. 노 중위님, 아주 좋아 보이세요.

―그래? 고마워. 근데 이 양반이 말도 없이 어딜 가셨지? 난, 귀국해서 결혼하고 곧바로 전역했어. 최 소위는?

―아직.

―그래? 난, 안과과장 이 대위님과 결혼했어. 이 대위님은 제대 후 죽 학교에 계시다가 지금은 개업준비하고 계서. 오늘 내 생일이라고 옷 한 벌 사준다고 해서 같이 나왔어. 마침 잘 됐네. 신랑 오면 인사나 하지.

월남참전 동긴데 만나면 반가워하실 거야. 그나저나 이 양반이 도대체 어딜 가서 이렇게 오래 있는 거야?

이 대위라는 말에 충격을 받은 설희는 그 자리에 털썩 주저앉아 버리고 말 것 같은 무력감에 우두커니 겨우 서 있었다.

―최 소위! Viet―Vet다방이라고 알아? 나도 최근에 알았는데 거기 가면 우리 월남에 있을 때 같이 근무했던 전우들 많이 만날 수 있는가 봐. 개업하기 전에 신랑하고 같이 한 번 가볼까 하고 있어. 개업신고도 하고.

판매원이 건네준 쇼핑백을 든 채 설희는 있는 듯 마는 듯한 미소만 머금고 노 중위의 말을 건성으로 듣고 있었다.

―아가씨, 어디로 간다고 이야기하지 않았어요? 최 소위! 바쁘지 않으면 좀 기다릴 수 있어?

―이거 어떻게 하죠? 저도 약속이 있는데.

설희는 그렇지 않아도 빨리 이 자리에서 벗어나고 싶어서 기회를 엿보고 있는 중이었는데 잘 됐다 싶어 얼른 대답했다.

―이대로 헤어지면 섭섭해서 어떻게 하지? 그럼 최 소위 전화번호라도 알려줘.

―귀국한 지 얼마 되지 않아서 아직 전화가 없어요. 또 마땅한 연락처도 없고…….

―그래? 그럼 이리로 전화해. 우리 시간 있을 때 꼭 한 번 만나자고. 그리고 개업식 때 꼭 오라고 알았지?

노 중위가 수첩을 꺼내 개업식 날짜와 전화번호를 적더니 북 찢어서 설희에게 주고 판매원에게 방송실이 어디냐고 묻고는 황급히 뛰어나가는 것이었다. 에스컬레이터를 타고 내려오면서 설희는 노도처럼 밀려오는 그 대피호에서의 기억으로 머리는 무거웠고 가슴은 쉼 없이 뛰고 있었다.

　너무도 선명하게 무수한 파편으로 날아오는 그 기억을 지우기 위해 어금니를 깨물며 눈을 감고, 감고, 또 감아 보지만 좀처럼 가시지 않는 것이었다. 감당할 수 없는 불안과 초조함은 엄청난 하중으로 설희를 압박하고 있었다. 이제 겨우 나를 찾고, 나를 위한 삶을 설계하고, 비로소 기대해 왔던 꿈을 소중히 가꿔가고 있는데, 하는 안타까움에 설희는 마음이 아팠다.

　에스컬레이터에서 내려 백화점 정문에서 밖으로 나가려다 말고 설희는 공중전화 부스 앞에 있는 벤치로 가서 앉았다. 뭐라 형언키 어려운 허망함이 아득하게 밀려오고 있었다.

　과거라는 것이, 인간의 과거라는 것이 도대체 무엇이기에 이토록 극복하기 어려운 것이란 말인가? 내 삶이 있는 한 비록 그 삶이 어떤 삶이었든, 내 삶의 여정이 있는 한 나타나지 않을 수 없는, 결코 지워지지 않는 내 스스로 드리우고 있는 그림자와 같은 것이란 말인가? 하면서 설희는 괴로워하고 있었다.

　그날 밤, 그 대피호에서 이 대위와 함께 있었던 여자가, 그렇게 안달을 하며 이 대위에게 매달렸던 여자가 바로 이 노 중위이었단 말인가? 불현듯 선우 영이 생각났다. 순간 설희는 어처구니없게도 그때 그 대피호에서의 일들을 선우 영에게서 확인해 보고 싶다는 야릇한 충동에 사로잡히며 그 어떤 주술적인 힘에 이끌리듯 공중전화 부스로 들어가는 것이었다.

　―선우 영 작가님, 사무실입니다.

　미스 박이 전화를 받았다.

　―안녕하세요. 저어…….

―작가님 지금 인터뷰 중이십니다. 이제 막 시작하셨는데 시간이 많이 걸릴 것 같습니다. 인터뷰 끝나시면 곧바로 세미나 참석하셔야 합니다.

미스 박은 설희의 말이 미처 끝나기도 전에 이렇게 선우 영의 스케줄을 구체적으로 말하는 것이었다. 그것은 오늘은 선우 영이 당신과 만날 시간이 없다는 일방적인 통보와도 같은 것이었다.

―네, 잘 알았습니다.

수화기를 내려놓고 설희는 한동안 수화기에서 손을 떼지 못하고 있었다. 통화가 끝났으면 빨리 나오지 않고 왜 꾸물대고 있느냐고, 쾅쾅 유리문을 부서져라 두드리는 소리에 설희는 깜짝 놀라 부스를 나왔다.

설희는 저녁 무렵 집에 도착했다. 화장실에서 손을 씻고 막 방으로 들어온 설희가 깜짝 놀라며 주춤하는 것이었다. 침대 옆 입식 옷걸이에는 설희가 월남에서 입고 있었던 잠옷과 같은 색깔의 코발트색 잠옷이 걸려 있었고 침대 위로는 하얀 쪽지가 얹혀 있었다.

순간 간호부장이 다녀갔다는 아찔한 직감이 설희의 뇌리를 날카롭게 스쳐갔다. 키도 없이 어떻게 들어올 수 있었단 말인가? 담을 넘고 들어왔단 말인가? 그렇지 않고서야 어떻게 이럴 수가 있단 말인가. 아무리 생각해 봐도 이해가 되지 않았다. 문득 이 병장 생각이 났다. 경찰관인 이 병장이라면 경험으로 알 수 있을지 모른다는 막연한 생각이 들었기 때문이었다.

―이 병장님? 최설희예요. 지금 바쁘지 않아요?

―괜찮습니다. 말씀하십시오.

―만약 열쇠를 분실했다면 어떻게 하면 돼요?

설희가 마치 자신이 열쇠를 분실한 것처럼 우회적으로 묻는 것이었다.

─난, 또 무슨 사고라도 났나 했지요. 간단합니다. 열쇠 다시 복사하
면 됩니다. 왜 열쇠 분실하셨습니까? 어디 열쇠입니까? 제가 도와드릴
까요?

─아니에요. 집 근처에 열쇠 수리하는 곳을 봤어요. 내가 하지요. 그
렇게 간단하게 해결되는 줄도 모르고 괜히 바쁜 사람한테 전화를 했군
요. 이 병장 미안해요.

어디 열쇠를 분실했느냐고 캐묻는 이 병장에게 그냥 서랍 열쇠라고
둘러대고 설희가 전화를 끊으려는데 이 병장이 매사에 조심하라고 여
러 번 강조하는 것이었다. 또 설희가 어디 열쇠라고 말하지 않았는데도
이 병장이 만약 대문 열쇠를 분실했다면 아직은 국산 자물통은 신통치
않으니 이 기회에 아예 열기 어려운 외제로 교체하라고 하는 것이었다.

전화를 끊고 설희는 무심히 무슨 쪽진가? 하면서 침대 위에 얹혀 있는
쪽지를 집어들었다. 쪽지를 읽으며 설희가 깜짝 놀라는 것이었다. 쪽지
에는 이렇게 적혀 있었다.

─설희가 월남에서 입었던 코발트색 잠옷이 생각나서 샀어. 이 옷 입
으면 월남에 있을 때처럼 설희의 잠자는 모습 참 예쁠 거야. 마침 보훈병
원에 볼일이 있어 왔다가 잠시 들렀어. 내일쯤 다시 들르지. 그런데 왜
그렇게 늦는 거야?

쪽지를 다 읽고 난 설희는 문득 쏜살처럼 날아오는 월남에서의 그 어
떤 기억으로 움칠, 하는 것이었다. 그것은 설희가 월남에서 나이트 근무
를 하고 숙소에서 낮잠을 자고 깼을 때 아마 서너 번은 경험을 했던, 누
군가의 손길이 잠든 사이 분명 내 몸을 스쳐갔을 것 같다는 아니면 내

몸에서 머물다 갔을 것 같다는 기억 때문이었다.

또 그때마다 잠옷의 단추 한두 개는 풀어져 있었고 가슴은 헤쳐져 있었던 것이었다. 극도의 불쾌함과 또 야릇한 허전함 같은 것으로 깜짝 놀라 황급히 단추를 채우며 놀란 가슴을 쓸어내리듯 그렇게 설희는 가슴을 여몄던 것이었다.

곧 아니 당장이라도 간호부장이 들이닥칠 것 같았다. 설희는 도망자처럼 서둘러 집을 나왔다. 거의 뛰다시피 단숨에 골목을 빠져나와 큰길로 나섰지만 막상 갈 곳이 없었다. 이제 혈혈단신인 너 혼자 두고 떠나기가 그렇구나, 했던 유영미의 말이 떠오르는 것이었다.

갈 곳도, 어디든 전화를 해서 이 답답한 심경을 토로할 대상마저 없다는 인식과 좌절을 하면서 설희는 문득 선우 영을 떠올리며 또 전화를 했다. 선우 영이 그렇지 않아도 일전에 자신이 설희가 추진하는 사업에 동참을 약속했던 일로 금명간 연락을 할 참이었는데 마침 잘 되었다고 하면서 반갑게 전화를 받았다. 또 미스 박은 좀 전에 퇴근했다고 설희가 묻지도 않은 이야기를 하는 것이었다.

설희가 선우 영의 집에 도착했을 때, 대문은 반쯤 열려 있었고 지난번처럼 선우 영은 현관 앞에서 설희를 마중하고 있었다. 거실로 들어와 소파에 앉자 마자 선우 영이 기다렸다는 듯이 말했다.

―추진하고 계시는 일 차질 없이 잘 진행되고 있으시지요?

―네. 선우 병장의 관심 덕분에 아주 잘 진행되고 있어요.

―제가 뭘 했다고 그러십니까.

―아닙니다. 물심양면으로 많은 힘을 실어주셨어요. 더 용기가 나요.

―일전에 잠시 말씀드렸습니다만. 저도 오래 전부터 후천적 시각장애인을 위한 복지시설 운영에 관심이 많았습니다. 그래서 나름대로 관

런자료들을 수집해 오고 있던 중이었는데 최 소위님 말씀 듣고는 얼마나 반가웠는지 모릅니다. 제가 추진하기엔 역부족인 것 같아서 사실 조바심을 하며 망설이고 있던 중이었거든요. 많은 시간이 필요한 사업인데 제게 주어진 시간도 부족한 것 같고. 그래서 기회가 없을 것 같다는 생각에 사실은 안타까워하고 있었습니다.

시간도 기회도 없을 것 같아서 안타까워하고 있었다고 아쉬워하면서 뭔가 체념하고 있는 듯한 그리고 좀은 나약하게 들리는 선우 영의 말에 설희가 선우 영을 빤히 바라보는 것이었다.

―기회란 결국 시간인데 그렇게 여의치 못할 것 같습니다. 저, 제가 가장 잘 압니다. 이거 그동안 틈틈이 정리해 둔 것입니다. 참고가 되실지 모르겠습니다. 그리고 일전에 제가 전화로 약속드린 지원문제를 구체적으로 확정시켜 놓았습니다. 최 소위님께서 차질 없이 집행하실 수 있도록 출판사와의 계약서 등은 문서화해서 공증을 해 놓았습니다. 그리고 꼭 익명으로 해 주셨으면 합니다.

선우 영이 탁자 선반에 있는 두툼한 서류봉투를 탁자 위에 올려놓았다. 설희가 말없이 선우 영의 얼굴을 찬찬히 훑어보는 것이었다. 그러나 선우 영의 얼굴은 그렇게 평화로워 보일 수가 없었다.

―거기 봉투에 제 명의의 예금통장과 도장이 있습니다. 출판사에서 제게 지급되는 모든 인세의 50퍼센트는 모두 그 통장으로 입금될 것입니다.

옅은 홍조를 띠고 말하는 선우 영의 얼굴은 동안으로 보였다. 이렇게 그 어떤 성취감으로 충만한 선우 영의 모습을 바라보는 설희의 내면에서는 모성애적인 본능과 함께 선우 영에의 연민이 하염없이 쌓이고 있는 것이었다.

연민! 그것은 소망했던 사랑의 결과에 따라 비롯될 수 있는 것이라고 하던데, 그래서 연민은 오직 가슴으로만 흐르는 흐름 같은 것이며 애환의 잔잔한 파문 같은 것일 수 있는 것인데…….

그럼 지금 내 내면에서 이토록 켜켜이 쌓이고 있는 선우 영에의 연민은 과연 무엇 때문이란 말인가? 결코 사랑에서 비롯된 것은 아닌데, 그를 사랑했던 기억도 그래서 그로 인해 어떤 의미로든 남아 있는 상실이라던가 상흔이라던가 하는 따위의 흔적들을 내 내면의 그 어디에서도 찾아볼 수 없는데, 아무리 생각해 봐도 특별히 추억할 수 있는 그와의 그와 같은 기억들이 전혀 없다는 것이 이상하게도 오히려 안타깝기만 하는 것이었다.

설희는 차라리 그와의 그런 추억이라도 있었으면, 해 보는 것이었다. 그리고 이제 내가 선우 영에게 해야 할 일이 과연 무엇인가? 하는 예민한 동요도 있었지만 그의 불행을 있게 한 내가 아닌가, 하는 자책과 죄책감에 사로잡히고 마는 것이었다.

설희는 자정이 거의 다 되어서야 집에 도착했다. 혹 간호부장이 와 있으면 어떻게 하나? 하는 불안함이 또 엄습해 왔다. 초조한 마음을 가까스로 가다듬으며 현관문을 열고 들어서려다 말고 설희가 깜짝 놀라며 뒷걸음을 치는 것이었다.

눈에 익은 검정색 하이힐을 발견한 것이었다. 물씬 술 냄새도 쏟아져 나왔다. 코 고는 소리도 어렴풋이 들려 왔다. 당장 뛰어들어가 간호부장을 깨워서 도대체 당신이 뭔데 아무도 없는 빈집에 들어와 잠을 자고 있느냐고, 소리치며 쫓아내고 싶은 충동이 솟구쳐 올랐다.

그러나 설희는 무작정 집을 뛰쳐나왔다. 일단 집으로 전화를 해서 간호부장을 깨울 작정이었다. 10여 차례 신호가 가고 있는데도 도무지 전화를 받지 않았다. 수화기를 내려놓고 얼마를 기다리고 있다가 다시 전화를 걸었다. 깜짝 놀라며 설희는 자칫 수화기를 떨어뜨릴 뻔했다. 분명히 집으로 전화를 했는데 선우 영이 전화를 받았기 때문이었다. 지금껏 집으로 전화를 한 게 아니라 선우 영의 집으로 전화를 했단 말인가? 하고 있는데 선우 영이 말했다.

―여보세요? 선우 영입니다.

―미안해요. 최설희예요.

그러나 설희는 자신이 전화를 잘못 걸었다는 말은 하지 않았다.

―아직 집에 들어가시지 않았습니까?

―아니에요. 지금 집에 들어갈 상황이 아니에요.

―집에 무슨 문제라도 있습니까? 그럼 이 병장한테 연락하셔서 도움을 청해 보시지요. 제가 연락해 볼까요?

설희의 상황이라는 표현에 선우 영은 설희의 신변에 무슨 일이 발생한 줄 알고 좀 놀라며 말하는 것이었다.

―아니에요. 그런 건 아니에요.

―그럼?

―선우 병장. 사실은 마땅히 갈 곳이 없어서 그래요. 집 밖에 나와 있어요.

―네? 갈 곳이 없으시다니 도대체 무슨 말씀이세요.

―여기서 선우 병장 집까지 이 시간이면 택시로 한 20분이면 되나요?

―네.

―그럼 지금 출발할 게요.

하고 설희가 먼저 전화를 끊었다. 설희가 선우 영의 집에 도착했을 때, 여느 때처럼 대문은 반쯤 열려 있었고 선우 영이 현관 앞에서 설희를 마중하고 있었다.

—어서 오십시오.

대문을 들어서는 설희를 향해 선우 영이 반갑게 맞으며 말했다.

—미안해요.

—아닙니다. 어서 들어오십시오.

설희가 선우 영의 손을 잡았다. 선우 영이 약간 멈칫하는 듯했지만 뿌리치지는 않았다. 두 사람은 나란히 소파에 앉았다.

—정말 아무 일 없으셨습니까?

—이 병장에게 최 소위님 집 주위를 한 번 둘러보라고 전화했습니다.

그럴 필요가 없는데, 하면서 설희는 조급하게 쫓기며 집을 뛰쳐나오느라 선우 영이 이 병장에게 전화한다고 했을 때 하지 말라고 할 걸, 하고 후회하는 것이었다.

—이 병장, 나 여기 온다는 거 알아요?

—네! 상관없습니다. 저쪽 방에 주무시면 됩니다. 전, 내일 아침 일찍 천안에 가야 합니다. 10시에 세미나가 있거든요.

—어떻게 가요?

설희가 안쓰럽게 물었다.

—7시까지 미스 박이 오기로 했습니다.

—네에. 나, 여기서 자도 정말 괜찮아요?

—이 시간에 어디 가셔서 주무신다는 것입니까. 최 소위님만 불편하지 않으시면 괜찮습니다.

설희가 잘 방을 알려주고 선우 영이 방으로 들어갔다. 방에는 어느새 준비해 두었던지 침구가 깔려 있었고 머리맡으로는 지난번처럼 포장된 칫솔과 치약, 세숫수건, 손거울, 헤어 드라이어와 머리 빗이 가지런히 놓여 있었다.

그 시간, 설희의 집에 도착한 이 병장이 철 대문 사이로 안을 살피고 있었다. 이 병장이 우편물 투입구 옆에 부착되어 있는 부저를 여러 번 눌러 보지만 전혀 인기척이 없었다. 철 대문을 쾅쾅, 하고 소리나게 두드려 봐도 역시 마찬가지였다.

고개를 갸우뚱하고 잠시 서 있던 이 병장이 급히 뛰어나가는 것이었다. 전화를 해 보기 위해서였다. 10여 차례 신호가 가도 전화를 받지 않자 이 병장이 고개를 갸우뚱하며 수화기를 막 내려놓으려는데 잠결인 듯 간호부장이 전화를 받았다.

—여보세요? 설희?

이 병장이 짐짓 놀라는 것이었다.

—왜 대답이 없어? 설희 맞지? 여태 들어오지 않고 도대체 어디서 뭘 하고 있는 거야. 어? 내가 깜박 잠이 들었었나 보구나.

이 병장이 수화기를 내려들고 아주 심각한 표정으로 뚫어져라 바라보는 것이었다.

—왜 말이 없어. 어디야 거기가. 어? 어서 들어오지 않고.

간호부장이 빨리 들어오라고 안쓰럽게 재촉하고 있었다. 심각한 표정을 지으며 전화를 끊은 이 병장은 다시 선우 영의 집으로 전화를 했다.

—방금 확인해 봤는데 별 이상이 없는 것 같아. 어어. 미안하긴. 괜찮아. 넌, 몇 시에 출발하는데? 6시? 그렇게 일찍? 그럼 내일 모임 참석 못하겠구나. 나도 그래. 급한 일로 제주도 출장이야. 그래 알았어. 잘 다녀와라.

그렇게 전화를 끊고 이 병장이 한동안 수화기를 내려놓지 못하고 있는 것이었다.

다음날 아침, 설희는 선우 영의 집을 나서면서 이 병장의 전화를 받았다. 이 병장이 사전 양해도 없이 죄송했다면서 좀 전에 설희의 집 대문 자물통을 자신이 직접 교체했다는 것이었다. 그리고 자신은 급한 일로 제주도에 출장을 가야 하기 때문에 열쇠는 Viet—Vet에 맡겨두고 가니 찾아가라고 하면서 매사에 각별히 조심하라고 거듭거듭 당부하는 것이었다.

설희는 이 병장이 왜 대문 자물통을 교체했을까? 하는 의구심을 하면서 Viet—Vet에 들러 열쇠를 찾아 집으로 갔다. 열쇠는 전에 것보다 컸고 지난 번 열쇠는 한쪽 면만 단순하게 홈이 파여 있었는데 지금 것은 양면으로 홈이 깊게 파여 있었으며 복잡하게 조작되어 있었다. 열기가 훨씬 어렵게 보였고 또 아주 견고하게 보였다.

거실 탁자에는 또 간호부장의 쪽지가 있었다. 두 곳에서 전화가 왔었다고 이렇게 적혀 있었다. 1. 태호 어머니(태호 어머니가 누구지? 목소리로 보아 나이가 드신 분 같은데) 2. 미국에 계신 어머니(곧 귀국하신다고 하셨음)라고 적혀 있었다.

두 곳 모두 설희가 깊이 잠이 든 것 같다고 하니까 깨우지 말라고 했으며, 누구냐고 묻기에 자신은 월남에서 같이 근무했던 친구라고 했다고 했다. 그리고 도대체 무슨 일이 있었기에 외박을 하고 들어오지 않았느냐고 하면서 걱정이 돼서 한숨도 자지 못하고 출근한다면서 오늘 저녁 Viet—Vet 회식모임 때 꼭 나오라고 했다.

설희는 얼른 전화기의 코드를 뽑았다. 불안한 마음을 겨우 다스리고 설희는 서둘러 옷을 갈아입고 회의 참석을 위해 한영준의 회사로 갔다. 배포된 인쇄물을 보면서 설희는 운영계획이며 정관 등 거의 모두가 설희가 예상했던 기대 이상으로 계획되어 있었다. 대표이사도 설희로 해 놓았으며 다만 복지시설의 법인명칭만 공란으로 되어 있었다.

—자, 그럼 우리 원장님께 브리핑합시다.

한영준이 미소를 지으며 말했다. 원장님이라는 말에 설희가 당황해 하며 배희원과 한영준을 번갈아 바라보는 것이었다. 배희원이 고개를 끄덕이며 그대로 있으라고 눈으로 말했다. 브리핑은 한 시간 가까이 진행되었다.

브리핑을 마친 남자가 설희에게 법인명칭에 대해 자문을 요청했으나 설희는 정중하게 사양하며 한영준과 임원들에게 위임했다. 그래서 바르고 곧게 일어서서 나아간다는 뜻의 정진원(正進院)이 어떻겠느냐는 한영준의 제안이 있어 법인명칭은 정진원으로 채택되었다.

모든 일들이 설희의 예상보다 빠른 속도로 진행되고 있었다. 곰곰이 생각해 보니 박사학위 논문이 통과되었다는 태호의 빠른 귀국도 설희가 보고 싶다며 곧 귀국하겠다는 유영미의 뜻도 모두가 사전에 배희원과 의견 조율이 되어 착공식에 맞춰져 있는 것 같았다. 회의가 끝나고 설희는 한영준, 배희원과 함께 확정지은 삼송리 현장을 답사하고 오후 늦게 집으로 돌아왔다.

집으로 향하는 골목 어귀로 들어서면서 설희가 깜짝 놀라며 담 쪽으로 서 있는 전봇대 뒤로 비켜 숨는 것이었다. 막 대문을 열고 간호부장이 들어가고 있는 것이었다. 도대체 어떻게 저럴 수가 있단 말인가? 하면서 설희는 아찔한 충격에 쉼 없이 뛰고 있는 가슴을 진정시킬 수가 없었다. 어쩌면 이럴 수가 있단 말인가? 오늘 아침 이 병장이 자물통을 교체했는데, 하면서 되돌아나온 설희는 공중전화 부스로 달려가 집으로 전화를 했다.

─여보세요? 설희? 왜 대답이 없어. 설희 맞지? 오늘 회식모임에 설희하고 같이 가려고 들렀는데. 왜 대답이 없는 거야. 어?

간호부장이 짜증을 내며 그러나 애타게 설희를 부르고 있었다. 전화를 끊고 공중전화 부스를 나온 설희는 집으로 향했다. 간호부장과 담판할 작정이었다.

골목 어귀로 들어서는데 저만치 대문 앞에서 서성이고 있는 간호부장의 모습이 보였다. 간호부장이 설희가 집 근처 어디에서 전화를 했을 것이라고 믿고 나와 본 것 같았다. 그러나 설희는 간호부장을 본 순간 뚝 멈추고 맥없이 발길을 돌리고 마는 것이었다.

한편 그 시간, 제주공항대합실 공중전화 부스에서는 수화기를 든 이 병장이 심각한 표정으로 듣고 있었다.

─설희 정말 왜 이래 어? 왜 대답이 없느냔 말이야. 어서 말해 봐!

감짝 놀라며 이 병장이 수화기를 귀에 바싹 갖다대는 것이었다.

─왜 자꾸 날 피하려 드는 거야. 월남에서 설희를 먼저 귀국시키면서 하지 못했던 말이 있었어. 오늘은 그 말을 꼭 하고 싶어…….

간호부장의 말은 느렸고 분명치 않았으며 말끝을 제대로 맺지 못하고 있었다. 이 병장의 얼굴이 일그러지며 순식간에 굳어졌다.

─소식 없이 이민 가 버린 설희. 나, 원망 참 많이 했었다. 한동안 허전해서 미칠 지경이었던 거. 설희는 모르지? 지금 내 말 듣고 있어? 듣고 있지?

조용히 수화기를 내려놓고 이 병장은 멍하게 눈을 감았다 떴다 하면서 그날 Viet─Vet 앞에서 서성이던 최 소위를 불러들인 자신이 너무 경솔했었고 좀 더 신중했었어야 하는 뼈저린 후회를 하면서 무슨 결심을 한 듯 시계를 보며 입을 굳게 다무는 것이었다. 그리고 두어 곳으로 더 전화를 하고는 어디론가 급히 뛰어가는 것이었다.

이날, 설희는 한성호텔에서 잤다. 호텔로 가기 전 전화국에 들러 태호에게 전화도 했다. 그의 육성이라도 듣고 싶었다. 누군가로부터의 위로와 위안을 갈구하는 내면의 간절한 소망 탓이었을까? 설희는 그렇게 태호가 보고 싶어지는 것이었다.

어쩌면 시신처럼 처참했던 그 태호의 마지막 모습을 본 것이 언제였던가? 월남으로 파병된 나를 어디서 어떻게 만나겠다고, 동심 같은 어리석은 일념으로 무모하게 월남 근무를 자원했을 태호…… 그러나 태호는 강보에 싸여 있는 신생아처럼 전신에 붕대를 감고 만신창이가 된 몸으로 보란 듯이 나를 찾아왔었지만 나는 그 태호를 차마 볼 수가 없었다. 두려움에 가깝게 다가갈 수가 없었던 것이었다.

가까이 내가 있는 것을, 또 기어코 나를 찾았음에도 끝내 나를 확인하지 못하고 태호는 떠났었다. 태호는 그토록 간절했던 소망을 이루었음에도 나를 향해 단 한 번도 환호해 보지 못하고 내가 타의에 의해 파월 명령을 받았던 것처럼 그렇게 태호도 타의에 의해 말없이 떠났던 것이었다.

그가 떠난 후, 그의 침대 머리맡 침대와 벽 사이에 끼어 있었다고 이 병장이 전해 준 지금도 보관하고 있는 태호의 까만 수첩. 그 수첩 속에는 화사하게 웃고 있는 내 사진이 있었다.

생사를 넘나드는 전장의 극한 상황 속에서도 내 사진을 가슴에 품고 있었던 태호…… 그때, 그 태호는 이제 설희! 너를 찾아 내가 왔노라고 그래서 기어코 설희 너를 만났노라고, 하는 무언의 환호를 또 다른 상흔으로 내 가슴에 아프도록 깊게 각인시키고 태호는 그렇게 떠났던 것이었다. 태호에 대한 그리움이 쉼 없이 몰려 왔다.

설희는 문득 이건 선우 영에게서 느꼈던 것과 같은 그런 연민의 감정이 아니구나! 태호를 사랑하고 있다는 감정이구나! 그럴 거야! 하면서 스스로 다짐하듯이 내심으로 중얼거리는 것이었다. 그러나 태호와는 통화가 되지 않았다.

설희는 모닝콜이 울릴 때까지 잠을 이루지 못하고 고스란히 뜬눈으로 밤을 지샜다. 비몽사몽간의 나른한 몸을 이리저리 굴리며 밤새 그렇게 보냈었다. 대충 화장을 하고 커피숍으로 내려와 신문을 펼쳐놓고 커피를 마시던 설희가 아! 하고 비명처럼 외치며 소스라치게 놀라는 것이었다.

출렁, 하고 들고 있던 찻잔에서 커피가 넘치며 신문으로 쏟아졌고 잔 속의 남은 커피도 잔을 넘을 듯이 거칠게 출렁이고 있었다. 커피로 젖어 있는 신문 사회면 중간쯤으로 여군 대령 변사체로 발견, 이라는 기사와 함께 간호부장의 사진이 동그랗게 실려 있었던 것이었다.

떨리는 가슴을 겨우 진정시키고 설희는 기사를 읽어 내려갔다. 사체 발견 장소는 동부이촌동 간호부장의 집에서 불과 50여 미터 떨어진 한적한 이면도로였는데 순찰중인 경찰에 의해 발견되었으며 사망자의 핸드백에는 예금통장과 도장, 지갑에 있는 신분증과 현금 등 소지품이 그대로 있는 것으로 보아 뺑소니차에 의한 단순 교통사고 사망사건으로 추정하고 있었다.

힘없이 신문을 내려놓고 설희는 눈을 감았다. 초점을 잃은 듯, 그러나 은근한 시선으로 하염없이 자신을 바라보고 있는 간호부장의 희미한 실루엣이 클로즈업되는 것이었다.

나를 알고 또 내가 알고 있는 사람들에게서 왜 이렇게 불행한 일들이 일어나고 있단 말인가? 태호와 선우 병장의 불행이 그랬고 또 간호부장의 불행도 어쩌면 그 원인은 내게서 비롯된 것인지 모른다, 하는 자책감에서 헤어날 수가 없었다.

설희는 허겁지겁 커피숍을 나왔다. 이것이 내 삶이란 말인가, 켜켜이 상흔으로만 점철되는 이것이 진정 내 삶이란 말인가? 어머니의 말처럼 이것이 내 숙명이란 말인가? 결코 극복할 수 없는, 거역할 수 없는 필연적으로 예비된 내 숙명이란 말인가? 하고 설희는 내심으로 부르짖으며 정신없이 지치도록 걷고 또 걸었다. 얼마를 그렇게 걸었을까? 설희는 심신을 가눌 수 없을 정도로 지칠 대로 지치고 있었다.

한편 Viet—Vet은 빗발치는 문의전화로 하루 종일 전화가 불통이 되다시피 했으며 회원들로 초만원이었다. 망연자실한 표정으로 서 있는 사람도 있었고 신문을 사들고 허겁지겁 뛰어들어오는 사람도 있었다.

야! 이거 도대체 어떻게 된 거야? 어? 어떻게 해서 이런 일이 일어날 수 있느냐고. 안 그래? 하는 놀란 표정들을 감추지 못하고 있었다. 선우 영도 와 있었고 이 병장은 어제 다녀온 제주도 출장 보고도 해야 하고 또 관할지역에 강도 상해 사건이 발생해 가 보지 못해서 미안하다면서 퇴근 후 시간이 나면 들르겠다고 조금 전 전화만 왔었다.

주방 옆 사무실에서는 군 수사기관에서 나온 수사관이 사체 발견 지역 관할인 용산경찰서 형사와 함께 어제 회식에 참석했던 사람들에 대한 참고인 조사를 하고 있었다. 제일 늦게 들어갔던 노 중위가 나오고 뒤따라 수사관들도 나왔다.

—참전 용사 여러분! 오랜 시간 수사에 협조해 주셔서 대단히 감사합니다. 수고들 많이 하셨습니다.

군 수사관이 정중하게 말하고 형사와 함께 다방을 나갔다. 어젯밤 회식이 끝난 후 간호부장은 노 중위가 택시를 타고 가라고 권유했으나 한

사코 사양하면서 잠깐 들를 데가 있다면서 보훈병원 쪽으로 혼자 갔었다고 했다.

그러나 사람들은 한결같이 도무지 이해할 수 없다는 표정들뿐이었다. 그날 간호부장은 말할 것도 없고 회식 분위기는 너무 좋았었다. 간호부장이 적지 않은 돈을 흔쾌히 Viet—Vet의 발전기금으로 기부하겠다는 약속도 했으며 올 가을엔 자신이 주선할 테니 야유회도 한 번 가자고 했던 것이었다.

성 병장이 TV를 켰다. 간호부장의 사망사건 관련 뉴스가 나왔다. 뉴스 내용은 신문과 크게 다를 바 없었다. 다만 군 수사당국은 뺑소니차에 의한 단순 교통사고 사망사건으로 잠정 결론을 내리고 있는 경찰 측 발표와는 달리 사망자의 신분이 독신의 현역 여군 대령이라는 점이 상당한 부담으로 작용하고 있는 듯 국립과학수사연구소에 사체 부검을 의뢰했으며 사망 당일을 전후한 이 대령의 행적에 대한 탐문수사를 병행하고 있다고 했다.

그리고 이 대령의 핸드백에 있던 열쇠고리에 걸려 있는 다섯 개의 열쇠를 모두 확인해 본 결과 네 개는 간호부장의 아파트와 사무실의 책상, 캐비닛, 사물함의 열쇠로 판명되었으나 나머지 하나의 열쇠는 사용처가 아직 규명되지 않고 있다는 것과 사용처가 확인되지 않고 있는 이 열쇠 손잡이에는 S.H라고 영문 이니셜이 음각되어 있는데 이 영문 이니셜이 열쇠의 사용처를 의미하는 것 같다면서 이 열쇠의 사용처가 혹 이 사건을 해결하는 그야말로 열쇠가 될지 모른다면서 이 부분에 대해서도 수사력을 모으고 있다고 하는 것이었다.

카메라가 사용처가 확인되지 않고 있다는 열쇠를 클로즈업시키면서 취재기자가 군 수사관의 말을 인용해서 설명하고 있었다. 열쇠는 국산이 아니며 열쇠의 외관상태가 아주 깨끗하고 요철부분의 날카로움이 아직 가시지 않고 있다면서 몇 번 사용하지 않은 것 같다고 했다.

　저녁 무렵에야 지칠 대로 지친 심신을 이끌고 설희는 겨우 집 앞에 도착했다. 떨리는 손으로 열쇠를 꽂고 잠시 두 눈을 꼭 감고 있다가 열쇠를 돌렸다. 찰칵, 하는 금속성의 날카로운 소음은 비수처럼 설희의 가슴에 꽂혔고 움칠, 하고 놀라며 한 걸음 물러났다가 후들후들 떨리는 하반신을 가까스로 가누고 들어갔다.

　또 눈을 꼭 감고 현관문을 열었다. 실내에 갇혀 있던 후텁지근한 공기가 아직도 미미하게 남아 있는 술 냄새와 함께 물씬 쏟아져 나왔다. 음침한 습기가 짙게 배어 있는 냉기 같은 것을 온몸으로 느끼며 설희는 조심스레 거실로 올라섰다.

　탁자 위, 플라스틱 쟁반에는 먹다 남은 땅콩과 오징어, 그리고 빈 소주병이 오뚝 서 있었다. 벽을 더듬어 스위치를 올렸다. 순간 소스라치게 놀라며 설희는 벽을 잡고 가까스로 섰다.

　파리한 형광등 불빛 아래로 소파에 앉아 술잔을 기울이고 있는 간호부장의 모습이 용명되고 있는 것이었다. 환영이었다. 오싹하도록 전신으로 소름이 끼쳐 왔다. 한 걸음에 달려가 닫혀 있는 커튼을 있는 힘을 다해 찢어져라 열어 젖히고 문을 열었다.

　순간 전화벨이 울렸다. 소스라치게 놀라며 설희는 순식간에 정신없이 집을 뛰쳐나가는 것이었다. 그리고 얼마 후 설희는 어떻게 왔는지 선우 영의 집 앞에 서 있었다. 깜짝 놀라며 설희는 도망자처럼 돌아나왔다.

　태호가 보고 싶었다. 오로지 태호뿐이라는 일념만으로 설희는 이것도 어쩌면 유영미의 말처럼 선택의 여지가 없는 태호와 자신에게 예비된 숙명일지 모른다는 상념에 사로잡히는 것이었다. 태호에게 전화를 했다. 태호가 아까는 왜 그렇게 전화를 안 받았느냐고 했다. 태호의 이 말이 그렇게 듣기가 좋았다. 설희는 태호에게 보고 싶다고 했다. 사랑한다고도 했다.

태호는 모레 온다고 했다. 김포공항 도착시간이 오후 5시 30분이라고 했다. 아무한테도 이야기하지 말고 꼭 혼자 나오라고 했다. 태호는 그렇게 설희를 만나고 싶다고 했다. 태호에 대한 그리움으로 설희는 설레는 마음을 가눌 수가 없었다.

도저히 집에 들어갈 용기가 나지 않아 어젯밤도 한성호텔에서 잠을 자고 집으로 돌아온 설희는 이제 내일이면 태호를 만난다는 마침내 태호를 만나게 되었다는 일념 때문이었을까? 대문에 열쇠를 꽂기 전 어제와 같은 조바심도 초조함도 두려움도 없었다.

우편함에 들어 있는 두 통의 편지와 신문을 꺼내 들고 천천히 걸어가면서 먼저 한 통의 편지를 보았다. 유영미의 편지였다. 거실로 들어서면서 들고 있던 나머지 한 통의 편지도 보았다. 우표도 소인도 없었다.

뒤집어 보고 설희가 소스라치게 놀라며 편지를 떨구고 마는 것이었다. 간호부장의 편지였다. 자신이 죽던 그날, 설희를 기다리며 쓴 편지를 우편함에 두고 회식모임에 간 것 같았다.

노도처럼 밀려오는 공포에 휩싸이며 정신없이 허겁지겁 현관을 뛰쳐나온 설희가 다시 되돌아 들어가는 것이었다. 거실 마루바닥을 어지럽게 찍으며 다급하게 오가는 하이힐의 구두 소리가 어수선하게 들리고 쾅쾅, 하고 방문 여닫는 소리와 서랍을 여닫는 소리도 크게 들렸다.

Viet—Vet에는 선우 영과 미스 박, 이 병장, 성 병장이 점심으로 자장면을 먹고 있었다. 표정들은 하나같이 굳어 있었다. 먹는 둥 마는 둥 젓가락으로 면발을 이리저리 말며 휘젓고 있던 이 병장이 젓가락을 팽개치고 담배를 입에 물었다.

―아직 뉴스 시간 안 됐니? 성 병장! TV 한 번 틀어 보지 그래.

선우 영이 젓가락을 놓으며 말했다.

―들으면 뭐 하니? 답답하기만 하지. 차라리 안 보는 게 낫다.

이 병장이 퉁명스럽게 말하며 담배에 불을 붙였다.

―그래도 한 번 들어 보자.

―들어 보나 마나다! 오늘 아침에 수사공조가 필요한 형사사건이 있어 용산경찰서에 잠시 들렀을 때 탐문해 봤다. 아직 물증도 단서도 전혀 잡히지 않지. 도무지 감을 잡을 수가 없다는 거야.

경찰 발표대로 뺑소니차에 의한 단순 교통사고 사망사건으로 추정하고 있는 것 같았다.

―그래?

―참, 그날 회식할 때 노 중위님 혼자 나왔었니? 노 중위님과 안과과장 이 대위님, 진짜 결혼한 거 맞아?

이 병장이 화제를 바꾸며 말했다.

―그렇다니까. 이 대위님이 개업한다고 하면서 노 중위님이 개업식 초청장까지 돌렸는데?

―그래?

―초청장이라고 하니 생각나는구나. 최 소위님도 곧 착공식이 있을 텐데. 너희들 아무 소식 못 들었어? 모르고 있어?

묵묵히 이들의 이야기를 듣고 있던 선우 영이 초청장이라는 말에 문득 생각이 났던지 말했다.

―착공식이라니?

이 병장이 금시초문이라는 표정으로 물었다.

―너희들 아직 모르고 있었구나. 최 소위님이 ‘정진원’ 이라고 사회복지 시설을 운영하시게 되셨다.

―그래? 대단하시구나.

하고는 이 병장이 시계를 보면서 너무 늦었다면서 서둘러 나가고 잠시 후 전화벨이 울렸다. 성 병장이 뛰어가서 전화를 받았다.

―네! 아, 최 소위님? 저 성 병장입니다. 별일 없으시죠? 네! 네! 저하고 선우 병장하고 둘 뿐입니다. 잠시 기다리세요. 전화받아라. 최 소위님이시다.

미스 박의 부축을 받고 선우 영이 카운터로 가서 전화를 받았다. 미스 박이 선우 영의 뒤에서 바닥을 향해 고개는 숙이고 있었으나 잔뜩 귀를 곤두세우고 있었다. 설희가 무슨 말을 했는지 선우 영이 짧게 웃으며 그 시간쯤이면 집에 있을 거라고 대답하면서 전화를 끊는 것이었다.

―미스 박! 지금 몇 시지요?

―2시 30분입니다. 7시에는 윤명환 작가님의 출판기념회가 있습니다.

―아, 그래요?

선우 영이 좀 난처하다는 듯 안경 다리를 손으로 매만지는 것이었다. 이런 선우 영을 빤히 쳐다보며 미스 박이 여유를 주지 않고 다시 말하는 것이었다.

―그리고 내일은 오후 3시에 병원 예약되어 있습니다. 검사 결과 확인입니다. 잡지사 연재물 마지막회 원고도 있습니다. 여러 번 확인 전화가 왔었습니다.

―알았습니다. 요즈음 너무 타이트하군요. 좀 벅차요. 미스 박! 앞으

로 모든 스케줄 조정하도록 합시다. 마지막회 원고는 어제 탈고해놓았으니 그건 됐고. 미스 박! 당분간 잡지사 원고 섭외 들어오면 절대 받지 마세요. 방송이든 신문이든 인터뷰도 마찬가집니다.

　―네! 알겠습니다.

　턱밑을 쓰다듬으며 흠흠, 하고 헛기침을 하고 두어 번 마른침을 삼키는 선우 영이 오늘따라 왠지 초조하게 보이는 것이었다.

　설희의 집 앞에는 성장을 한 중년의 여자가 아까부터 주먹으로 대문을 두드리고 손잡이를 잡고 흔들면서 연신 대문 틈새로 안을 기웃거리고 있는 것이었다. 얼마를 부저를 눌러 봤지만 전혀 인기척이 없었기 때문이었다. 유영미였다. 저만치 골목 위에서 내려오던 여자가 유영미를 힐끔 힐끔 돌아보며 지나갔다.

　난감해하며 한참을 서성이던 유영미가 도저히 안 되겠다는 듯 예전에 골목 입구 버스정류소 앞에 열쇠가게가 있었는데, 하는 생각을 하면서 골목을 내려갔다. 열쇠가게에는 40대로 보이는 남자가 공구에 열쇠를 물려놓고 쇠줄로 다듬고 있었고 유영미 또래의 여자가 앉아 있었다. 좀 전에 유영미를 쳐다보며 지나갔던 여자였다.

　―혹시 미국으로 이민 가신 설희 어머니 아니세요?

　여자가 앉은 채로 올려보며 말했다.

　―네, 그렇습니다만.

　―어머나 맞네. 나, 모르겠어요? 순호 엄마.

　여자가 벌떡 일어나 유영미의 손을 잡으며 반가워하는 것이었다.

　―아아, 맞아요 순호 어머니. 아직 여기 사셨어요? 반가워요.

　―이거 얼마 만이에요? 좀 전에 내려오면서 집 앞에 계신 걸 봤지만

긴가민가해서 그냥 지나쳤는데. 근데 여긴 웬일이세요?

　―외출을 했는지 설희가 없네요. 집에 들어갈 수가 있어야지요.

　―아니. 설희가 지금 한국에 있단 말이에요?

　―네. 얼마 전에 나왔어요.

　―아아. 그렇구나. 난, 전혀 몰랐네. 진작 알았으면 내가 한 번 찾아볼 걸 그랬네. 난, 항상 설희 어머니 집 앞을 오갈 때마다 설희 어머니하고 설희 생각이 나서 한 번씩 돌아보곤 하는데. 며칠 전에도 집 앞을 지나다 보니 처음 보는 남자가 대문 앞에 서 있기에 누가 다시 이사를 왔나 했지요.

　―아아, 내 조카가 왔었나 보구나.

순간 유영미가 내심으로는 의아히 생각하면서도 전혀 내색하지 않고 태연하게 그렇게 말하는 것이었다.

　―아저씨! 대문 열쇠가 없어서 못 들어가고 있거든요.

유영미가 난감한 표정을 지으며 말했다.

　―어디신데요?

　―바로 옆골목 오른쪽으로 여섯 번째 집이에요.

　―참, 설희 어머니도. 거기가 어디 여섯 번째예요? 일곱 번째 집이지.

　―그래요? 이거 내 정신 좀 봐. 하도 오래 되다 보니 내 집도 모르겠네.

　―이제 나이가 드니까 할 수 없나 봐요. 자꾸 깜박 깜박 잊어 먹고. 뭘 어디다 두고도 금방 돌아서면 잊어 먹는다니까요. 나이는 못 속이나 봐요. 그렇지요? 나도 대문 열쇠를 어디다 뒀는지 아무리 찾아도 없어서 왔다니까요.

　―글쎄 말이에요. 나도 마찬가집니다. 해마다 달라요.

유영미와 여자가 함께 웃었다.

—잠깐만 기다리세요. 이 손님 먼저 해 드리고 가 봅시다.

—참, 설희는 결혼했어요?

—아직 못했습니다. 한 번 혼기를 놓치니까 그게 그렇게 쉽지 않네요. 사실 갑자기 나온 것도 설희 결혼문제 때문이에요. 마침 적당한 혼처도 나타났고 해서.

—아아, 그렇군요. 축하해요. 날 잡으면 꼭 연락하는 겁니다.

—꼭 연락 드리지요.

남자가 건네주는 열쇠를 받고 여자는 병원에 가야 한다면서 먼저 나가고 남자가 유영미에게 먼저 가 계시면 금방 올라가겠다고 하면서 안으로 들어갔다.

잠시 후, 남자가 사다리를 자전거에 싣고 나타났다.

—이틀 전인가? 이모님이라고 하시면서 옷을 갈아입고 결혼식에 가야 하는데 따님한테 열쇠를 받아 오다가 분실하셨다고 해서 열쇠를 복사해 드린 일이 있습니다. 자물통이 외제가 돼서 열기가 얼마나 힘이 들었던지 한 시간도 넘게 시간이 걸렸습니다. 도저히 안 돼서 담을 넘고 들어가 안에서 해체해 복사했습니다. 국산이 아니다 보니 보통 힘이 드는 게 아니었습니다.

남자가 사다리를 타고 담을 넘어갔다. 이모? 하고 유영미가 좀 놀라는 표정을 짓고 있었다. 조금 전 열쇠가게에서 동네 여자가 어떤 남자가 집에 들어가는 것을 봤다고 했을 때 아아, 내 조카가 왔었나 보구나, 하고 아주 태연히 얼버무렸을 때와는 달리 강한 의구심이 솟구쳐 왔다. 유영미는 자칫 어떻게 생긴 여자였어요? 나이는 얼마쯤 되어 보였어요? 하고 물어볼 뻔했다.

유영미가 무슨 생각이 났던지 남자를 불러 세우는 것이었다. 유영미가 자신도 건망증이 심한데 혹 열쇠를 분실했을 경우 이렇게 힘이 들어서 어떻게 하느냐고, 하면서 자물통을 차라리 복사하기 쉬운 국산으로 다시 바꿔 달고 열쇠는 미리 여러 개 만들어 달라고 부탁하는 것이었다.

거실로 들어온 유영미가 실내를 둘러보다가 바닥에 떨어져 있는 두 통의 편지를 주워 들었다. 별 생각 없이 그냥 편지를 손에 든 채 거실, 주방, 싱크대, 작은 방, 이렇게 구석구석 빠짐없이 둘러보고 마지막으로 큰방으로 갔다.

활짝 열려 있는 옷장 아래 방바닥으로는 블라우스와 티셔츠가 떨어져 있었고 반쯤 열려 있는 서랍장에는 브래지어와 팬티가 걸려 있었다.

유영미는 문득 혹시 도둑이 들지 않았나? 하는 불길한 생각에 선뜻 방 안으로 발을 내딛지 못하고 문틀을 잡고 잠시 마음을 가다듬은 후 방으로 들어가 옷장과 서랍장을 살펴보았으나 그 이상 별다른 흔적은 발견되지 않았다.

닫혀 있는 옷장과 서랍장의 문들을 일일이 열어보았으나 설희의 평소의 버릇대로 아주 꼼꼼하게 정리정돈이 잘 되어 있었다. 급히 나가다가 이랬나 보구나! 하고 단순히 생각하며 유영미는 방바닥에 떨어져 있는 옷을 옷장에 걸고 서랍 턱에 걸쳐 있는 브래지어와 팬티는 걷어서 제자리에 넣고 문을 닫았다.

그리고 막 돌아서 나오려다 말고 멈추며 유영미는 침대 끝 방바닥에 떨어져 있는 쪽지를 발견하고 주워들었다. 쪽지를 읽고 있는 유영미의 안색이 점점 어두워지더니 마침내 창백하게 변해 버리고 마는 것이었다.

선우 영의 집 앞. 선우 영이 미스 박의 부축을 받으며 차에서 내리고 있었다.

―미스 박! 오늘 수고 많이 했습니다. 이 차 타고 바로 퇴근하세요.

―마지막회 잡지사 원고교정 봐서 정리해야 합니다.

―교정이야 잡지사에서 보면 안 됩니까? 어떻게 우리가 일일이 교정까지 다 봐서 보냅니까? 미스 박이 지금껏 그렇게 하니까 버릇이 돼서 그런 거 아닙니까? 앞으론 절대 그렇게 하지 마세요.

웬일인지 선우 영이 짜증을 내며 말했다. 미스 박이 전혀 뜻밖이라는 듯, 다소 놀란 표정을 지으며 주춤하는 기색이었지만 선우 영을 부축하고 대문을 열었다.

―괜찮습니다. 미스 박도 피곤할 텐데 오늘은 이만 쉬도록 하세요.

조용히 미스 박의 손을 걷어내고 선우 영이 들어갔다. 철커덕, 하는 문 닫히는 소리에 미스 박이 깜짝 놀라며 한 걸음 물러나는 것이었다.

―작가님!

―쉬도록 하세요.

대문 안에서 선우 영이 말했다. 경적을 울리며 빨리 타라는 운전기사의 재촉을 받고 미스 박이 마지못해 차에 올랐다. 승용차가 골목을 빠져나와 우회전을 하자 마자 멈추고 미스 박이 급히 내리는 것이었다. 선우 영의 집으로 향하는 골목으로 들어서고 있는 설희를 발견했던 것이었다. 미스 박이 뛰다시피 해서 설희의 뒤를 쫓았다.

―안녕하세요?

미스 박이 금방 말을 못하고 잠시 숨을 고르고 나서야 겨우 말했다.

―안녕하세요? 이제 오시는 길이세요?

―아닙니다. 방금 작가님 모셔다 드리고 나왔습니다. 괜찮으시면 차 한 잔 하고 싶습니다. 가까이에 조용한 카페가 있습니다.

─그래요? 그렇게 하지요.

미스 박이 안내하는 카페까지 2, 3분 남짓 걸어가면서 두 사람은 말이 없었다. 카페에 들어서자 남자 종업원이 미스 박을 알아보고 유리 칸막이가 낮게 쳐진 구석진 자리로 깍듯이 안내했다. 미스 박이 자주 출입하는 곳인 듯, 또 그 자리는 미스 박이 항상 즐겨 찾는 자리인 듯했다.

─이곳은 5년 전, 제가 작가님 처음 뵈올 때 만났던 곳입니다. 지금도 오며가며 자주 들르지요. 귀가하면서 간간이 작가님과 들르기도 하고요.

─네에.

─여기 커피 아주 일품입니다.

─그래요?

배달된 커피를 앞에 놓고 두 사람은 잠시 말이 없었다. 차 드시죠, 하는 말이 마치 약속이라도 한 듯 두 사람에게서 거의 동시에 튀어나왔다. 설희는 미소를 머금고 찻잔을 들었고 미스 박은 그냥 무표정하게 한 모금 마시고는 설희보다 먼저 잔을 내려놓았다.

─저, 작가님 사랑하고 있습니다.

미스 박이 설희를 정면으로 바라보며 마치 무슨 작정이라도 한 듯이 또 설희가 공격적으로 느낄 수 있도록 그렇게 떨리는 목소리로 말하는 것이었다. 느닷없이 나한테 지금 무슨 소리를 하고 있는 거야? 하는 어의가 없다는 표정으로 설희가 순간적으로 눈을 깜박했다.

─작가님과 함께했던 지난 5년. 전, 작가님의 영혼과 함께했습니다. 그리고 작가님의 작품 곳곳에서 숨은 듯 웅크리고 있는 어떤 여인에 대한 작가님의 집착을 엿보며 지냈습니다. 참, 구체적으로 저를 소개하지 않았군요. 전, 출판사 소속 직원입니다만 출판사의 배려로 작가님을 수

행하며 모든 일정을 점검하고 관리해 드리고 있습니다. 좀 더 솔직히 말씀드리자면 출판사에서 작가님의 작품을 독점 계약하겠다는 지극히 상업적인 배려지요. 작가님이 워낙 인기 작가이시고 베스트셀러 작가이시니까 말입니다.

　—그러셨군요.

설희가 대답하며 비로소 미스 박을 빤히 바라보는 것이었다. 문득 젊고 예쁘구나, 하는 생각이 들었다.

　—작가님 댁으로 출퇴근을 하고 하루 스케줄이 끝날 때까지 전, 작가님과 항상 함께했습니다. 경우에 따라서는 철야작업을 할 때도 있고요.

찻잔 손잡이를 손끝으로 툭툭, 퉁기며 회전시키고 있는 미스 박을 물끄러미 바라보며 설희는 말이 없었다.

　—이 책 읽어 보셨어요?

미스 박이 핸드백을 열고 책을 한 권 끄집어내 설희 앞으로 내밀었다. 〈초조한 마중, 그 후〉라는 단편집이었다.

　—〈초조한 마중〉이라는 제목 생각나시지 않습니까? 아마 작가님과 최설희 씨가 월남에 계실 때였을 것입니다. 작가님께서 한얼신문사에서 현상공모한 장편소설에 당선되신 작품이지요. 작가님의 작품에는 항상 과거를 추억하고 끊임없이 마중하고 또 기다리고, 하는 사람들이 등장합니다. 그 내밀한 기다림 속의 고독과 고통들을 때로는 즐기시며 그것들을 아름답게 승화시키는 신비롭기까지 한 탁월한 능력을 작가님은 가지고 계시지요. 그 중에서도 이 단편집 중에 있는 〈선인장〉이라는 작품에서는 특히 더…….

선인장이라는 말에 설희가 짐짓 놀라는 기색이었다. 그러나 내색은 않고 있었다. 설희가 책을 집어들고 표지를 넘겼다. 어느 책에서나 있는 작가의 사진이나 프로필이 없었다. 목차를 보았다. 제일 끝에 선인장이라는 제목이 보였다. 설희는 목차에서 선인장의 쪽 번호를 확인하고 천천히 책장을 넘겼다.

─작가님은 지금도 누군가를 기다리고 계십니다.

이 말에 설희는 책장을 넘기던 손을 멈추고 미스 박을 물끄러미 쳐다보는 것이었다. 미스 박과 설희의 시선이 마주쳤다. 미스 박이 의미 있는 미소를 입가로 흘리며 다시 말했다.

─궁금하시지요? 어디까지나 제 추측일 뿐입니다만. 작가님께는 두 사람의 여인이 있습니다. 한 사람은 작가님의 뇌리 속에 상흔으로 깊이 각인되어 있고 또 한 사람은 작가님의 가슴속에 숨은 듯 은밀하게 간직되어 있습니다. 그리고 작가님은 어떤 의미로든 그 두 사람의 여인을 기다리고 계셨습니다. 아주 초조하게 말입니다. 그리고 간절하게 마중하고 싶어하십니다. 그것이 어떤 마중이 되었던 말입니다.

─그래요?

선인장이라는 제목의 쪽 번호를 찾다 말고 설희가 책장을 덮으며 말했다.

─한 사람은 주혜리라고 미스코리아 출신이에요. 모르셨습니까? 아마 작가님과 최설희 씨가 월남에 계셨을 때일 것입니다. 주혜리 씨가 파월 장병 위문단의 일원으로 작가님과 최설희 씨가 근무하셨던 후송병원을 방문했을 것입니다.

듣고 보니 그때, 미스코리아가 왔다고 너도나도 우르르, 몰려갔던 기억이 났다. 또 그날 자신을 찾는 방송을 듣고도 무슨 일인지는 몰라도 고통스러운 표정으로 병동 복도 난간에 눈을 감고 기대 있었던 선우 영의 모습을 흐렸지만 반추해낼 수 있었다.

─그 주혜리 씨가 마지막으로 작가님께 보낸 편지가 있습니다. 얼마 전 방송 인터뷰에서도 작가님이 보관하고 있는 한 통의 편지가 있다고 밝히셨던…… 발신인을 확인하고는 개봉하지 않으셨다는 편지가 바로 주혜리 씨의 편집니다.

─저도 차 중에서 그 방송 우연히 들었습니다.

─언젠가 작가님이 원하시면 그 편지를 꼭 읽어 드리고 싶어서 기다리고 있습니다. 물론 작가님 허락 없이 훔쳐보고 싶은 유혹과 충동을 수 없이 받곤 하지만…….

말없이 설희는 그냥 듣고 있었다. 미스 박이 말한 주혜리에 대해 선우 영과는 어떤 관계냐고 물어볼 수도, 또 관심을 보일 수도 없는 노릇이었다. 설희는 왠지 불편하고 불쾌하다는 생각이 드는 것이었다. 왜 나를 보자고 했느냐고, 또 나한테 무슨 이야기를 하고 싶고, 또 무슨 이야기가 듣고 싶어서 나한테 이러고 있느냐고 볼멘소리로 미스 박에게 되묻고 싶은 충동을 가까스로 참으며 설희는 찻잔을 들었다.

─방문하셔서 아시겠습니다만 작가님 댁에는 TV가 없습니다. 작가님께서는 항상 트랜지스터 라디오를 휴대하고 다니시면서 잡다한 세상사들을 들으시지요. 사회적인 이슈가 되는 사건사고가 있으면 작가님께서는 신문기사를 읽어 달라고 제게 부탁하는 경우도 있고요. 때로는 제 의견을 묻기도 하시고…… 요즈음은 왜, 아시지요?

─무슨?

설희가 찻잔을 입가로 가져가려다 말고 내려놓으며 물었다.

─여군 대령 사망사건 말입니다. 작가님께서 월남에 계실 때 같이 근무하셨던 분이라고 하셨습니다. 무척 애석해하시고 관심이 많으신 것 같습니다. 작가님 부탁으로 이 사건 관련 TV뉴스와 신문기사들을 빠짐

없이 모니터해 드리고 있습니다. 특히 군 수사당국에서 발표한 사망자의 열쇠고리에 걸려 있던 열쇠 중 사용처가 확인되지 않고 있다는 S.H 라고 영문 이니셜이 새겨진 열쇠에 관한 작가님의 관심은 대단하십니다. 매일 제게 확인하고 계시지요. 열쇠의 사용처가 규명되었느냐고 말입니다. 처음엔 저도 단순히 작가님과 사망자가 월남에서 같이 근무하셨다는 데서 오는 남다른 관심이나 아니면 작가적 호기심으로만 치부했으나 그렇지 않은 것 같았습니다.

─그렇지 않다고요?

─오랫동안 작가님과 많은 시간을 함께해 온 저의 직감입니다. 평소 보지 못했던 작가님의 모습을 자주 보게 됩니다. 팔짱을 끼시고 거실 창 앞에 우두커니 서서서 무심코 안타깝게 토해내시는 에스 에이치, 에스 에이치라, 하시는 탄식조의 중얼거림을 자주 듣게 된다는 것입니다. 온유하시고, 매사에 긍정적이시고, 여간해서는 감정 표현을 잘 하시지 않고 말씀을 아끼시는 작가님이셨는데, 요즈음은 짜증도 자주 내시고, 평소와는 아주 다른 모습이시지요. 알고 계시는지 모르겠습니다만 사실 작가님 건강 상태가 아주 좋지 않거든요. 특히 최근에 와서는 더…… 얼마 전에는 경미했지만 의식장애가 있어 입원한 적도 있었거든요.

─어디가 많이 안 좋아요?

─종합검진 결과가 나와 봐야 알겠지만 많이 좋지 않습니다.

담담한 표정으로 찻잔을 내려보며 미스 박이 손가락을 세워서 무심히 탁자를 톡톡 두드리고 있는데 우울하게 보였다.

─그런데다 방금 말씀드린 최근의 그런 주변 상황들로 해서 더 힘들어하고 계시는 것 같았어요.

설희는 선우 영의 건강상태가 예사롭지 않은가 보구나! 하는 직감도 들었지만 한편으로는 좀은 불편하다는 생각도 나는 것이었다. 선우 영의 최근의 그런 변화들이 마치 자신의 탓일 수도 있다는 듯이 연관시켜 우회적으로 말하는 미스 박의 의도와 태도가 의심스러웠고 불쾌했던 것이었다.

—실례지만. 미스 박께서 내게 무슨 이야기를 하고 싶으신 거예요? 혹시 내가 미스 박의 말을 잘못 이해하고 있는지 몰라도 선우 병장의 그런 변화가 마치 나하고 무슨 관계라도 있는 것처럼 들리기도 하고. 솔직히 듣기가 좀 거북하네요. 부담스럽기도 하고…….

때마침 고개를 들며 무슨 말인가를 시작하려는 미스 박과 정면으로 시선을 마주치며 설희가 분명하게 말하는 것이었다. 설희의 이 말에 미스 박이 좀 주춤하는 기색이었다.

—저는 다만…….

미스 박이 좀 당황해하며 말끝을 흐렸다.

—이제 그만 일어나야겠습니다.

미스 박이 일어선 설희를 올려보고 무슨 말인가를 하려다 멈추고 고개를 푹 숙이는 것이었다. 미스 박의 얼굴에는 정작 하고 싶은, 또 꼭 해야 할 이야기를 못했다고 하는 아쉬운 표정이 역력하게 나타나 있었다.

—그럼. 먼저 나갑니다. 이 책은 두고 갈게요. 필요할 때 사 보도록 하지요.

설희는 레스토랑을 나와 바로 선우 영의 집으로 향했다. 항상 그랬듯이 대문은 반쯤 열려 있었고 선우 영이 현관 앞에서 설희를 마중하고 있었다.

그렇게 우두커니 서 있는 선우 영을 바라보며 설희는 문득 아직도 선우 영이 누군가를 기다리며 간절히 마중하고 싶어하고 있다고 한 미스 박의 말을 떠올려 보는 것이었다. 가시지 않고 있는 이 말의 여운 탓인지 근원을 알 수 없는 선우 영에 대한 연민의 미묘한 감정에 휩싸이며 거실로 들어서자 마자 설희가 뒤에서 선우 영의 허리를 껴안는 것이었다.

방금 전에 샤워를 했는지 선우 영의 몸에서는 아직도 비누 냄새가 남아 있었고 후각을 자극하는 스킨로션의 향기가 물씬 났다. 적당한 나른함이 몰려오고 내면에 깊숙이 갇혀 답답하게 서성이고 있던 연민의 뭇 상념들이 조바심을 하며 마침내 탈출을 시도하려는 듯 은밀히 꿈틀대고 있었다. 설희의 가슴이 뛰고 있었다. 선우 영의 뛰는 가슴도 고스란히 느낄 수 있었다. 선우 영이 미동도 하지 않고 있었다.

―좀 부담이 되시지요.

선우 영이 담담하게 물었다. 설희가 선우 영의 등에 볼을 기댄 채 어린아이처럼 고개만 끄덕이는 것이었다.

―혹, 그 열쇠 이 병장이 바꿨던 것 아닙니까?

설희가 또 고개만 끄덕였다. 설희의 팔을 풀어내면서 선우 영이 돌아섰다. 돌아서는 선우 영의 가슴으로 설희의 가슴이 스치면서 자연스레 접촉되었다.

―너무 걱정하지 마십시오.

설희가 선우 영의 가슴을 이마로 찧듯이 좀 전보다 더 큰 동작으로 고개를 끄덕이는 것이었다.

―제가 수시로 이 병장한테 수사상황을 물어보고 있습니다.

이때 전화벨이 울렸다.

―전화받아야지요.

설희가 말했지만 선우 영은 말이 없었고 어느 순간이었는지 선우 영의 양손이 설희의 허리에서 머뭇거리고 있었다. 선우 영의 쉼 없이 뛰고 있는 좀은 거칠고 불규칙한 가슴의 진동과 계속해서 이어지고 있는 전화벨 소리가 어우러진 불협화음을 설희는 눈을 빤히 뜬 채 듣고 있었다.

선우 영을 향한 연민 때문일까? 아니면 밀착되어 있는 이성으로부터 누구나 느낄 수 있는 본능의 은밀한 자극 때문일까? 설희는 다소 혼돈되고 있는 이러한 감정들을 미처 정리하고 가늠할 겨를도 없이 마치 선우 영의 농후한 체취를 음미라도 해 보고 싶은 듯 지긋이 눈을 감는 것이었다.

설희는 오로지 선우 영에 대한 연민만으로 선우 영의 아늑한 체온을, 또 선우 영의 체취를 그렇게 여과 없이 고스란히 받아들이고 있는 것이었다.

사랑과 연민! 하면서 설희는 또 연민이라는 어휘에 집착하는 것이었다. 사랑이 일과성의 광풍 같은 것일 수 있다면 연민은 정중동의 침묵이 있는 폭풍전야의 고요 같은 것일지도 모른다! 하고 자신의 내면에서 사정없이 충돌하고 있는 이와 같은 미묘한 뭇 감정들에 대해 설희는 예민하게 반응하고 있는 것이었다.

뜻밖에도 선우 영의 팔이 설희의 전신을 은근한 힘으로 압박하고 있었다. 설희는 그 선우 영을 거부하지 않고 받아들이고 있었다. 오히려 설희가 더 기대하고 또 탐하고 있기라도 하는 듯, 마침내 선우 영의 등을 더듬듯 쓰다듬고 마는 것이었다. 얼마를 그렇게 있었을까? 다시 울리는 전화벨 소리에 설희는 선우 영의 가슴에서 얼굴을 뗐다.

―전화받아야지요.

또 설희가 말했지만 선우 영이 고개를 좌우로 저으며 떨리는 손으로 더듬듯이 설희의 얼굴을 어눌하게 어루만지는 것이었다.

─선우 병장! 아직도 누굴 그렇게 기다려요? 누굴 그렇게 마중하고 싶어해요?

불현듯 조금 전 미스 박의 말이 떠올라 선우 영을 안쓰럽게 올려보며 설희가 말했다. 선우 영의 입은 반쯤 열려 있었고 가벼운 경련이 일고 있었다. 설희의 얼굴을 더듬던 선우 영의 손이 설희의 입을 막았다. 그 손끝을 설희가 지긋이 깨물었다.

환영 일 듯 멈칫 멈칫, 다가오는 선우 영의 얼굴을 차마 피하지 못하고 잔잔한 파문으로 소리 없이 밀려오는 그 어떤 의식으로 몽롱해지는 듯 마침내 설희는 눈을 감는 것이었다. 그리고 설희는 열린 입을 다물 수가 없었다.

난, 너에게 어떻게 용서를 빌어야 하니? 너에게서 빛을 앗아간 사람인데, 널 암흑의 늪으로 추락시킨 사람인데, 널 이토록 불행하게 한 장본인인데, 하고 안타까워하면서 설희는 혼미한 의식에서 깨어나듯이 눈을 떴다 다시 감으며 천천히 고개를 젖히는 것이었다.

일요일 오전이었다. Viet—Vet에는 성 병장 혼자 나와 있었다. 일요일이면 서로 돌아가면서 시간이 있는 전우들이 자율적으로 나와서 당번제처럼 다방을 관리하고 있었는데 오늘은 성 병장이 자청해서 나온 것이었다.

성 병장이 레코드판을 쌓아놓고 융단솔로 먼지를 털어내고 있는데, 실례합니다, 하고 두 사람의 남자가 들어왔다. 이틀 전, 참고인 조사를 한다면서 Viet—Vet을 다녀갔던 군 수사관과 형사였다.

─또 어떻게 오셨습니까?

성 병장이 이들을 알아보고 물었다.

―몇 가지 확인 차 나왔습니다.

두 사람이 성 병장을 마주해서 앉았다.

―보도를 통해서 잘 알고 계시겠지만 솔직히 말씀드려서 이번 이 대령님 사망사건은 아직 물증도 단서도 전혀 없는 상태로 수사가 거의 답보상태입니다. 해서 이 대령님의 열쇠고리에 걸려 있는 열쇠 중 아직 확인되지 않고 있는 S.H라고 영문 이니셜이 음각된 열쇠의 사용처를 규명하는데 수사력을 모으고 있습니다.

군 수사관이 Viet―Vet 회원수첩을 펼치며 말했다.

―회원수첩에 이 최 소위님만 연락처가 없는데 특별한 사유가 있어서 그렇습니까? 예를 들자면 연락처를 공개하고 싶지 않다는 본인의 의사가 있었다든지.

―아닙니다. 그냥 단순히 누락이 됐던 것 같습니다. 왜 무슨 문제가 있습니까?

성 병장이 좀 의아한 표정을 지으며 물었다.

―열쇠고리에 있는 S.H라는 영문 이니셜이 최설희 씨의 S는 설, H는 희, 어떻게 생각하십니까?

―말씀 듣고 보니 그럴 수도 있긴 합니다만.

―어젯밤 늦게 수사본부로 사망하신 이 대령님과 월남에서 같이 근무했었다는 익명의 제보자가 있었습니다. S.H라는 영문 이니셜은 최설희 씨를 지칭하는 것이라면서 이번 사건과 관련이 있을지 모르니 철저히 조사해 보라는 내용이었습니다. 비록 익명이긴 했지만 워낙 수사가 답보상태인데다 일단 접수된 제보고 해서 확인 차 나왔습니다. 최설희 씨 지금 연락되지 않습니까?

―네!

─그래요? 회원인데도 말입니다.

군 수사관이 이해할 수 없다는 투로 성 병장을 쳐다보며 고개를 갸우뚱했다.

─최 소위님께서는 최근에 연락이 되셨습니다. 제가 알기로는 미국으로 이민을 가셨다가 최근에 귀국하셨다는 것과 이 근처 둔촌동에 사신다는 정도밖엔 최 소위님에 대해서 아는 것이 별로 없습니다. 아마 회원들 대부분이 그럴 겁니다.

─그렇습니까? 어떻게 지금 확인해 볼 수 없겠습니까?

─지금 당장은 쉽지 않습니다. 한두 사람도 아니고 알 만한 회원들한테 일일이 전화해 봐야 합니다. 연락처 두고 가시면 확인되는 대로 알려드리도록 하지요.

─물론 우리도 나름대로 확인해 보겠지만 최설희 씨 연락처 확인되시면 즉시 연락 취해 주십시오. 협조 부탁드립니다.

군 수사관과 형사가 각각 성 병장에게 명함을 주고 나갔다. 그들이 나가자 마자 성 병장이 이 병장에게 전화를 했다.

얼마 안 있어 이 병장이 왔다.

─도대체 무슨 일인데 급하다고 난리를 치는 거야?!

─야! 좀 전에 군 수사관과 형사가 다녀갔는데 월남에서 간호부장님과 같이 근무했었다는 사람이 익명으로 제보를 했다는 거야.

─뭐? 언제?

이 병장이 깜짝 놀라는 것이었다.

─어젯밤 늦게. 열쇠에 새겨진 S.H라는 영문 이니셜은 최 소위님이며 이 대령님 사건과 관련이 있을지 모르니 철저히 조사해 보라고 했다는 것이야. 군 수사관이 우리 회원수첩에 최 소위님 주소와 연락처가 없어

서 확인하러 나왔다고 했어. 제보자가 누구며 제보 내용이 정확히 무엇인지 너라면 혹시 알아볼 수 있을 것 같아서 전화한거야.

—그래서 넌, 뭐라고 했니?

—모르는 걸 모른다고 할밖에.

—알았다. 내 지금 확인해 볼게. 야! 이 사실 당분간 너만 알고 있어야 한다. 그렇지 않아도 요즘 Viet—Vet 분위기도 엉망인데 괜히 이 사람 저 사람 신경 쓰게 할 필요가 없어서 그렇다. 내 말 무슨 뜻인지 알았지?

이 병장이 이렇게 성 병장에게 다짐하고 전화기를 들고 카운터 옆 사무실로 들어갔다. 한참 후, 사무실에서 나오는 이 병장의 표정이 그렇게 밝아 보이지 않았다.

—제보자가 누구래?

—수사기밀인데 제보자를 어떻게 알 수 있니? 수사가 답보상태에 빠져 답답해하고 있던 차에 제보가 있으니까 확인 차 나왔다고 보면 돼. 그 정도야.

—그래? 그래도 또 혹시 최 소위님 연락처 물어오면 어떻게 하나?

—인마! 걱정도 팔자다. 모르는 걸 모른다고 사실대로 말하면 그만이지 무슨 걱정이야?! 그건 그렇고. 수술실에 노 중위님 말이야. 개업한다고 했지? 언제냐?

—내일이다. 갈 사람은 모두 여기 모여서 같이 가기로 약속했으니까 너도 시간이 나면 이리로 오라고.

—그래. 알았다. 모처럼 사우나나 하고 한숨 푹 자야겠다. 어제 당직 하느라 꼬박 새웠다. 그럼 나 먼저 들어간다. 수고해라.

하고 이 병장이 나갔다.

어젯밤, 늦게 선우 영의 집을 나온 설희는 도저히 집으로 들어갈 용기가 나지 않아 또 한성호텔에서 잤다.

로비로 내려온 설희는 탁자 위에 포개져 있는 조간신문을 펼쳤다. 간호부장 사망사건에 대한 기사가 단 한 줄도 보이지 않았다. 다른 조간신문들도 모두 펼쳐보았지만 관련기사는 어느 신문에도 없었다.

경찰 추정대로 뺑소니 차량에 의한 단순 교통사고에 의한 사망사건으로 결론이 났나? 아니면 벌써 세인들의 관심에서 멀어져서 그런가? 하는 좀 의아한 생각도 들었다. 그러나 그렇게 안도를 하면서도 왠지 불안하고 초조한 마음의 여운은 쉬 가시지 않고 있는 것이었다.

비록 짧은 시간이었지만 선우 영과 잠시 밀착해 있었던 어젯밤의 여운, 아니면 미련 때문이었을까. 설희는 불쑥 선우 영이 보고 싶어지는 것이었다. 작았지만 그러나 분명히 가슴으로 다가오는 그 충동과 욕구에 설희는 문득 놀라는 것이었다.

이런 감정을 뭐라고 표현해야 하나. 연민! 그를 향한 무한한 연민이라고만 해야 하나? 오늘은 태호가 오는 날인데 실로, 실로 오랜만에 태호를 만나는 날인데 왜 하필이면 오늘 같은 날, 이렇게 선우 영을 향한 미묘한 감정들이 이토록 나를 혼돈시키고 있단 말인가? 간호부장 사망사건의 충격으로 극도로 나약하고 예민해진 심신 때문인가?

그래서 또 무조건 망각과 안식의 도피처만을 찾겠다는 단순한 일념만으로, 그때 월남에서 선우 영을 선택했던 것처럼 지금도 내가 또 그 선우 영에게서 위로와 위안을 갈구하고 있단 말인가? 그때도 그랬었지만 지금 역시 스스로를 이기적이고 독선적이라고 하지 않을 수가 없었다.

지금도 그때와 같은 시도를 또 선우 영에게 하고 있다는 사실에 스스로 놀라며 설희는 수치심과 함께 어쩔 수 없이 또 선우 영에 대한 연민으로 갈등하는 것이었다.

신한대학병원 소화기내과 진료실 앞, 환자 대기실 장의자에 선우 영과 미스 박이 진료순서를 기다리고 있었다. 미스 박은 신문을 펼쳐 들고 있었다.

—특별한 기사 없습니까?

—어떤 기사내용을 말씀하십니까?

자신이 묻는 말을 제대로 이해하지 못하고 되묻고 있는 미스 박의 말이 아주 불만스러운 듯 선우 영이 입을 굳게 다물며 미스 박을 향해 고개를 돌리는 것이었다.

—이 대령님 관련기사 말씀이십니까?

미스 박이 물었지만 또 못마땅하다는 듯 선우 영이 말이 없었다.

—단 한 줄도 기사가 없습니다. TV와 라디오 뉴스도 마찬가집니다.

미스 박이 선우 영의 표정을 살피며 말했다.

—그래요?

안도하는 듯이 선우 영이 고개를 끄덕였다. 오랜 선우 영과의 생활에서 비롯된 직감으로 미스 박은 선우 영이 그 일로 무척 초조해하고 있구나! 이제 안도하는구나! 하고 생각하는 것이었다.

간호사의 호명을 받고 미스 박이 선우 영을 부축하고 진료실로 들어갔다. 선우 영이 진찰의자에 앉고 미스 박은 뒤에 있는 의자에 앉았다. 주치의가 잠시 선우 영의 검사기록들을 검토한 후 일어서서 엑스레이 필름을 뷰 박스(view—box)에 꽂고 스위치를 올렸다. 주치의가 연신 고개를 갸우뚱거리는 것이었다.

—보호자 되시지요?

—네!

미스 박이 스스럼없이 대답했다. 선우 영이 미스 박과 지금껏 10여 차레 이상이나 이 병원을 다녔기 때문에 주치의는 그렇게 알고 있는 모양이었다.

선우 영이 5년째, 매년 이 병원에서 정기적으로 종합검진을 받으면서 간 경변 치료를 받아 오고 있었는데 얼마 전 검사에서 뜻밖에도 검사 결과가 좋지 않게 나와서 별도로 간 기능검사를 다시 받았었다. 그러나 역시 검사 결과가 좋지 않았던지 다시 주치의가 요구하는 이런 저런 복잡한 각종 검사들을 더 받았던 것이었다.

주치의가 뷰 박스에 꽂혀 있는 필름을 빼고 이전에 촬영했던 필름들까지 하나하나 다시 꽂고 바싹 다가가서 팔짱을 낀 채 유심히 살펴보고 있었다.

—지난번 검사 결과를 보고 사실 어느 정도 예측은 했습니다만…….

하면서 중지손가락으로 필름의 두어 곳을 지적하며 고개를 끄덕이고 있던 주치의가 책상으로 돌아와 다시 검사기록들을 살펴보는 것이었다. 주치의의 표정이 밝아 보이지 않았다.

—예측이라면? 무슨?

최근 들어 수없이 반복되는 각종 검사를 요구하고 있는 주치의의 소견으로 보아 분명 심상치 않은 이상이 발견되고 있구나! 하는 예감을 하고는 있었지만 예측하고 있었던 결과가 나왔다는 뜻으로 소견을 말하는 주치의의 말에 미스 박이 불안한 표정을 감추지 못하고 물었다.

—잠시만 기다리세요.

무거운 침묵이 감돌고 있었다. 선우 영은 벌써 어떤 예감이라도 한 듯, 아니면 이미 자신이 예상하고 있던 결과가 나왔구나! 하는 듯 흠흠, 하고 헛기침을 하고는 무슨 말인가를 하려더니 멈추고 마른침만 꿀꺽 삼키는 것이었다. 주치의가 잠시 선우 영을 빤히 바라보다가 메모지에 뭔가를 적어서 미스 박에게 건넸다.

"cancer입니다. 일단 나가 계셨다가 다시 들어오십시오. 간호사에게 지시해 놓겠습니다."라고 적혀 있었다. cancer라고 필기체로 휘갈겨 써 놓은 영문 글씨를 자세히 살펴보던 미스 박이 깜짝 놀라는 것이었다. 미스 박의 눈에는 어느새 눈물이 비쳤다.

─좋지 않습니까? 사실대로 말씀해 주십시오.

선우 영이 일어서며 담담하게 물었다.

─일단 입원하셔서 더 종합적인 정밀검사를 받았으면 합니다. 빠르면 빠를수록 좋습니다.

─그렇습니까?

선우 영이 체념하는 투로 담담하게 말하고 돌아섰다. 진료실을 나온 미스 박은 빈자리를 찾아 선우 영을 앉히고 우두커니 선 채 한동안 말이 없었다. 선우 영도 마찬가지였다.

묵묵히 고개를 떨구고 있는 선우 영의 모습이 너무도 가련하게 보였다. 5년이라는 짧지 않는 세월을 잠자는 시간을 제외하고는 거의 대부분의 시간을 선우 영과 함께해 온 미스 박이 지금과 같은 선우 영의 참담한 모습을 보기는 처음이었다.

간호사가 나와서 미스 박에게 손짓을 했다. 미스 박이 막 발을 내딛는데 선우 영이 미스 박의 손을 잡아당겼다. 항상 미스 박이 선우 영의 손을 먼저 잡았지 지금처럼 미스 박이 선우 영에게 먼저 손을 잡혀 보기는 처음이었다.

─미스 박! 내 건강상태 벌써 한두 해도 아니고…… 직감으로 충분히 짐작할 수 있어요. 입원 여부는 절대로 미스 박 혼자서 결정하지 마세요. 아셨지요?

잡고 있는 미스 박의 손에 힘을 주었다가 놓으면서 선우 영이 담담하게 말했다.

―네! 작가님. 명심하겠습니다. 잠시 다녀오겠습니다.

얼마 후, 진료실에 들어간 미스 박이 체념한 듯 어두운 표정으로 나왔다. 주치의는 지금까지 선우 영이 받은 검사에 대해 상세히 설명했다. 선우 영은 간암이라고 하면서 자신의 임상 경험으로는 간 경변 환자가 이렇게 빨리 암으로 진행된 경우는 처음이라고 하는 것이었다. 극히 드문 경우라고 했다.

그러고는 불행하게도 현재로서는 수술도 불가능하며 또한 확실한 치료방법을 기대할 수 없다고 했다. 또 얼마 전 선우 영이 의식장애로 입원했던 경우를 예로 들면서 선우 영과 같은 말기 간 경변 환자에서 주로 관찰되는 의식장애의 유형들과 간 뇌병증 등의 여러 가지 후유증들에 대해 설명했던 것이었다.

또 이와 같은 증상들이 반복적으로 지속되는 경우 혼수상태에서 또는 식도정맥류 출혈로 인해 사망할 수도 있는 위험한 증상이니 각별한 주의를 요한다면서 당부하는 것이었다. 집으로 돌아오면서 선우 영은 단 한 마디의 말도 없었다. 집 앞에서 차가 멎을 때야 선우 영이 비로소 입을 열었다.

―미스 박! 노 중위님 개업식이 몇 시지요?

―7십니다. 쉬시는 게 좋을 것 같습니다.

―꼭 참석하겠다고 약속했어요. 내일 스케줄은 어떻게 되지요.

―마무리짓지 못한 출판계약 건 협의와 Viet―Vet의 정기 임원회의, 둘 뿐입니다.

―그래요? 미스 박! 그럼 오늘 노 중위님 개업식 참석만 도와주시고

내일은 쉬도록 하세요. 출판사 계약 건은 일단 보류하자고 전화해 주시고, Viet-Vet에는 급한 일정으로 도저히 참석할 수 없게 되었다고 미스 박이 적당히 전화해 주세요.

김포공항 국제선 출구 앞, 도착시간을 알리는 전광판에는 태호가 탑승한 런던 발 비행기가 이제 막 도착했다고 노란 불이 깜박이고 있었다. 고개를 치커든 채 그 깜박이고 있는 불빛을 쳐다보며 설희는 이제 잠시 후면 태호를 만난다는 벅찬 감회에 젖어 바싹 메말라 있는 입술을 계속 축이고 있었다. 이윽고 출구의 문이 활짝 열리고 탑승객들이 나오기 시작했다.

짙은 검정색 안경을 착용하고 맹인 안내견과 함께 휠체어에 몸을 싣고 있는 배희원으로부터 전해받았던 태호의 사진을 연상하며 설희는 마중 나온 사람들과는 좀 떨어진 뒤쪽, 기둥에 기대서서 맹인 안내견을 앞세웠거나 휠체어에 탄 사람만을 찾는데 혈안이 되어 있었다. 그러나 맹인 안내견을 앞세운 사람도 휠체어를 탄 사람도 끝내 찾을 수가 없었다.

이때, 설희의 등뒤로 가깝게 다가오는 바람 같은 기운이 있었다. 반사적으로 설희는 획, 돌아섰다. 검은 안경의 남자가 물끄러미 설희를 바라보고 있었다. 순간 설희는 뚝, 하고 고개를 떨구고 마는 것이었다. 고개의 무게를 지탱할 수 없을 만큼 하반신의 기력도 순식간에 빠져나가고 있었다. 금방이라도 허물어지고 말 것 같은 나른한 기운에 안간힘을 다하듯 설희가 입술을 아프도록 꼭 깨물며 버티고 서 있는 것이었다.

태호가 설희의 어깨를 양손으로 잡았다. 홍수로 물에 잠겨 있던 토담집이 물이 다 빠진 후에야 비로소 스르르, 허물어지듯이 그렇게 설희는 순식간에 태호의 가슴으로 시나브로 허물어졌다. 한편, 이들과 좀 떨어진 뒤쪽에서는 배희원과 유영미가 두 사람을 지켜보고 있었다.

—미스 최!

배희원이 설희를 부르며 유영미와 함께 다가왔다.

—공항에 나오면 나온다고 이야기를 하고 나왔으면 좋았잖아. 아무리 시간이 촉박했어도 그렇지 온다간다 말도 없이 그냥 나가면 어떻게 하니? 나도 나지만 배 여사님께 얼마나 죄송하니?!

유영미가 설희에게 꾸짖듯이 말했다.

—나무라지 마세요. 저희들끼리 그렇게 약속을 했나 보지요. 태호 이녀석, 왜 그랬어? 엄마가 모를 줄 알았니?

무조건 금주 중에 귀국하겠다는 태호의 말에 배희원은 매일 탑승자 명단을 체크하고 있었던 것이었다. 그랬는데 오늘은 마침 한영준의 회사 창립기념일이어서 배희원이 오전 행사에 참석하느라 확인이 늦게 된 것이었다.

유영미는 어젯밤 귀가하지 않은 설희 걱정으로 전전긍긍하며 밤을 지샜고 이제나저제나 하면서 설희를 기다리고 있던 중에 배희원으로부터 전화연락을 받고 부랴부랴 달려왔던 것이었다. 그때 유영미는 배희원에게 설희가 좀 전에 미장원에 잠깐 다녀온다고 나갔는데 배희원의 말을 듣고 보니 태호의 도착시간에 맞추느라 미장원에서 공항으로 바로 나간 모양이라고 거짓말을 했던 것이었다.

—우리 설희 어디 보자!

유영미가 팔을 벌리자 설희가 안겼다.

—어머니! 언제.

—어제 오전이다.

유영미가 배희원을 힐끔 비켜 보고 토닥토닥 등을 두드리며 들릴 듯 말 듯 또 속삭이듯이 말하고는 양손으로 설희의 어깨를 잡고 밀면서 얼굴을 살펴보는 것이었다.

─얼굴이 많이 상했구나.

─아니에요. 바빠서 그랬어요. 죄송해요, 어머니.

설희가 유영미의 눈에 비친 그런 자신의 모습을 감추려는 듯 유영미의 가슴에 기대며 지긋이 껴안는 것이었다. 배희원의 집에서 저녁식사를 하고 설희와 유영미는 집으로 돌아왔다. 차에서 내려 집으로 향하는 골목 어귀로 들어서면서 설희는 유영미의 팔을 꼭 껴안고 걸었다.

유영미가 밥은 제대로 먹고 다녔느냐, 잠은 제대로 잤느냐, 하면서 고운 얼굴이 많이 상했다면서 일상적인 말만 안쓰럽게 했을 뿐, 어제는 어디에서 잤으며 왜 집에 들어오지 않았으며 왜 그렇게 대문 열쇠가 자꾸 바뀌었는지, 또 이웃 아주머니에게서 대문 앞에 서 있는 남자를 봤다는 이야기를 듣고 조카라고 둘러댔던 남자와 열쇠가게 아저씨가 이모라고 했던 여자는 과연 누군지, 궁금할 법도 할 텐데 유영미는 무슨 뜻이 있어서인지 전혀 묻지 않는 것이었다.

─너도 이제 내일 모레면 나이가 40인데. 몸 관리 잘 해야지.

─내가 벌써 그렇게 되었나?

─이 녀석, 나이를 잊고 산 모양이로구나. 오늘 보니 이제 내가 40이오, 하고 네 눈에 그렇게 씌어 있었어.

설희는 처음으로 들어보는 자신을 이 녀석이라고 한 유영미의 말이 기분 좋게 들렸다. 지금껏 설희는 유영미에게 오직 설희라고만 불려졌지 계집애라던가 이 자식, 저 자식, 아니면 오늘처럼 이 녀석, 하는 따위로 불려진 적이 없었다.

─네? 내 눈이 어땠다고요?

유영미의 팔을 바싹 잡아당기고 설희가 장난기 있게 째려보며 멈추는 것이었다. 실로 오랜만에 해 보는 행동이었다. 이 녀석이라는 말이 설희에게 준 일종의 신선한 충격 같은 것이 이처럼 설희를 나이를 잊게 한 행동을 하게 만든 것이었다.

—네 눈가에 비치는 잔주름을 오늘 처음 봤거든.

—그랬어요? 그럼 큰일이네.

—큰일인 줄 이제 알았니?

유영미가 설희의 볼을 가볍게 꼬집었다. 그리고 유쾌하게 두 사람은 웃었다. 대문 앞에 이르러 설희가 몇 발자국 앞서 가서 열쇠를 꺼내 꽂고 돌렸다.

—어? 왜 이래?

설희가 몇 번을 돌려 보는데 열리지 않는 것이었다. 유영미가 측은한 시선으로 물끄러미 지켜보는 것이었다.

—벌써 고장이 났나?

—그 열쇠 이리 주고 이걸로 열어라!

—네?

—어제 내가 바꿨다. 문이 잠겨서 들어갈 수 없어서 그랬다.

유영미가 설희에게 열쇠를 주고 설희가 들고 있던 열쇠를 받았다.

—그러셨어요? 죄송해요, 어머니.

특별한 생각 없이 그렇게 말하고 설희가 대문을 열었다. 유영미가 먼저 들어가고 설희가 막 문턱을 넘어서는데 두 사람의 남자가 빠르게 다가왔다.

—실례합니다. 최설희 씨죠?

—네. 그렇습니다만. 누구시죠?

두 남자가 신분증을 제시했다. 유영미가 지극히 담담한 표정으로 신분증을 제시한 두 남자는 보지 않고 설희만 빤히 바라보는 것이었다. 두 남자는 Viet—Vet으로 설희의 연락처를 확인하러 찾아왔던 군 수사관과 형사였다.

─잠시 대문 열쇠 좀 확인할 수 있겠습니까?

─설희야! 그 열쇠 드리고 들어오너라.

유영미가 무슨 일이냐고 묻지도 않고 그렇게 말하며 설희를 대문 안으로 잡아당겼다. 형사가 설희에게 받은 열쇠를 들고 있던 열쇠와 대조하는 것이었다.

─이거 모양이 다른데? 아닌데.

라이터를 켜서 열쇠를 비춰보던 형사가 고개를 갸우뚱하며 말했다.

─문을 닫고 확인해 봐야겠는데. 참, 실례지만 어떻게 되시지요?

군 수사관이 문을 닫으려다 말고 멈추며 유영미에게 물었다.

─설희가 제 딸입니다.

─네. 그러십니까? 그럼 잠시.

형사가 재빨리 문을 잡아당겼다. 순간 유영미가 설희에게 받아 쥐고 있던 열쇠를 얼른 핸드백에 넣고 지퍼를 당기며 불길한 예감으로 물끄러미 설희를 바라보는 것이었다. 그러나 동요한다거나 당황해하는 그런 모습은 감추고 있었다.

이런 유영미의 시선과 마주치자 설희가 뚝, 하고 그만 고개를 떨구고 마는 것이었다. 열쇠를 강제로 회전시키고 있는지 한동안 뻑뻑한 금속성의 마찰음만 났고 열쇠를 꽂았다 뺐다 하는 소리만 나고 있었다.

─이 열쇠가 아닌데?

군 수사관이 중얼거리며 대문을 열었다.

―최설희 씨! 이 열쇠 잘 모르십니까? 여기 S.H라고 새겨 있는데.

군 수사관이 단도직입적으로 설희에게 물었다.

―어머니! 이분들과 잠시 밖에서 말씀 나누고 오면 안 되겠습니까?

―그래? 그게 좋다면 그렇게 하렴. 빨리 들어오도록 해라.

설희와 수사관들이 나가고 뒤따라나온 유영미는 세 사람이 저만치 골목 어귀를 돌아나갈 때까지 안타깝게 지켜보고 있었다. 설희는 두 사람을 가까이 있는 제과점으로 안내했다. 군 수사관이 간호부장의 열쇠고리와 Viet―Vet 회원 수첩을 탁자 위에 올려놓고 말했다.

―이 대령님과는 월남에서 같이 근무하셨지요? 얼마 동안이었습니까?

―약 4개월 정돕니다.

―단도직입적으로 말씀드리겠습니다. 이 대령님과는 어떤 관계였습니까?

―네?

설희가 정색을 하며 군 수사관을 쳐다보았다.

―아주 특별한 관계였었다고 하던데요. 참, 이걸 어떻게 말씀을 드려야 하나? 그렇지 않으셨습니까? 제보전화가 있었습니다.

―제보라니요. 도대체 지금 무슨 말씀을 하고 계시는 겁니까?

―그럼 제보자의 말을 그대로 인용하겠습니다. 이해해 주십시오. 사망하신 이 대령님과는 동성애적인 관계였다고 했습니다.

군 수사관이 작정을 한 듯 공격적으로 말하며 설희의 반응을 염탐하는 것이었다.

―네?

깜짝 놀라며 설희가 군 수사관을 노려보는 것이었다. 입술을 지긋이 깨물고 노려보는 설희의 날카로운 시선을 의식하며 군 수사관이 시선을 피하고는 수첩을 가리키며 다시 말했다.

─이 수첩 배부하는 날, 모임이 있었지요? 그날, 최설희 씨는 불참을 하셨더군요. 공교롭게도 이 대령님은 그날 사망하셨습니다.

아직도 설희는 깨물고 있는 입술을 풀지 않고 있었다. 오히려 아랫입술을 더 깊이 빨아 당겨 깨물며 고개를 숙이는 것이었다.

─곧 사회복지시설을 운영하신다고 들었습니다. 아주 훌륭하신 일을 하십니다.

대답이 없는 설희에게 군 수사관은 이렇게 화제를 돌려 보는 것이었다.

─지금 최설희 씨를 상대로 피의자 심문을 하고 있는 것이 아닙니다. 그동안 수사과정에서 확인할 수 없었던 이 S.H라는 영문 이니셜이 음각된 열쇠에 대한 의문으로 고민해 왔었는데 마침 제보자가 나타났고 제보 내용도 우리가 관심을 가질만한 가치가 충분히 있다고 판단했습니다. 제보자가 월남 근무 당시 최설희 씨와 같은 병원에 근무했던 사람이라고 자신의 신원까지 밝혔습니다.

─…….

─제보자가 열쇠에 음각되어 있는 S.H라는 영문 이니셜은 S는 설, H는 희, 라고 하면서 그 열쇠는 아마도 최설희 씨의 집 대문 열쇠가 틀림없을 것이라고 했습니다. 제보자의 말에 의하면 월남에 계실 때 두 분의 관계로 보아 이 대령님께서는 이 열쇠로 최설희 씨 집을 수시로 출입하고 계셨을 것이라고 했습니다. 맞습니까?

설희는 비로소 깨물고 있던 입술을 풀면서 고개를 들었다. 설희의 얼굴은 창백하게 보였고 아랫입술 밑으로 파리한 잇자국이 선명하게 나타나 있었다.

―그날 모임에는 왜 참석하지 않으셨습니까? 참석하시겠다고 약속을 하셨던 것 같은데, 혹 무슨 특별한 일이라도 있으셨습니까?

―…….

―지금 묵비권을 행사하고 계십니까? 물론 하실 수는 있습니다. 방금 전에도 말씀을 드렸습니다만 일단 접수된 제보를 확인하는 차원에서 말씀을 드리는 것이니 가볍게 생각하시고 아무쪼록 수사에 협조해 주십시오. 또 최설희 씨께는 저희들이 피의자 심문을 하고 있는 것이 아니라 단지 참고인으로 조사를 하고 있을 뿐이라는 점을 유념해 주시기 바랍니다.

이번에는 답답하다는 듯 형사가 말했다.

―제보자가 아직 본인의 신분을 구체적으로 밝히지 않았습니다. 다만 수사진행 상황을 지켜본 후 진척이 없으면 추가 제보를 하겠다고 했습니다.

설희는 안과과장 이 대위를 떠올리며 끓어오르는 분노를 억누르고 있었다.

―말씀 드리지요. 열쇠에 음각된 S.H라는 영문 이니셜은 말씀대로 아마 저를 지칭하는 것이 맞을 것입니다.

―그렇습니까? 그럼 이건 집 대문 열쇠가 아니었습니까? 그런데 왜 맞지 않지요?

―갑자기 귀국하신 어머니가 외출중인 저를 마냥 기다리실 수 없어 다시 바꿔 달았던 것입니다.

―일반적인 상식으로 가족이나 친인척, 아니면 이미 평소에도 자유롭게 출입이 허용된 사람이 아니고서야 어떻게 남의 집 대문 열쇠를 임의로 바꿀 수 있는지 쉽게 납득할 수가 없습니다. 이 부분에 대해서 어떻

게 생각하십니까?

군 수사관이 집요하게 묻기 시작했다.

—동성애적인 관계였다는 제보자의 말을 염두에 두고 하시는 말씀입니까?

노골적으로 불쾌한 표정을 지으며 설희가 두 사람을 번갈아 노려보며 말했다.

—전혀 그런 뜻은 아닙니다. 오해가 계셨다면 사과 드리겠습니다.

군 수사관은 행여 또 설희가 입을 닫을까 조바심을 하며 황급히 사과를 하고 있지만 설희를 향한 시선은 조금도 흐트러짐이 없었다.

—그 이상은 이 열쇠에 대해 아는 바가 없습니다. Viet—Vet 회원 모임이 있었던 사건 발생 당일의 알리바이를 제시하는 것으로 답변을 대신하겠습니다.

—네. 말씀해 주시죠.

군 수사관이 재빨리 수첩을 펼쳤다.

—모임 불참 이유는 언급하지 않겠습니다. 전적으로 제 프라이버시에 관한 문젭니다. 앞으로 제 프라이버시에 관한 질문은 삼가해 주십시오. 약속 지켜주시지 않으면 묵비권을 행사하겠습니다. 저는 미국 시민권자입니다.

멈칫 하며 군 수사관과 형사가 서로 얼굴을 마주보는 것이었다.

—네, 그렇게 하도록 하겠습니다.

—사건 당일 밤 10시 30분쯤 영국으로 국제전화를 했습니다. 장소는 국제전신전화국입니다. 그리고 한성호텔에 투숙했습니다. 물론 혼잡니다. 호텔 체크인 시간은 11시쯤이고 다음날 아침 9시에 모닝콜을 부탁하고 잠을 잤습니다. 호텔 체크아웃 시간은 오전 11십니다. 제 어머니가

어제 미국서 오셨습니다. 이런 일로 심려를 끼쳐 드리고 싶지 않습니다. 열쇠 주시지요.

설희가 일어서서 손을 뻗었다. 열심히 메모하고 있던 군 수사관이 다소 난감한 표정을 지으며 설희를 올려보는 것이었다.

—주시지요. 이건, 이번 사건과 아무 관련이 없는 것 아닙니까? 어머니가 기다리고 계십니다. 빨리 가 봐야 합니다.

설희가 단호하게 말하고 손을 더 뻗었다. 잠시 망설이던 군 수사관이 마지못해 열쇠를 내미는 것이었다. 열쇠를 받은 설희는 지체 없이 제과점을 나갔다.

—김 형사! 국과수의 피살자 사망 추정시간이 11시였지요? 사체 발견시간은 12시였고!

—그렇긴 합니다만. 일단 진술내용의 진위 여부부터 빨리 확인해 보도록 합시다.

형사가 군 수사관을 재촉하며 일어섰다.

설희가 집에 도착했을 때, 유영미는 대문 앞에서 설희를 기다리고 있었다. 유영미는 언제나 설희에게 해 왔던 것처럼 전혀 설희가 부담을 갖지 않도록 스스럼없이 맞으며, 이제 끝났어? 빨리 끝났네. 빨리 끝난 걸 보니 엄마가 신경 안 써도 될 일인가 보구나. 그렇지? 하는 말만 했을 뿐이었다. 설희도 네! 그래요, 했을 뿐이었다.

서대문 문화촌 입구 상가 2층에 있는 이 대위의 안과병원에서는 개업식을 하고 있었다. 참석한 Viet—Vet 회원들은 선우 영과 성 병장, 윤 병장, 정 병장뿐이었다. 이 대위가 Viet—Vet 회원들이 있는 쪽으로 왔다.

—오, 선우 병장! 유명하신 베스트셀러 작가님께서 이렇게 직접 오셔

서 축하해 주시니 영광입니다.

─과찬이십니다. 축하드립니다.

─나도 이제 모임에 자주 나가도록 하지. 선우 병장! 한 잔 하지. 맥주? 양주?

이 대위가 잔을 들며 말했다.

─죄송합니다. 작가님 술 드시면 안 됩니다.

미스 박이 가로막으며 말했다.

─아, 그렇습니까? 그럼 권하지 않겠습니다. 그럼 누가 한 잔 받을까?

이 대위가 돌아보다가 수발계 정 병장을 발견하고 잔을 내밀었다.

─야, 이 친구. 문서 수발계 정 병장 아냐? 편지 온 게 있나, 없나, 하고 어이, 정 병장! 내 거 없어? 하고 인사과 사무실을 하루에도 몇 번씩 기웃거리던 일이 엊그제 같은데 말이야. 안 그래?

─네. 저도 그렇습니다. 축하드립니다.

이 대위가 정 병장의 잔에 술을 따르고 돌아갔다. 이때 이 병장이 들어왔다.

─이 병장! 여기다.

성 병장이 손짓을 했다.

─못 올지 모른다더니 왔구나. 이 병장! 최 소위님은 오신다고 했니?

─난, 몰라.

선우 병장의 물음에 이 병장이 짧게 대답하고 이 대위를 힐끔 비켜보는 것이었다.

─여보! 우리 후송병원 전우들 와 계시는데 당신은 거기서 뭘 하고 있소. 어서 가서 술도 한 잔씩 따라 드리고 하지 그래.

최 소위라는 말에 문득 멈춰 섰던 이 대위가 그렇게 말하고는 화장실을 가는지 밖으로 나갔다. 이런 이 대위를 이 병장이 빤히 바라보는 것이었다.

—최 소위는? 일전에 백화점에서 만났을 때 이야기했더니 꼭 오겠다고 했는데.

—바쁜 일이 생기셨나 봅니다. 축하드립니다.

노 중위의 물음에 성 병장이 대답했다.

—성 병장은 그때나 지금이나 어쩌면 이렇게 아직도 미소년이야?

하면서 노 중위가 성 병장에게 술을 따라주고 자리를 떴다.

—작가님! 이제 그만 일어나시지요.

미스 박이 선우 영에게 재촉했다.

—미스 박! 알았으니 너무 재촉하지 마세요.

—무리하시면 안 됩니다. 쉬셔야 합니다.

—왜 어디 안 좋니?

이 병장이 물었다.

—아냐. 미스 박이 괜히 오바 하고 있는 거야.

—아닙니다. 쉬셔야 합니다.

—미스 박! 내가 알아서 판단할 테니까. 제발 좀 가만히 있어요. 알았지요?

선우 영이 짜증을 내며 신경질적으로 말했다. 가까이 있던 성 병장과 이 병장이 좀 의외라는 듯 선우 영과 미스 박을 번갈아 쳐다보는 것이었다. 미스 박이 고개를 푹 숙이고 밖으로 뛰어나갔다. 이 병장이 고개를 갸우뚱하며 미스 박을 뒤따라나갔다. 두리번거리며 복도를 살피던 이 병장이 저만치 보이는 화장실 쪽으로 달려가는 것이었다. 여자 화장실에서 흐느끼는 소리가 났다.

─미스 박! 미스 박! 나, 이 병장이야! 무슨 일이야. 어? 어서 나와. 어서!

이 병장이 미스 박을 큰소리로 불렀다. 잠시 후, 미스 박이 울먹이며 나왔다.

─미스 박! 그만 진정하고 묻는 말에 사실대로 이야기해 봐! 선우 병장이 얼마 전부터 병원에 자주 다닌다는 이야기는 듣긴 들었는데. 왜, 좋지 않은 결과가 나왔어? 어? 숨기지 말고 사실대로 말해 봐. 어서!

틀림없이 심상치 않은 일이 있을 거라고 짐작을 한 이 병장이 다급하게 물었다.

잠시 망설이던 미스 박이 크게 한 번 심호흡을 하고 입을 열었다.

─이 병장님! 작가님 어떡하면 좋아요.

─왜? 무슨 일인데? 어서 이야기해 봐! 검사 결과가 안 좋아? 어?

─절망적이에요.

남자화장실에서 밖을 염탐하며 조심스레 복도를 향해 내밀던 얼굴이 언뜻 비쳤다가 사라졌다.

─진단 결과가 어떻게 나왔는지 좀 구체적으로 이야기해 봐!

─사실 작가님께서는 수년 전부터 간 경변 치료를 받아 왔었습니다. 작가님께서 어느 누구에게도 발설하지 말라고 하셔서 지금껏 함구하고 있었습니다만 그동안 두어 차례 혼수상태로 입원한 적도 있었습니다. 그래도 설마, 설마 했는데.

─그래?!

이 병장이 전혀 뜻밖이라는 듯 놀라는 것이었다.

─캔서에요. 간 경변에서 진행되었어요. 치료가 불가능하다는 주치의의 소견이었어요.

─뭐?! 무슨 소리야. 그게?

충격을 받은 듯 이 병장의 안색이 돌변하며 굳어졌다.

─그럼. 그런 몸을 해 가지고 여긴 왜 왔어?

이 병장이 짜증을 내며 미스 박을 꾸짖었다.

─아무리 말씀을 드려도 약속을 하셨다면서 듣지 않으셨습니다.

─알았어! 일단 들어가자고. 난, 일이 있어 금방 가 봐야 하니까 그때 같이 나가자고. 그리고 당분간 이 사실 아무한테도 이야기하지 말도록 해! 알았지?

이 병장이 미스 박의 어깨를 토닥거리며 먼저 들어가라고 하고 화장실로 들어갔다. 이 병장이 마침 나오던 이 대위와 어깨를 부딪쳤다. 이 대위가 툭, 하고 옆으로 밀리면서 비틀, 했다. 이 병장이 힐끔 이 대위를 쳐다보고 그냥 지나쳐 갔다.

─아 참! 자네가 중환자 병실에 입원해 있었던 이 병장? 이 병장이라고 했지? 우리 병원 친구들 언제 날 잡아서 술 한 잔 하자고. 내가 근사하게 한 잔 살 테니까. 알았지?

이 대위가 횡설수설 그렇게 지껄이며 비틀거리고 갔다. 그리고 잠시 후, 노 중위의 양해를 구하고 선우 영과 이 병장 일행은 나왔다.

<h1 style="text-align:center">· · · · 그들의 에필로그</h1>

선혈이 낭자한 옥탑방과 신생아의 울음. 프리즘과 그 스펙트럼. 도도(dodo) 새의 비상과 선회, 모두가 암울한 환영이었다. 그러나 몽환적이었고 화려하기도 했다. 또 존재와 부재에 대한 내밀한 고통과 갈등들은 오직 침묵으로만 존재했을 뿐이었다. 그리고 사라진 한 발 권총 실탄의 뜻과 함께 그들의 '에필로그'는…….

침묵, 선우 영의 침묵! 오직 스스로를 자각하고 인식하면서 선우 영은 자신과 함께했던 과거의 뭇 시간들로 켜켜이 쌓인 정적의 울타리에 오로지 수형자처럼 갇혀 있었다. 또 그 울타리 너머로 산재해 있는 자신과 함께할 영겁의 뭇 시간들을 유추해 보면서 선우 영은 그렇게 침묵하고 있었던 것이었다. 다만 이 침묵의 좁은 공간에서 선우 영과 함께한 것은 오직 괘종시계뿐이었다. 너무도 극명하게 예비된 선우 영의 미래를 향해 성큼성큼 다가오듯이 괘종시계는 선우 영이 맡긴 심신의 무게를 가늠하지 못한 채 찰나의 쉼도 멈춤도 없었으며 그 날카로운 초침 소리는 예리하고 정교했다.

또 새벽녘에는 마치 자신의 숙명을 예고하며 재촉하는 듯한 이 괘종시계의 타종 소리를 폭음으로 들으며 선우 영은 노도처럼 엄습해 오는 그 어떤 두려움으로 황급히 시계를 벗겨 방문 밖으로 부서져라 팽개쳐 버렸다. 추락과 상실 또 스스로의 필연적인 부재(不在)에 대한 회한으로 한기를 느끼며 심신을 움츠려도 봤고 아직은, 아직은 하면서 그래도 미련으로 남는 존재에 대한 가녀린 욕구에 현혹되기도 했다. 또 그렇게 적나라하게 전개되어 있는 자신의 현실과 참담한 미래를 안타깝게 유추해 보기도 했던 것이었다.

자각을 강요하며 집요하게 재촉하는 영혼의 아련한 소리에도 귀기울여 보았다. 스스로 새벽을 열고 마치 선혈이 낭자한 듯한 새벽 바다에서 해돋이하는 그 새벽 해가 어서 빨리 서쪽 하늘에 이르기를 초조하게 기다리며 선우 영은 그 해를 석양으로 마중하고 싶어했었다.

텅 빈 뇌리에 가득한 지친 영혼, 텅 빈 가슴에 가득한 회색의 회한, 그 뇌리와 가슴의 경계에 서서 선우 영은 지치도록 하염없이 그렇게 서성이고 있었던 것이었다.

잘 가, 하는 마지막 말을 무참히 남기고 버스에 올랐던 그녀. 혜리!

그토록 내가 그녀를 마중하고 싶어했는데 꼭 내가 기대하는 그 마중을 하고 말리라 했는데, 오로지 그 마중에 대한 소박한 소망만으로 하루하루를 셈하며 인내하고 지금껏 살아왔는데, 그래서 그 한순간의 마중을 위한 기다림은 차라리 행복했었는데, 행복할 수밖에 없는 것이었는데, 그랬었는데, 이제 그토록 오랫동안 내가 소망하며 갈구해 왔던 그 마중을 이제 포기해야 하는가, 스스로 접어야 한단 말인가?……

오후 2시가 지난 시간이었다. 거실 바닥으로는 괘종시계가 팽개쳐져 있었으며 시계추와 함께 탈락된 배터리는 거실 중간쯤에서 오뚝하게 서 있었고 소파에는 불면의 밤을 보낸 듯 창백한 얼굴의 미스 박이 잔뜩 웅크린 채 벌써 두 시간 가까이 거의 미동도 하지 않고 앉아 있었다. 이윽고 방문이 열리며 선우 영이 나왔다.

―미스 박! 쉬지 않고 뭐 하러 왔습니까?

뜻밖으로 선우 영의 목소리는 차분했고 밝았다. 두어 걸음 발을 내딛는 선우 영의 발끝에 괘종시계가 채였다. 발끝이 아픈 듯 선우 영이 멈칫 하면서 입을 오므렸다가 폈다. 미스 박이 얼른 달려가 괘종시계와 배터리를 치웠다.

─오늘 하루만은 정말 혼자 있고 싶었는데.

한 걸음도 채 안 되는 거리를 두고 미스 박은 안쓰럽게 선우 영의 얼굴을 바라보고 있었다. 불과 하룻밤 사인데도 선우 영의 얼굴은 무척 창백하게 보였고 몰라보도록 야위어 있었다. 그러나 선우 영의 검은 안경은 더 빛나고 있는 듯이 보였다. 안타까운 시선으로 선우 영을 바라보던 미스 박이 눈을 감고 마는 것이었다. 눈을 감은 채 미스 박은 그 어떤 안타까운 후회 같은 것을 해 보는 것이었다. 미스 박은 단 한 번도 안경을 벗은 선우 영의 얼굴을 본 적이 없었다.

선우 영을 만나고 한 2년쯤 지난 어느 날이었던가? 미스 박은 선우 영에 대한 연민으로 문득 이런 충동을 받아 본 경험이 있었다. 물론 그것이 순간적인 모성본능에서 비롯된 것인지는 몰라도 내 한쪽 눈이라도 선우 영에게 주고 싶다는 것이었다. 그때 미스 박은 내가 혹시 선우 영을 사랑하고 있는 것이 아닌가? 아니면 연민? 선우 영의 작가적 명성? 하고 그렇게 자문해 본 일이 있었다. 그러나 미스 박은 선우 영에게 자신의 그러한 내면의 은밀한 감정을 어떤 방법으로든 표현해 본 적이 없었다. 함께 있는 것만으로, 바라보고 있는 것만으로 미스 박은 충분하다고 생각해 왔던 것이었다.

─자, 가까이 와 봐요. 미스 박!

선우 영이 팔을 벌리며 떨리는 목소리로 말했다. 선우 영의 팔도 떨리고 있었다.

─자, 어서 와요. 괜찮지요?

누가 먼저랄 것도 없이 두 사람은 어스러지도록 껴안았고 미스 박은 선우 영의 가슴에 얼굴을 깊이 묻었다. 처음이었다. 출, 퇴근시간을 비롯해서, 그 숱한 행사장과 강연장에 동행하면서 선우 영의 팔과 손은 수없이 접촉해 봤지만 선우 영의 가슴은 처음이었다. 그토록 느끼고 싶어 소망해 왔던 선우 영의 가슴을, 미스 박은 비로소 처음으로 경험하고 있는 것이었다.

갑자기 선우 영이 울부짖듯이 흐느끼기 시작했다. 통곡을 하듯 선우 영의 가파른 흐느낌은 거칠었고 처연하게 들렸다. 미스 박도 흐느끼고 있었다. 눈물과 콧물이 뒤범벅이 되도록 두 사람은 거칠 것 없이 어린아이처럼 엉엉, 소리내어 흐느끼며 실컷 울고 또 울었다. 이런 두 사람의 울음은 한참 후에야 가까스로 멎었다.

─미스 박! 기왕에 오셨으니 내 부탁 좀 들어주고 가세요.

선우 영이 미스 박을 안고 있는 팔을 풀면서 말했다.

─네! 작가님.

─서재는 그대로 두시고 방, 거실, 주방, 현관에 있는 백열등을 모두 형광등으로 교체해 주세요. 교체하실 때 원래대로 천장으로 높여 달도록 하세요. 공원 골목을 끼고 내려가서 한 4, 50미터쯤 되나요? 우측으로 있는 전파사, 아시지요?

선우 영의 이 말에 미스 박이 입술을 깨물며 고개를 떨구고 마는 것이었다. 처음 선우 영을 만나서 이 집에 왔을 때였다. 미스 박이 지나치게 촉수가 높다 싶을 정도로 백열등뿐인 각기 다른 규격의 실내 조명기구들이 머리가 닿을 듯이 너무 낮게 장치되어 있는 것을 의아히 여기고 선우 영에게 물었을 때, 선우 영은 이렇게 말했었다.

"그건 단순한 조명등이 아닙니다. 그걸 어떻게 표현해야 돼나? 이정표? 갑자기 물으시니 적절한 말을 찾기가 쉽지 않네요. 여하튼 백열등의 열기로 감지가 되니까 집안 곳곳을 찾아다니기가 쉽고 아주 편해요. 전구를 터치해 보고 열기의 정도와 전구의 크기로 여기가 어딘지 또 뭐가 있는지 쉽게 알 수도 있고 필요한 용품들도 어렵지 않게 찾을 수 있어요. 그래서 이 집으로 이사와서 집수리를 할 때 조명기구들은 백열등으로 모두 낮게 장치하고 요소 요소마다 백열등의 크기와 촉수를 구분해서 달았어요. 여름에는 덥고 또 전기요금이 많이 나와서 문제지만 아주 재미도 있어요. 작업에 몰두하다가 문득 이 집에 나 혼자 있구나. 하는 생각에 본능적으로 사람이 그리울 때가 있어요. 그때는 이 백열등의 열기를 사람의 체온으로 느낄 수가 있어서 좋고요. 아주 지혜롭지 않습니까? 그렇지요?" 하고 웃었었다.

─아셨지요? 미스 박! 왜 대답이 없어요? 또 울고 있어요?

선우 영이 미스 박의 어깨를 지긋이 감싸 쥐며 말했다.

Viet─Vet 카운터 앞 소파에는 이 병장이 잔뜩 굳은 표정으로 앉아 있었다. 방금 전 어딘가로 전화를 했던 이 병장이 연신 시계를 보며 초조하게 전화를 기다리고 있는 것이었다. 잠시 후 전화벨이 울렸다.

─네! 선배님, 접니다. 네? 분명히 장교라고 했답니까? 네? 네! 네! 알겠습니다. 선배님 감사합니다. 금명간 한 번 찾아 뵙겠습니다.

도저히 분을 참지 못하겠다는 듯 이 병장이 수화기를 내려놓고도 손을 떼지 못하고 꽉 움켜쥐고 있는 것이었다.

─개새끼! 쓰레기만도 못한 새끼!

이 병장이 쥐고 있던 수화기를 들어서 부서져라 쾅쾅, 내리치고는 씩씩거리며 소파에 털썩 주저앉는 것이었다. 이때 설희가 들어왔다.

―왜, 이 병장 무슨 일 있어요?

웬일인지 굳은 얼굴로 씩씩거리고 있는 이 병장의 얼굴을 살피며 설희가 말했다.

―아닙니다.

―아니긴 뭐가 아냐. 이 병장 얼굴에 그렇게 씌어 있는데 뭘 그래. 어제는 수사관들이 날 찾아오더니 오늘은 이 병장이 또 날 보자고 하고 이제 겁이 나네요. 이 형사님께서는 내게 또 뭘 추궁하시려는 겁니까?

무슨 일인지는 몰라도 좀처럼 풀어지지 않고 있는 이 병장의 굳은 얼굴도 보기가 그렇고 해서 설희가 분위기를 좀 바꿔 보겠다는 뜻으로 웃으며 말하는 것이었다.

―합동수사본부의 그 친구들 뭐라고 했습니까?

―별거 아니었어요. 제보가 있어 확인한다면서 대문 열쇠에 음각된 영문 이니셜에 대해 묻기에 사실대로 이야기했고, 간호부장님 사망 당일 알리바이 제시했어요. 수사관들이 내 영문 이니셜이 음각된 열쇠로 대문을 열어 봤는데 맞지 않았어요. 갑자기 귀국하신 어머니가 외출중인 나를 마냥 기다릴 수가 없으셨던지 자물통을 교체하셨더군요.

설희가 정말 아무것도 아니라는 듯 아주 태연하게 말했다.

―신경 쓰실 것 없습니다.

이 병장도 무표정하게 말하며 담배에 불을 붙여 소리가 나도록 깊게 빨았다가 길게 뱉어내고는 말이 없었다.

―무슨 일이에요? 이 병장 심각한 표정 보니까 예사로운 일은 아닌 것 같은데. 그래요? 답답하네요. 그렇게 뜸들이지 말고 어서 이야기해 봐요.

―선우 병장 말입니다.

하고는 이 병장이 말을 멈추는 것이었다.

―왜. 선우 병장한테 무슨 일 있어요?

―……캔서입니다.

―네?

충격을 받은 듯 설희가 깜짝 놀라며 한동안 열린 입을 다물지 못하고 있었다.

―병원 다녀왔습니다. 말기 간 경변에서 진행되었다고 합니다. 미스 박 이야기가 선우 병장은 벌써 오래 전부터 간 경변으로 치료를 받고 있었다고 합니다. 이런 사실 최 소위님께 알려 드려야 하나? 하고 사실 고민 많이 했습니다.

―아니에요. 이야기 잘했어요. 그래서 병원에서는 뭐라고 했어요?

조바심을 하며 설희가 물었다.

―치료가 불가능하다고 했습니다.

―네?!…… 그렇지 않을 거예요. 장기 기증자만 있으면 이식수술로 치료가 가능할지 몰라요. 귀국한 지 얼마 되지 않아서 국내 사정은 잘 모르지만 미국에서는 말기 간암 환자들도 이식수술로 치료하고 있어요. 완치율도 상당히 높고요. 일단 한 번 확인해 봐야겠어요. 어느 병원이에요?

이 병장이 설희에게 주치의의 명함을 내밀었다.

―최 소위님! 선우 병장 저대로 둘 수는 없습니다. 어떻게든 살려야 합니다. 만약 이식수술이 가능하다면 장기 기증은 제가하겠습니다. 빨리 확인해 주십시오.

이 병장이 코를 한 번 훌쩍이고는 손수건을 꺼내 눈 밑을 닦아내는 것이었다.

―지금 선우 병장 입원해 있습니까?

―아닙니다. 집에 있습니다.

―전화 좀 할게요.

카운터로 가서 설희가 다이얼을 돌리다 말고 자꾸 멈추는 것이었다. 고개를 숙이고 뭔가를 곰곰이 생각해 보던 설희가 좌우로 설레설레 고개를 흔들며 돌아서서 이 병장에게 물었다.

―내가 왜 이러지? 갑자기 전화번호가 생각나지 않네요. 3685에요, 3865에요?

―6358입니다.

선우 영의 집 전화번호였다. 설희가 수화기를 들었다놓았다 하면서 다이얼을 돌려 보는데 통화가 되지 않는 것이었다.

―불통이에요. 수화기를 내려놓은 것 같아요.

―아마, 그럴 겁니다.

―이 병장! 수고스럽지만 앞으로 나하고 자주 연락하도록 합시다. 나 먼저 나갈 게요. 아 참, 미스 박 전화번호 좀 적어주세요.

이 병장이 쪽지에 적어주는 미스 박의 전화번호를 받고 설희는 즉시 병원으로 갔다. 진료실 앞에서 퇴근시간까지 거의 한 시간 이상을 기다려 설희는 선우 영의 주치의를 만났다. 이 병장에게 들은 이야기와 마찬가지였다. 설희는 미국의 사례를 들면서 이식수술에 대해 물어봤으나 주치의는 아직 국내에서는 전혀 불가능하다고 단정적으로 말하는 것이었다.

병원을 나온 설희는 지체없이 선우 영의 집으로 향했다. 대문과 거실 문들이 활짝 열려 있었다. 항상 드리워져 있던 검은 커튼은 양끝으로 밀처져 있었고 선우 영의 목소리는 아닌데 남자의 인기척이 나고 있었다. 설희는 선뜻 들어가지 못하고 집안을 기웃거리고 있었다. 사다리를 든 남자가 나타나서 거실 천장을 힐끔 올려보더니 사다리를 펼쳐서 고정시키고 있었다. 남자가 거실 천장을 가리키며 뭐라고 말을 하고 있는데 미스 박이 사다리 옆으로 나타나서 역시 천장을 가리키며 뭐라고 손으로 지시를 하는 것이었다.

―들어가시지 않고 여기서 왜 이러고 계십니까?

이 병장이었다. 설희가 이 병장의 손을 잡고 대문 옆으로 비켜섰다.

―먼저 들어가세요. 선우 병장 만나고 싶어서 왔는데. 아셨지요?

설희가 목소리를 낮추며 말했다.

―네! 알겠습니다.

―오래 있을 거예요?

―그러시면 좀 있다 나오겠습니다.

―이쪽 골목 입구에서 우측으로 좀 내려가니까 레스토랑이 하나 있던데, 2층이었는데 이름은 잘 모르겠어요. 거기서 기다릴게요.

―네, 알겠습니다.

설희가 저만치 가는 것을 확인하고 이 병장이 집안으로 들어갔다. 저녁시간인데도 레스토랑에는 별로 사람이 없었다. 구석진 자리라고 앉다 보니 일전에 미스 박과 앉았던 자리였다. 설희는 그때 미스 박이 바로 이 자리에서 자신에게 선우 영의 영혼을 사랑하고 있다고 했던 말을 떠올리고 있었다.

얼마 안 있어 이 병장이 왔다. 자리에 앉자 마자 이 병장이 조급하게 물었다.

―병원에서 뭐라고 했습니까?

─국내에서는 불가능하다고 하더군요.

─…….

실망한 표정으로 담배를 빼내 세로로 세워서 말없이 탁자 위에다 툭툭, 치고 있던 이 병장이 불을 붙여 입에 물고는 서너 번을 쉬지 않고 깊게 빨아들이는 것이었다.

이 병장과 설희는 한동안 말이 없었다. 몇 모금을 빨고 재떨이에 걸쳐 둔 담배가 회색의 긴 재를 허물처럼 남기고 꼬꾸라지듯이 필터가 탁자 위로 굴러 떨어졌다. 이를 물끄러미 내려보며 이 병장이 눈만 끔벅끔벅, 하면서 목이 아프도록 마른침만 계속해서 삼키는 것이었다.

─집수리하고 있던 것 같았는데.

─네!

─이런 와중에 무슨 정신이 있다고 집수리를 한다고 그래요?

흐으, 하고 말없이 길게 숨을 토해내며 이 병장이 다시 담배에 불을 붙여 물었다. 볼이 움푹 패이도록 힘있게 여러 번을 빨았다가 길게 뱉어내고는 재떨이에 획 획, 좌우로 문지르며 껐다.

─왜 집수리를 하는 거예요?

─글쎄요. 할 말이 없습니다. 최 소위님! 어떻게 방법이 없겠습니까? 국내에서 불가능하다면 최 소위님 말씀대로 간 이식수술이 가능한 미국에 가서라도 치료할 수 있는 방법 말입니다. 무조건 선우 병장은 살려야 하는데. 빨리 선우 병장한테 가 보십시오.

이 병장이 안타까워하며 설희를 재촉했다. 그러나 이 병장은 마음이 조급해 그렇게 말은 해 놓고도 먼저 일어서지 못하고 있는 것이었다. 뭔가 설희에게 할 말이 있는 듯이 보였다. 한참을 그렇게 망설이던 이 병장이 마침내 입을 열었다.

―부담 가지시고 듣진 말아주십시오. 최근에 이 대위님, 연락 온 일 없습니까?

―부담 갖고 안 갖고 할 거 없어요. 또 연락받은 일도 없고.

―그럼 다행입니다.

―다행이라니요. 그게 무슨 뜻이에요?

―나쁜 새낍니다. 쓰레기만도 못한 놈입니다.

―이 병장! 왜 그래요. 이 대위님과 무슨 일 있었어요?

―수사본부에 제보를 했다는 놈이 바로 그 새낍니다. 나쁜 새끼. 도대체 인간일 수가 없는 놈입니다. 금수보다도 못한 놈입니다.

이 병장이 분을 삭이지 못해 씩씩거리며 말했다. 설희는 이미 제보자가 이 대위일 것이라는 짐작은 하고 있었지만 이 병장이 수차 자신에게 조심하라고 했던 말을 떠올리며 문득 월남의 그 대피호에서 이 대위로부터 자신이 당한 그 치욕적인 일을 이 병장이 알고 있는 것이 아닌가? 하는 의구심으로 가슴이 철렁 내려앉는 것만 같았다.

그때 월남에서 설희가 이 대위로부터 당했던 그 치욕적인 일은 당시의 여러 정황으로 보아 선우 영도 모르고 있는 것이 분명한데 어떻게 이 병장이 알 수 있단 말인가? 이 병장이 설마 그 사실을 알고 하는 이야기는 아니겠지? 이 대위라는 말에 내가 너무 예민하게 반응하고 있는 것은 아닌가? 하고 설희는 조바심을 하는 것이었다. 그러나 개운치는 않았다.

―만약 이 대위, 그 새끼한테 연락이 오더라도 절대 만나지 마십시오. 엉뚱한 소리하면서 만나자고 하더라도 절대 만나주시면 안 됩니다.

―물론 연락이 올 이유도 없겠지만, 엉뚱한 소리라니. 나한테 무슨 엉뚱한 소리를 한다는 거예요? 또 그 엉뚱한 소리라는 것은 무슨 뜻이에요?

―특별한 뜻이 있어 드린 말씀은 아닙니다만 하도 쓰레기 같은 놈이

라서 그랬습니다. 각별히 유념해 주십시오. 무슨 일 있으시면 제게 즉시 연락을 주십시오.

하고 이 병장이 힘없이 일어섰다. 그러고는 머뭇머뭇 하면서 또 무슨 말인가를 더 하려다 말고는 나가는 것이었다. 이 병장이 나가고 설희는 한동안 더 앉아 있었다.

선우 영에 대한 연민의 감정을 진정시킬 수가 없어서이기도 했지만 가시지 않고 있는 이 병장의 말들에 대한 짙은 의구심의 여운도 있었기 때문이었다. 그러면서 설희는 월남에서의 이 병장을 반추해 보는 것이었다. 그러나 아무리 반추해 보아도 그와의 기억은 특별한 것이 없었다. 어떤 화제를 가지고 마주해서 대화를 해 본 기억이라든가, 아니면 이 병장을 직접 진료해 봤다거나, 하는 극히 일상적이고 단편적인 그런 기억 조차도 답답하리 만치 반추해낼 수 없는 것이었다.

다만 선우 영이 불의의 사고로 '나트랑' 후송병원으로 후송되던 날 아침, 입창 7일의 징계를 받은 이 병장이 맹호사단 헌병중대로 호송되기 전 설희를 찾아와서 태호와 당신과의 관계를 내가 다 알았소! 하는 듯이 설희의 사진이 들어 있는 태호의 수첩을 전해 주던 그때 이 병장의 모습은 떠올릴 수 있었다.

지금 생각해 보니 그때 이 병장은 무엇 때문인지는 몰라도 자신의 일 거수일투족을 빠짐없이 지켜보고 있었다는 생각이 드는 것이었다. 그 렇게 상념의 늪에 빠져 있던 설희가 레스토랑을 나와 선우 영의 집에 도 착했을 때 항상 그랬듯이 대문은 반쯤 열려 있었고 선우 영이 현관 앞에 서서 설희를 마중하고 있었다.

―어서 오십시오.

―조명등을 교체했어요?

거실로 올라서면서 천장에 달려 있는 형광등을 치커보며 설희가 물
었다.

―훨씬 밝고 좋지요? 커튼도 바꿨는데 어떻습니까. 보시기에 아주 좋
지요?

―갑자기 왜 그랬어요?

―글쎄요. 그걸 갑자기라고 해야 할지.

선우 영과 설희는 마주앉았다. 형광등의 불빛 탓인지, 아니면 설희의
선입견 탓인지, 선우 영의 안색이 더 창백하게 보였다.

―선우 병장! 나, 〈선인장〉이라는 선우 병장의 단편을 읽었습니다. 그
책에서 선우 병장은 누군가를 하염없이 기다리며 간절히 마중하고 싶
어하는 남자의 소망과 행복을 이야기하고 있더군요. 선우 병장 스스로
존재의 이유를 말하고 있었어요. 그랬지요? 그렇게 인내하면서 오늘에
이르렀는데 어쩌면 이렇게 갑자기 나약해질 수 있어요? 그렇게 선우 병
장이 고대하는 마중을 왜 포기하려고 해요?

―그렇게 이해하셨습니까? 하지만 전적으로 그렇지만은 않습니다.
다만 지혜롭게 자각하고 있을 뿐입니다.

선우 영의 말은 그렇게 침착할 수가 없었다. 이미 마음을 비운 듯 얼
굴은 오히려 평화롭기까지 해 보이는 것이었다. 설희는 이러한 선우 영
의 모습에 말문이 막혔다.

그에게서 그 어떤 고뇌라던가, 비탄이라던가, 상심이라던가, 하는 따
위로 표출될 수 있는 내면의 갈등 같은 것들을 그의 말과 그의 얼굴 어
디에서도 찾아볼 수가 없었던 것이었다. 어쩌면 저럴 수가 있단 말인
가? 하고 오히려 당혹스러워하면서 설희는 말없이 선우 영을 빤히 바라
보고 있을 뿐이었다.

─삶을 영위함에 있어 생물학적 존재에만 지나치게 집착하면서 가치나 의미를 부여한다는 것은…… 생물이든 무생물이든 존재란 항상 유한할 수밖에 없는 것 아닙니까?

선우 영이 잠시 말을 멈추고 두어 번 크게 심호흡을 하는 것이었다. 선우 영의 입가로는 두어 차례 가벼운 경련 같은 것이 스쳐갔고 꿀꺽, 하고 소리가 나도록 마른침을 삼키며 흐으, 하고 힘겹게 숨을 토해내는 것이었다.

─최 소위님! 이 병장 가끔 만나십니까? 최 소위님은 그 친구에 대해 별로 아는 것이 없으시지요?

─네! 그런데요?

─요즈음 이 병장 그 친구에 대해 많이 생각하게 됩니다.

─왜요?

─이 병장은 유복자로 태어났습니다. 이런 말 최 소위님께 드려도 될지 모르겠습니다만…… 그 친구 월남에서 전상을 입고 남성 기능을 상실한 후로는 극단적으로 단순해졌고 무척 과격해졌습니다. 최 소위님도 기억하실 수 있으시지요? 이 병장 그 친구가 월남에 있을 때 퇴원 명령 취소하라고 의도적으로 외과과장님 숙소에서 사고쳤을 때 이 병장은 자기의 존재 이유는 오직 어머니 때문이라면서 무조건 살아서 성한 몸으로 돌아가야 한다고 했었습니다. 귀국해서 나와 만나기 직전에 어머니가 돌아가셨는데 이 병장은 술에 취해 나한테 넋두리를 할 때면 언제나 자기도 이제 나처럼 혈육이 없는 그야말로 혈혈단신이 되고 보니 얼마나 홀가분한지 모르겠다면서 이제 자신의 존재 이유는 나 때문이라고 하면서 너스레를 떨었습니다. 사실 혈육이 없다는 것은 매사에 있어서 극도로 이기적이고 주관적인 사고에만 몰두해서 집착하게 되고

또 무슨 일을 결정을 함에 있어서도 극도로 단순해질 수 있는 경향이 있거든요. 객관적인 사고를 배제한 채 자기중심적 사고에만 몰입해 있는 관계로 그 만큼 선택적 사고의 폭이 좁아지고 이성적 판단을 하는데 소홀할 수 있는 경우가 많거든요.

─왜. 그 이야기를…….

─글쎄요. 갑자기 이 병장 생각이 나서…….

말끝을 흐리며 잠시 깊은 상념에 빠져 있던 선우 영이 다시 말하는 것이었다.

─제가 아주 재미있는 이야기 하나 하겠습니다. 하도 오래 돼서 정확한 기억이 잘 안 됩니다만. 제가 한동안 방황할 때, 아마 거의 실명 직전이었을 것입니다. 1년 가까이 산사에서 지낸 일이 있었거든요. 그때 가깝게 지내던 스님께 들었던 일화가 생각납니다. 초대 대통령이셨던 이승만 박사께서 생일에 당시 불교계의 원로이신 효봉 스님을 경무대로 초대하셨답니다. 대통령이 효봉 스님께 생일이 언제냐고 물었답니다. 그때 그 스님 말씀이 생불생(生不生) 사불사(死不死)인데 어찌 생일이 따로 있겠느냐고 대답을 했답니다. 참, 기막힌 대답이라고 생각합니다. 그렇지요? 오늘 새벽녘에 잠결인 듯했는데 느닷없이 이 말이 자꾸만 아련하게 떠오르더군요.

선우 영이 의도적으로 화제를 바꾸려고 시도하고 있는 것이었다. 그러나 이상하게도 선우 영의 말은 느렸고 분명하게 말을 맺지 못하고 어눌하게 더듬거리는 듯했으며 또 얼굴은 점점 더 창백해지고 있는 것이었다.

─효봉 스님께서 살아도 산 것이 아니오, 죽어도 죽은 것이 아니라고 하셨는데 존재에 대한 참 뜻을 중생들에게 자각시키는 말씀이라고 이

해하고 싶거든요. 나 참, 내가 갑자기 왜 이런 말을 하게 되었는지 모르 겠네.

선우 영이 주르륵, 눈물을 흘렸다. 그러고는 갑자기 개 짖는 소리 같 은 괴성으로 울부짖으며 허공을 향해 손을 휘젓더니 발악하듯이 몸을 뒤트는 것이었다. 설희가 소스라치게 놀라며 상체를 젖혔다가 선우 영 의 손을 움켜잡았다. 선우 영이 사정없이 설희의 손을 뿌리쳤다. 설희가 혼신의 힘을 다해 다시 잡았다. 그러나 또 뿌리치는 선우 영의 억센 힘 을 감당하기에는 설희가 역부족이었다.

몇 번을 더 잡고 뿌리치고 하면서 설희와 선우 영은 옥신각신하며 다 퉜다. 그렇게 다투면서도 잘 알아들을 수 없는 소리로 계속해서 울부짖 던 선우 영이 마침내 기력을 다한 듯 고개를 끄덕, 하고는 스르르, 설희 의 가슴으로 상체가 기울어지고 마는 것이었다.

—선우 병장! 선우 병장! 왜 이래! 왜 이래! 어?

설희가 선우 영의 어깨를 잡고 흔들다가 가슴으로 안았다. 선우 영의 고개가 힘없이 뒤로 한 번 젖혀졌다가 앞으로 뚝 떨어지면서 설희의 가 슴에 부딪히는 것이었다.

—선우 병장! 선우 병장!

설희가 울먹이며 소리치고 있었다. 선우 영의 상체를 젖혀 소파에 기 대 놓고 설희는 넋을 잃고 멍하게 선우 영을 바라보고 있었다. 이처럼 위급한 상황임에도 불구하고 설희의 의식들은 송두리째 멈춰 있었다. 어떻게 대처해야 할지 숨이 막힐 지경으로 가슴만 뛰고 있었지 설희는 두 주먹을 쥔 채 그냥 오들오들 떨고만 있었다.

이때 부저 소리가 났다. 부저 소리가 다급하게 서너 번을 더 울리고 나서야 설희는 벌떡 일어났다. 혹시 이 병장일지 모른다는 생각에 이 병장! 이 병장! 하고 소리치며 대문으로 달려나갔다. 이 병장이었다.

―이 병장! 선우 병장이, 선우 병장이.

하고는 설희가 쿵, 하고 대문에 어깨를 부딪히며 스르르, 미끄러져 내리다가 털썩 땅바닥에 주저앉고 마는 것이었다. 거실로 뛰어들어가면서 선우 병장! 선우 병장! 하는 이 병장의 소리가 크게 났고 전화를 하면서 뭐라 소리치며 재촉하고는 거실 문을 부서져라 밀어젖히며 이 병장이 소리쳤다.

―최 소위님! 곧 구급차가 옵니다. 빨리 오셔서 응급처치 좀 해 주십시오.

그러나 설희는 그 소리를 듣고도 꿈쩍 않고 있었다. 도저히 일어날 수가 없었다. 땅바닥에 손을 짚고 일어나려고 안간힘을 다해 보지만 도무지 몸이 말을 듣지 않는 것이었다.

―최 소위님! 최 소위님! 왜 그러고 계십니까? 빨리요. 이러다 선우 병장 큰일납니다. 선우 병장! 선우 병장! 선우 영! 정신차려. 이봐! 정신차리라니까.

그렇게 우왕좌왕하며 이 병장이 안타깝게 외치고 있었다. 그리고 잠시 후, 구급차의 사이렌 소리가 요란하게 나면서 선우 영의 집 앞에서 멎었다. 간호사와 남자가 단가를 들고 뛰어들어왔다.

―최 소위님! 이러시면 안 됩니다. 정신 차리십시오. 곧 미스 박이 도착할 것입니다. 신한대학병원으로 갔다고 전해 주십시오.

다급하게 대문을 나서면서 이 병장은 정신을 차리라고 설희의 어깨를 잡아 흔들면서 이렇게 말하고 떠났다. 구급차가 떠난 후, 얼마 안 있어 미스 박이 뛰어들어왔다. 어떻게 된 거냐고 추궁을 하듯이 다그치는 미스 박의 말을 여러 번 듣고 나서야 설희는 겨우 정신을 차릴 수 있었다.

응급실 밖, 벤치에 설희와 이 병장이 앉아 있고 미스 박은 응급실에서 선우 영을 지키고 있었다. 오랜 침묵 끝에 설희가 입을 열었다.

―주치의가 뭐라고 했습니까?

―간성 뇌증이라고도 하더군요. 간 기능 장애자가 극도로 상태가 악화될 경우 나타날 수 있는 신경 정신적 변화 중에 하나라고 했습니다.

―선우 병장의 오늘 증상을 빠짐없이 이야기했어요?

―네! 일반적인 의식장애 유형으로 나타나는 의식변용이라고 하더군요. 전문용어라 저는 잘 이해가 되지 않아서 최 소위님께 말씀드리기 위해 주치의의 말을 그대로 메모해 왔습니다. 한 번 보십시오.

이 병장의 쪽지에는 이렇게 적혀 있었다.

―오랫동안 간 경변증을 앓고 있는 환자들에게서 나타날 수 있는 경우. 의식이 없어지고 섬망상태에 빠지며 때로는 개처럼 짖고 이해할 수 없는 언행을 하는 등 신경학적 장애가 동반된 기질성 정신장애. 발성장애도 심하게 나타날 수 있음. 심한 경우 방치하면 혼수상태에서 또는 식도정맥류 출혈로 사망할 수도 있음.

설희의 의학상식으로 어느 정도 이해할 수 있는 내용들이었다. 이 병장에게서 받은 쪽지를 다 읽고 난 설희가 말없이 고개를 젖히며 멀리 밤하늘을 올려보는 것이었다. 별빛도 달빛도 전혀 찾을 수 없는 캄캄한 하늘이었다. 그 하늘을 향해 설희는 무심한 시선만 하염없이 보내고 있는 것이었다. 이 병장이 이런 설희를 빤히 바라보면서 못다한 무슨 말인가를 하려는 듯, 그러나 선뜻 하지 못하고 망설이고 있는 것이었다.

한동안 그렇게 머뭇거리고 있던 이 병장이 결심을 한 듯 자세를 고쳐 앉으며 말했다.

─최 소위님께 드릴 말씀이 있습니다. 이 대위 그 새끼가…….

이 대위라는 말에 설희가 움칠, 하며 이 병장을 바라보는 것이었다.

─이 대위 그 새끼가 금명간 수사본부에 또 엉뚱한 전화를 할지 모릅니다.

─또 무엇 때문이에요?

─이 대위 그 새끼가 이 대령님과 최 소위님, 그리고 선우 병장까지.

─네? 선우 병장까지라니. 무슨 말이에요. 그게?

선우 병장이라는 말에 설희가 더 놀라는 것이었다.

─이 대위 그 새끼! 충분히 그러고도 남을 놈입니다. 야비한 놈입니다.

─이 병장! 선우 병장이 간호부장님 사건과 도대체 무슨 관계가 있다는 거예요. 안 그래요? 이 병장! 이런 상황 나 어떻게 이해해야 해요?

설희의 물음에 이 병장이 곤혹스런 표정을 감추지 못하고 있었다.

─빨리 말해 봐요. 선우 병장이 왜 관계가 되는지. 난, 도무지 이해할 수가 없어요. 도대체 무슨 일이 있는 거예요. 나, 모르고 있는 무슨 일 있어요?

─이 대위 그 새끼가 전혀 예기치 못했던 최 소위님의 출현으로 아마 전전긍긍하고 있었을 것입니다. 제가 선우 병장까지 거론했던 것은 이 대위 그 새끼가 이 대령님 사건을 최 소위님과 이 대령님, 그리고 최 소위님과 베스트셀러 작가라는 유명세가 있는 선우 병장, 이 세 사람이 이번 사건과 관련이 있을 수도 있는 것처럼 의혹을 증폭시켜 보겠다는 의도가 있다는 것입니다. 그래서 최 소위님이 곧 사회복지시설을 운영하시게 된다는 것을 알고 있는 이 대위가 최 소위님의 명예와 자존심에 회복할 수 없는 치명적인 상처를 입히겠다는 의도가 명백합니다. 사회적

으로 완전히 매장을 시키겠다고 작정을 하고 덤비는 것 같습니다. 그렇지 않고서야 어떻게 그 새끼가, 수사 제대로 하지 않으면 언론에도 공개하겠다고 공갈을 친다는 겁니까. 여하튼 분명한 것은 이 대위 그 새끼가 최 소위님을 한국에서 떠나게 함으로서 자신의 부담을 털어내고 또 치부를 덮어 버리겠다는 얄팍한 심산입니다. 금수보다도 못한 새끼. 아주 악질입니다.

이 병장은 행여 자신이 말을 마치기 전에 설희가 말을 자르고 끼어들 수 없도록 거침없이 빠르게 말하는 것이었다.

—이 병장! 내게 대해 알고 있는 것, 솔직히 말해 줄 수 있어요?

설희가 이제 뭔가 짐작을 하고 힘없이 말했다.

—그때. 대피호에 출입하는 사람들 다 지켜봤었습니다. 개새끼!

이 병장이 도저히 분을 못 참겠다는 듯 벌떡 일어나는 것이었다.

—내가 이 대위님을 만나야겠군요.

—네? 안 됩니다. 그런 짐승만도 못한 인간을 최 소위님이 뭐 하러 만난단 말입니까? 그만두십시오. 그 새끼 절대로 만나서는 안 됩니다. 제가 만날 겁니다.

—아니에요. 내가 만나야 해요.

—제 말 명심하십시오. 그 새끼 최 소위님한테 또 무슨 일 저지를지 모르는 놈입니다. 조심해야 할 놈이라고 하지 않았습니까?!

이 병장이 화를 내며 큰소리로 말하는 것이었다.

—이 병장이 그렇게 화내는 거, 백 번 이해해요. 고맙기도 하고. 하지만……

—언성을 높여서 죄송합니다. 무조건 절대 만나시지 말아야 합니다.

—여기들 계셨군요.

미스 박이 벤치 뒤에서 나타났다. 이 병장을 찾으러 나온 미스 박이 두 사람의 대화 분위기가 심상찮은 것을 보고 잠시 물러나 있다가 나타난 것이었다.

―지금 상탠 어때요?

설희가 먼저 물었다.

―조금 전 병실로 옮기셨습니다. 며칠 계시면 회복하실 거라고 했습니다.

―몇 호실입니까?

―아직 안 됩니다. 좀 전에 잠드셨어요.

―그럼 전 볼 일이 있어 먼저 갑니다. 다시 들르겠습니다.

이 병장이 떠난 후, 설희가 힐끔 미스 박을 비켜보는데 빗질이 안 된 퍼석한 머리하며 화장기가 전혀 없는 얼굴이 말이 아니었다. 문득 안쓰럽다는 생각이 들었다.

―미스 박! 힘드셨지요? 나도 주치의를 만났습니다. 미국에서처럼 한국에서도 이식수술이 가능한지 상담해 봤으나 아직은 불가능하다고 하더군요.

힘없이 고개를 끄덕이며 미스 박이 이미 모든 것을 포기하고 또 체념하고 있는 듯 담담한 표정으로 초조하게 양손을 매만지는 것이었다.

이 병장이 이 대위를 만나기 위해 약속장소로 가고 있었다. 이 병장이 차나 한 잔 하자면서 만나자고 했을 때 이 대위가 선뜻 응했으며 기왕에 만나는데 차는 무슨 차냐고 하면서 술이나 한 잔 하자고 했던 것이었다. 이 대위가 벌써 소주 한 병을 다 비우고 반쯤 비운 소주병을 또 앞에 두고 있었다. 빈 잔에 술을 채우고 막 술병을 내려놓다가 들어오는 이 병장을 발견한 이 대위가 번쩍 손을 들며 말했다.

—어이, 이 병장 여기.

이 병장이 굳은 얼굴로 잠시 멈춰서서 실내를 한 번 둘러보고는 말없이 마주앉았다. 이른 시간 탓인지 손님은 이 병장과 이 대위뿐이었다.

—기다리면서 먼저 한 잔 하고 있었지. 혼자 마시고 있자니 영 술맛도 안 나고 말이야. 자, 이 병장! 받아!

이 대위가 술잔을 내밀었다.

—그 술잔 내려놔!

이 병장이 눈을 부릅뜨고 이 대위를 노려보며 말했다.

—어? 이 병장! 말버릇이 왜 그래?!

—쓰레기 같은 새끼!

—뭐?!

이 대위가 꽝, 하고 술잔을 내려놓으며 이 병장을 매섭게 노려보는 것이었다.

—당신! 그래도 설마 했는데, 비열하고 악랄한 게 아주 몹쓸 놈이더구먼. 인간이 왜 그렇게 치사해. 어? 당신! 그렇게밖에 못 살아?!

—이 병장! 상관한테 이게 무슨 말버릇이야. 어?

—상관? 당신 지금부터 내가 하는 말 똑똑히 들어! 한 번만 더 쓸 데 없는 전화했다가는 내 그냥 안 둬!

—이 자식 봐라. 인마! 너 형사라고 했지? 형사라고 말 그렇게 함부로 해도 되는 거야? 어?

—당신. 참, 불쌍하다는 생각이 들어. 치사하고. 당신 왜 그렇게 살아? 어? 아직 내 말 무슨 뜻인지 몰라?

—이 자식이 듣자, 듣자 하니 지금 무슨 말을 하고 있는 거야. 어?

─그래? 아직 모른다고? 너, 월남 있을 때 대피호에서 최 소위님한테 무슨 짓 했어. 너, 짐승 같은 새끼 아냐? 어? 그런데 또…….

취중이었지만 이 대위가 약간 움칠, 하는 기색이었다.

─당신이 왜 그러는지, 또 왜 그래야만 되는지 당신 속을 훤히 꿰뚫고 있어. 내 충고하는데 그런 야비한 짓 이제 그만해! 어? 최 소위님과 선우 병장이 무슨 관계가 있다고 그따위 짓을 해. 어?

─관계가 없다고? 너, 지금 나한테 형사라고 공갈 협박하는 거야?

─당신 정말 불쌍한 놈이구나. 내 마지막으로 당신한테 경고하는데 만약.

─만약? 그래 좋다. 만약 내가 또 전화하면 어떻게 하겠다는 거야. 어? 그 세 사람 옛날 월남에 있을 때 서로 이러쿵저러쿵한 사이였는데 혹시 이번 사건과 관련이 있을지 모르니까 철저히 조사해 보라고 이제 구체적으로 다시 신고할 작정이다. 사건의 조기 해결에 도움이 될까 해서 내가 그렇게 제보하겠다는 것인데 그게 뭐 잘못 됐나? 너, 형사라면서 왜 그따위 소리를 해. 어? 겨우 형사 주제에 나를 협박해?

이 대위가 조금도 물러설 기색이 아니었다.

─뭐?

─너, 최 소위한테 사주를 받았어, 아니면 선우 병장한테 사주를 받았어. 어? 꼴에 형사라고. 인마! 내가 더 불면 최 소위, 선우 병장 개망신 다 당하고 어떻게 되는 줄 알아? 뭐? 사회복지시설 운영? 좋아하시네. 웃기지 말라고. 베스트셀러 작가? 다 끝이야. 끝, 인마. 전장에서 간호부장과 간호장교의 동성애? 그리고 파트너였던 간호부장의 의문의 피살? 병사와 간호장교의 로맨스? 이거 얼마나 좋은 글감이야? 그 유명하신 선우영 작가님께 소설 한 번 써 보시라고 하시지. 틀림없이 또 베스트셀러가

될 테니 말이야. 안 그래? 야, 인마! 웃기지 말라고. 이렇게 되면 어떻게 되는 줄 알아? 최 소위 결국 한국에서 살 수 없을 걸? 최 소위는 말할 것도 없고 선우 영도 마찬가지야. 그리고 너도. 이래도 내 말이 무슨 뜻인지 몰라?

이 병장이 벌린 입을 다물지 못하고 있었다.

―보아하니 대한민국 경찰 개판 5분 전이구먼. 겨우 일개 형사 나부랭이가 담당수사관도 아니면서 타 수사기관의 수사기밀을 죄다 알고 있는 걸 보니, 이런 사실도 내일 당장 언론에 공개해야겠구나. 이 형사님! 안 그래? 내가 못할 줄 아니?

이 대위가 기세 등등하게 말하고는 입가로 야비한 미소를 흘리며 이 병장을 지긋이 노려보는 것이었다. 어금니를 깨물고 어스러지도록 불끈 쥐고 있는 이 병장의 두 주먹이 파르르, 떨리고 있었다.

―나, 네가 나 보자고 할 때 왜 날 보자고 하는지 대충 짐작은 하고 있었지. 내가 그 정도도 모르는 멍청한 놈인 줄 알았나?

이 병장이 벌떡 일어섰다. 이 대위가 안경을 벗어 들고 찡그린 시선으로 비웃듯이 이 병장을 비스듬히 올려보며 다시 말했다.

―왜? 이제 더할 이야기가 없어? 있으면 어디 더해 보시지 그래. 이 형사님.

더 이상 도저히 못 참겠다는 듯 이 병장이 이 대위의 멱살을 양손으로 바싹 움켜잡고 있는 힘을 다해 꽉 조이면서 사정없이 흔들다가 확 밀쳐 버리는 것이었다. 이 대위가 숨이 막혀 칵칵거리다가 의자와 함께 벌렁 자빠졌다.

―정말, 쓰레기 같은 놈이구나.

이 병장이 바닥에 벌렁 나자빠져 있는 이 대위를 매섭게 노려보면서 튀, 하고 침을 뱉고는 손을 틀며 나갔다.

—너, 이 새끼! 거기 서! 서! 서지 못해?! 그래, 내일이면 최 소위고 선우 영이고 모두 다 끝장이야! 알아? 인마! 너도 마찬가지야. 당장 모가지가 잘릴 테니까. 어디 두고 보라고. 겨우 형사 주제에 겁도 없이 함부로 까불고 있어.

이 대위가 악을 쓰며 소리쳤다. 밖으로 나온 이 병장이 좀 떨어진 식당 쪽 차도에 차를 주차시키고 분을 참지 못해 저 새끼를, 저 새끼를 하면서 백미러를 응시하고 있었다. 이윽고 이 대위가 비틀거리며 나오는 모습이 백미러에 나타났다.

홍은동! 홍은동! 하며 이 대위가 지나가는 택시를 향해 허우적거리며 손을 흔들고 있었다. 차들이 서지 않고 그냥 지나가자 이 대위가 삿대질을 하고 뭐라 욕설을 하면서 허공으로 발길질을 하고 고함을 치는 것이었다. 이 병장이 차를 천천히 후진해서 이 대위 앞으로 바싹 다가가 세웠다. 또 홍은동! 홍은동! 하고 이 대위가 비틀대며 다짜고짜로 뒷좌석으로 타는 것이었다.

—야! 요금은 따블로 줄 거니까. 알아서 잘 모시라고. 홍은동 대현아파트 알지? 아냐! 아냐! 홍은동이 아니고 둔촌동 보훈병원 쪽으로 가자고. 거기 삼삼한 내 옛날 애인이 있거든? 오늘은 거기서 오랜만에 회포나 실컷 풀고 가야겠다. 홍은동이 아니고 둔촌동이야. 알았지?

이 대위가 그렇게 횡설수설하더니 획 옆으로 쓰러지는 것이었다.

—이 새끼가 그래도 정신을 못 차리고. 뭐 이런 새끼가 다 있어?!

이 병장이 가속 페달을 힘있게 밟았다. 이 대위의 전신이 끄떡, 했다.

—야 인마. 너, 운전 이따위밖에 못 해?! 어? 똑똑히 하란 말이야. 알았어? 야! 인마. 홍은동이 아니고 둔촌동이야. 둔촌동 보훈병원 쪽이야 알

았지?! 인마. 손님이 말하면 네, 알았습니다, 하고 총알같이 대답을 해야 할 게 아냐.

이 병장이 한적한 차도 가장자리로 급제동을 하며 차를 세웠다. 이 대위가 끄떡, 하면서 얼굴이 운전석 뒤 등판에 세차게 부딪혔다가 뒤로 자빠졌다. 이 대위가 운전석 등판을 잡고 엉거주춤한 자세로 가까스로 일어나 앉더니 이 병장의 뒷머리를 주먹으로 후려치며 말했다.

―야 인마! 너 정말 운전 이따위로 할거야. 어? 운전 이 따위밖에 못 해?

―이 새끼가 왜 이렇게 말이 많아.

이 병장이 이 대위의 멱살을 꽉 움켜잡고 운전석과 조수석 사이로 끌어당겨서 얼굴에 일격을 가했다. 윽, 하고 이 대위의 고개가 젖혀졌다. 이 병장이 이 대위의 멱살을 바싹 더 조여서 잡아당겼다.

―어. 이 새끼 봐라. 손님을 폭행하네. 너 이 새끼, 운전 다 해 먹고 싶어. 차 세워! 차 세우라니까.

―그래도 이 새끼가.

마침내 이 병장의 감정이 폭발했다. 이미 이성을 잃은 듯 퍽! 퍽! 하고 둔탁한 소리가 나도록 이 대위의 가슴과 얼굴을 무섭도록 10여 차례 이상이나 가격했다. 태권도, 합기도, 유도의 무술 합계가 8단인 이 병장의 이와 같은 가격으로 이 대위가 엄청난 충격을 받았을 것이 분명했다.

―에이, 더러운 새끼!

이 대위를 획 뒤로 밀쳐 버리고 이 병장이 그래도 분을 삭이지 못하고 있었다. 타격을 받은 이 대위가 형편없이 나둥그러졌고 죽은 듯이 잠잠했다.

―이 새끼! 주둥아리 한 번만 더 놀렸다가는 내 그냥 안 둬! 알았어? 어디 조용한 데 가서 술 깰 때까지 기다렸다가 버릇 좀 고쳐주려고 그러

니까 그때까지 쨋소리 하지 말고 가만히 있으란 말이야. 알았어?! 이 쓰레기 같은 새끼야!

이 대위를 향해 이렇게 거칠게 말하고 차 밖으로 나온 이 병장이 차창을 통해 이 대위를 물끄러미 내려보며 잠시 무슨 생각에 잠겨 있더니 다시 차에 오르는 것이었다. 얼마를 과속으로 직진해 가던 이 병장의 차가 유턴을 하더니 다시 왔던 방향으로 되돌아가는 것이었다.

이 병장이 극도로 흥분한 나머지 길을 잘못 들었던지 아니면 아직 확실한 행선지를 잡지 못한 상태인 것처럼 보였다. 뒷좌석에서는 전혀 인기척이 없었다. 숨소리도 들리지 않는 것 같았다. 갑자기 이 병장이 핸들을 꽉 움켜잡고 차를 인도 쪽으로 바싹 붙여 세우는 것이었다. 덜커덩, 하며 이 대위가 뒷좌석 아래 바닥으로 굴러 떨어졌다.

—이 새끼! 이거 재수 없이 속 썩히는 거 아냐?

차에서 내려 뒷문을 열고 잠시 우두커니 서 있던 이 병장이 섬뜩한 생각에 바닥에 엎어져 있는 이 대위의 등을 움켜잡고 뒷좌석으로 끌어 올려 바로 눕혔다. 이 대위의 얼굴이 옆으로 뚝 떨어졌다. 물끄러미 바라보던 이 병장이 양미간을 잔뜩 찌푸리며 다가가 이 대위의 뺨을 여러 번 소리가 나도록 이쪽 저쪽 번갈아 때렸다. 전혀 반응이 없었다.

이 병장의 얼굴이 순식간에 일그러지며 고개를 갸우뚱하고는 이 대위의 가슴에 손을 얹어 보고 눈을 뒤집어 보는 것이었다. 깜짝 놀라며 성큼 한 걸음 물러나는 이 병장의 안색이 창백해지며 싸늘하게 굳어지는 것이었다. 잠시 이 대위를 노려보고 있던 이 병장이 무슨 결심을 한 듯 재빨리 차에 올랐다. 그리고 이 병장은 눈을 감고 한동안 운전석에 앉아 있었다.

설희가 집으로 돌아왔을 때, 유영미는 여느 때와 다름없이 가볍게 설희를 포옹하며 저녁은 먹었어? 하고 스스럼없이 반기며 맞았다. 전화도 없이 어디에서 뭘 하고 있다가 이렇게 늦었느냐, 하는 물음도 없었고 늦은 시간에 귀가하는 딸에게 혹 무슨 일이 있지 않았었나? 하는 염려와 의구심으로 얼굴이라도 염탐해 보는, 딸을 가진 부모 특히 어머니라면 누구나 한 번쯤은 있음직한 그런 시선 한 번 없었다.

설희가 샤워를 하고 나올 때까지 유영미는 묵묵히 거실 소파에 앉아서 TV 마감뉴스를 보고 있었다.

―엄마! 안 주무실 거예요? 자고 싶어요.

―엄마? 오랜만에 그렇게 엄마라고 날 부르니 참 듣기가 좋은데? 피곤하니?

설희는 엄마! 하고 유영미를 불렀다. 자신도 모르게 무의식적으로 튀어나온 말이었지만 너무도 생소하게 느껴지는 언어였다.

어릴 적 고아원에서 유영미에게 입양된 이후부터 지금껏 설희는 유영미를 오직 어머니라고만 어른스럽게 불렀지 또래 아이들처럼 엄마! 엄마! 라고 부른 적이 단 한 번도 없었다. 엄마! 엄마! 라는 첫 말을 배워 본 기억이 전혀 없었던 것이었다.

또 그때 설희가 비록 여섯 살의 어린 나이이긴 했지만 영악하리 만치 새로운 환경에 적응하고자 하는 의지가 남달랐던 것 같았다. 어쩌면 행운으로 자신에게 주어진 이 입양의 기회를 놓치지 않겠다는 나름대로의 소망과 집착으로 또래 아이들의 언어와 행동보다는 그것이 의식적이었던 작위적이었던 간에 달랐던 것은 분명했다.

―네! 좀 그래요.

―그럼. 그렇게 하렴. 오랜만에 엄마 소리도 듣고 했으니 너, 어릴 때

처럼 내 팔 베고 같이 한 번 자 보자. 어때 괜찮지?

—네!

이날 밤, 설희는 오랜만에 유영미의 팔을 베고 잠을 잤다. 오랜만에, 실로 오랜만에 유영미의 가슴을 만지작거리다가 아주 깊이 잠이 들었던 것이었다. 잠자리에 들어서도 유영미는 단 한 마디도 설희에게 물어본 말이 없었다. 여느 때처럼 설희가 어떤 문제나 고민을 안고 있구나! 하고 짐작이 갈 때면 항상 그래왔듯이 설희 입에서 자신의 고민을 먼저 털어놓을 때까지 끈질기게 배려해 주며 기다려 주는 인내심을 유영미는 오늘도 유감없이 발휘하고 있었던 것이었다.

유영미의 품에서 가슴을 만지작거리다가 막 잠이 쏟아질 즈음. 설희는 비몽사몽간에 칭얼대듯이, 너무 오랜만에 만져 봐서 그런가? 엄마 가슴이 왜 이래? 탄력도 없고 꼭 바람 빠진 풍선 같잖아. 이게 다 뭐야. 이제 젓꼭지밖에 만질 게 없네, 하고는 스르르, 금방 잠이 들었다. 그러나 유영미는 조용히 팔을 빼고 측은한 시선으로 설희를 바라보며 하염없이 머리를 쓰다듬기만 했었고 늦도록 잠을 이루지 못했던 것이었다.

다음날, 병원에 도착한 설희가 본관 정문으로 막 들어가려는데 뒤에서 여기요! 하고 미스 박이 불렀다. 분수대 옆 벤치에 선우 영과 미스 박이 나란히 앉아 있었다.

—이렇게 나와 있어도 되는 거예요?

—괜찮다고 했습니다. 그럼 전.

미스 박이 얼른 일어섰다. 빨리 자리를 피해 주려는 눈치였다.

—미스 박! 가지 말고 그냥 있어요. 두 분 함께 계실 때 꼭 드릴 말씀이 있습니다. 마침 최 소위님도 오셨고 아주 잘 됐습니다. 최 소위님도 앉

으십시오.

설희가 오자 마자 자리를 피해 주려는 미스 박의 의도를 선우 영이 이미 간파하고 있는 것 같았다. 설희와 미스 박이 서로 얼굴을 마주보며 머뭇거리다가 앉았다.

—단도직입적으로 말씀드리겠습니다. 제 건강상태 제가 너무 잘 압니다. 어제, 오늘의 문제도 아니었고. 전, 벌써 오래 전부터 이와 같은 결과를 예견하고 있었습니다. 다만 좀 더 빨리 확인되지 않았을 뿐입니다. 인간의 유한한 삶을 무조건 존재에만 국한시켜 가치를 부여한다는 것은 너무 경직된 사고라고 생각합니다. 또한 가시적인 존재에만 연연하고 집착하는 삶은 결코 바람직한 삶이 아니라고 생각합니다. 그래서 저는 평소에도 인간의 존재와 부재에 대한 인식을 보다 새롭게 할 필요가 있다고 항상 생각하고 있었지요. 삶은 곧 존재라는 등식으로만 결론 짓는 인식에 대해서 말입니다. 그래서 삶과 존재에 대한 현실을 자각함에 있어서도 보다 이성적이어야 하고 지혜로워야 하며 냉정할 줄도 알아야 한다고 생각합니다.

선우 영이 무섭도록 침착하고 담담하게 또 간명하게 자신의 뜻을 함축시키며 말하는 것이었다. 이것은 어느 누구도 또 어떤 말로도 자신을 설득한다거나 이해시키려는 시도를 하지 말라는 단호한 의지가 담긴 그런 말로 들렸다. 선우 영의 이 말에 설희와 미스 박은 약속이라도 한 듯 동시에 고개를 숙이며 잠시 말이 없었다. 석간신문을 봤으면 좋겠다는 선우 영의 말에 미스 박이 지체없이 자리를 떴다.

—착공식 준비로 바쁘시지요? 아무쪼록 성공한 사회사업가가 되시기를 바랍니다. 꼭 그렇게 되시리라 믿습니다.

하고는 잠시 허공을 올려보던 선우 영이 자세를 약간 고쳐 앉으며 다시 말했다.

　—난, 참으로 행복한 놈이로구나! 하고 생각하고 있습니다. 이 나이에 수많은 독자들로부터 분에 넘치는 찬사와 사랑도 받았고 특히 저를 위해 이처럼 염려해 주시는 이 병장, 미스 박, 그리고 최 소위님 같으신 분이 계신다는 것 오로지 감사할 뿐입니다.

　정말 마음을 비운 사람처럼 선우 영이 무섭도록 차분하게 말하는 것이었다. 이런 선우 영을 물끄러미 바라보며 설희는 한동안 말이 없었다.

　—그때, 만약 내가 만나자고 하지 않았더라면…….

　자신의 내면으로 켜켜이 눈처럼 쌓이고 있는 선우 영을 향한 애틋한 연민의 감정들을 안쓰럽게 여과시키고 있던 설희가 안타깝게 말했다.

　—최 소위님!

　설희의 말이 미처 끝나기도 전에 선우 영이 또 설희의 말을 가로막으며 말했다.

　설희가 선우 영의 손을 꼭 잡았다.

　—전적으로 제 부주의였습니다.

　—아니에요. 원인제공은 내가 했던 거예요. 그때 극단의 이기적인 사고에만 집착해 이성적이지 못했던 제 탓이었어요. 지금도 마찬가지만 후회 많이 했었어요. 어떻게 용서를 빌어야 할지 두렵기도 했고요.

　—전혀 그렇지 않습니다. 그땐 최 소위님이나 저나 어쩌면 서로 상실의 아픔과 상흔을 공유하고 있었다고 그렇게 서로를 이해했으면 합니다. 일종의 동병상련이었다고 할까요? 그렇게 단순하게 서로 이해했으면 합니다. 부탁드립니다. 그 이후, 지금까지 단 한 번도 누구를 원망해 봤다거나 후회해 본 일이 없었습니다. 제 숙명으로 알고 순응했던 것이지요. 그리고 부끄럽습니다만 솔직히 그땐 저도 어디서든지 아니면 누

군가로부터든지 위로와 위안을 갈구하고 있을 때였습니다. 나 자신을 수습하기 위한 카타르시스 같은 것을 찾고 또 간절히 소망하고 있었습니다. 이제 그만 들어가 봐야 합니다. 곧 회진 시간입니다.

선우 영이 설희의 손을 조용히 걷어냈다. 이때 미스 박이 신문을 들고 나타났다.

—기사가 났습니까?

—네!

—어때요. 성 병장 이야기와 맞습니까?

—네!

미스 박이 신문의 기사를 손가락으로 툭툭 치며 설희에게 보였다.

—간호부장님, 또 이 대위님. Viet—Vet 회원들에게 왜 이런 불행한 일들이 자꾸 일어나는지.

'안과병원장 아파트 옥상에서 투신자살' 이라는 사회면 신문기사를 보고 설희가 안색이 변하며 주춤하고 깜짝 놀라는 것이었다. 멍한 표정으로 설희는 눈만 끔벅 끔벅, 하고 있었다.

—미스 박! TV 뉴스도 확인했어요?

—네! 아파트 경비원 말에 의하면 만취상태의 이 대위님을 택시기사가 업고 와서 엘리베이터를 타고 올라갔다고 했습니다. 또 아파트옥상의 투신장소로 추정되는 곳에는 이 대위님이 벗어놓은 구두가 있었다고 했습니다. 그 정돕니다.

—이제 Viet—Vet도 명맥을 유지하기가 점점 더 어렵게 될 것 같군요. 그렇게 되겠지요? Viet—Vet은 전장이 아닌데, 결코 전장일 수는 없는 곳인데. 왜 자꾸 이런 일이. 흐으…….

하면서 선우 영이 먼저 일어서는 것이었다.

10여 일이 지났다. 그동안 설희는 스스로 감당하기 힘든 나날을 보냈다. 선우 영이 혼수상태에서 포효하듯이 울부짖던 개 짖는 소리의 환청과 몸을 뒤틀며 허우적거리던 선우 영의 환영에 한없이 시달려야 했었다. 또 자다가도 헛소리를 하며 벌떡 일어나 이마에 홍건한 식은땀을 닦아내며 잠을 설친 일도 한두 번이 아니었다. 또 그때마다 은근한 미소를 머금고 은밀히 다가오는 간호부장의 선명한 실루엣에 소스라치게 놀라 몸을 도사리곤 했던 것이었다.

그 사이 선우 영은 또 의식장애가 있어 한 차례 더 입원을 했다. 고열과 최면에 걸린 듯 몽롱한 상태에서 정신착란 중세를 보였던 것이었다. 주치의는 의식 통합성이 상실되면서 나타날 수 있는 의식 변용의 장애 현상이라고 했다. 그러면서 극히 드문 사례이긴 하지만 의식 혼탁과 홍분이 조합되어 나타나는 이와 같은 의식장애의 유형 중 이번 경우처럼 고열이 나면서 외계에 대한 의식이 엷어지고 망상이나 착각이 일어나는 섬망증세가 지속적으로 나타나면 몽환상태에서 자살 충동을 유발시킬 수 있는 아주 좋지 않은 현상이라면서 각별히 주의해야 한다고 했던 것이었다.

이 병장의 전화를 받고 집을 나선 설희는 걸어서 10여 분 남짓 거리에 있는 Viet—Vet까지 걸어서 갔다. 이 병장이 먼저 와 있었다. 이 병장의 안색이 무척 피로해 보였다.

—최 소위님! 정말 전혀 방법이 없다는 것입니까?

애원하듯이 말하는 이 병장을 담담한 표정으로 바라보며 설희가 말이 없었다.

—선우 병장 저대로 그냥 둘 수는 없습니다. 어떻게 해서라도 살려야 합니다. 선우 병장 너무도 깨끗한 영혼을 가진 놈입니다. 오늘의 나를

있게 한 놈입니다. 월남에서 저 선우 병장 아니었다면 어떻게 됐을지 모르는 놈입니다. 일전에 최 소위님도 선우 병장에게 빚이 많다고 하셨는데 저도 마찬가집니다. 그 자식 살릴 수만 있다면 간 아니라 제 목숨까지도 내놓겠습니다. 일전에 최 소위님 말씀이 미국에서는 이식수술이 가능하다고 하셨는데 국내에서 전혀 불가능하다면 미국에 가서라도 할 수 있는 방법이 없는지, 최 소위님께서 알아봐 주십시오. 만약 제가 할 수 있는 역할이 있다면 무엇이든지 다하겠습니다. 부탁드립니다. 빠르면 빠를수록 좋습니다.

이 병장이 눈물을 흘리며 말했다.

—선우 병장 언제 온다고 했어요?

마치 어린아이처럼 울먹이며 손등으로 눈물을 훔치는 이 병장에게 손수건을 꺼내주며 설희가 말했다.

—모르겠습니다.

—이 병장! 이제 그만 진정해요. 금명간 어떤 내용으로든 연락이 올 거예요.

—네? 무슨 말씀이십니까?

이 병장이 깜짝 놀라며 물었다.

—내가 미국에 있을 때 오랫동안 봉사활동을 했던 자선단체에 호소를 했는데 다행히도 한 번 검토해 보겠다는 매우 긍정적인 반응이 있어 며칠 전 선우 병장의 그동안의 검사기록들을 모두 보냈습니다. 또 미국 재향군인회와 월남참전 유관기관들에도 선우 병장이 월남전에 참전해서 실명한 베스트셀러 작가라는 프로필을 부각시켜 도움을 요청했습니다. 일단 기다려 보도록 해요. 아무쪼록 좋은 결과가 있었으면 해요.

설희가 침착하게 말했다.

―어떻습니까? 희망이 있습니까?

이 병장이 조급하게 물었다.

―아직은 뭐라고 단정하기 어렵지만. 기도하는 마음으로 기다려 봐야지요. 결론이 날 때까지 선우 병장에게는 절대 비밀로 해 주세요.

―알겠습니다. 최 소위님! 만약 우리가 기대했던 결과가 나온다면 어떤 조건이 있어야 장기 기증이 가능합니까?

―간단치는 않지만 우선 기본적으로 혈액형이 동일해야 해요. 선우 병장 혈액형이 A형이더군요.

―네? 저도 A형입니다.

이 병장이 뛸 듯이 기뻐하며 흥분해서 말하는 것이었다.

―그래요? 나도 A형이에요.

설희가 이 병장을 지긋이 바라보며 의미 있는 미소를 짓는 것이었다. 그리고 설희는 이러한 이 병장의 너무도 순수하고 아름다운 마음에 감동하는 것이었다.

―한시라도 빨리 좋은 결과가 나왔으면 합니다. 서둘러 주십시오.

―그게 어디 우리가 서둔다고 되는 일입니까?

―제게 주어진 시간이 그렇게 많지 않습니다.

―네? 그게 무슨 말이에요? 한두 번도 아니고 자꾸만 시간이 없다고 하는데. 이 병장! 무슨 뜻이에요?

이 병장을 빤히 바라보며 설희가 물었다. 이 병장이 설희의 시선과 마주치자 얼른 피하고는 담배를 빼내 무는 것이었다.

―이 병장!

설희가 다그치듯이 불렀다. 그러나 이 병장은 묵묵히 담배에 불을 붙이고 깊게 빨아드렸다가 한숨을 쉬 듯 후―우, 하고 토해내는 것이었다.

탁자 위에 부딪히며 순식간에 탁자 가장자리로 펑퍼져 간 담배 연기가 몽환적인 궤적을 그리며 솟구치고 있었다. 몇 번을 더 그렇게 담배 연기를 뿜어내고 있던 이 병장이 입을 여는 것이었다.

—저, 후회하고 있습니다. 그날 Viet—Vet 앞에서 최 소위님을 처음 뵙는 날, 그렇게 서둘러 모시고 들어가지 말았어야 했습니다. 좀 더 신중했어야 했는데 너무 반가웠던 탓에 제가 그만 실수를 하고 말았던 것입니다. 모든 것이 다 제 잘못입니다. 선우 병장 문제 결과 보고 말씀드리겠습니다. 지금은 어떻게 해서라도 무조건 선우 병장을 살려야 한다는 일념뿐입니다. 다시 한 번 더 말씀드립니다만 제게 주어진 시간, 그렇게 많지 않습니다. 시간에 쫓기고 있습니다.

—자꾸만 시간이 없고 쫓기고 있다니 도대체 무슨 말이에요? 이런 이 병장의 말들 어떻게 이해해야 하는 것인지 정말 혼란스러워요. 도무지 이해할 수 없어요.

—서둘러 주십시오. 선우 병장 있는 곳을 알려 드리겠습니다.

하고는 벌떡 일어난 이 병장이 여행을 떠난 선우 영과 미스 박의 연락처가 적힌 쪽지를 남기고 황망히 뛰어나가는 것이었다. 그렇게 이 병장이 나간 후 설희는 한동안 이 병장이 두고 간 하얀 쪽지를 가물가물하게 바라보고 있었다. 안타까움과 후회의 짙은 여운으로 점철된 이 병장의 말들이 설희의 뇌리에서 가시지 않고 있었다.

다음날 아침, 설희는 미스 박에게 출발시간을 알리고 강릉행 첫 버스를 탔다. 미스 박이 도착시간에 맞춰 고속버스터미널에 나와 있었다. 미스 박의 얼굴이 몰라보게 수척해 있었다. 이것도 선우 병장의 말처럼 동병상련에서일까, 설희는 그런 미스 박의 초췌한 모습에 마음이 아팠다.

—미스 박! 얼굴이 많이 상했어요. 힘들었지요?

미스 박이 그냥 입술을 다문 채 짧게 웃기만 했다. 금방 자취를 감춘 그 짧은 웃음이 잠시 머물었던 미스 박의 입술은 거칠게 메말라 있었다. 두 사람은 택시를 타고 경포대로 갔다. 초겨울의 해변이었지만 겨울 바다를 즐기려는 사람들이 드문드문 해변을 거닐고 있었고 호기를 부리는 남자 두엇이 물 속으로 뛰어들며 고함을 치고 있었다. 백사장까지 가까스로 치달아온 파도가 가쁜 숨을 토해내듯이 하얀 물거품을 흩뿌리고 물러난 축축한 모래밭에 또렷한 발자국을 남기며 산책하는 연인들도 여럿 보였다. 말없이 백사장을 걷던 설희와 미스 박이 바다를 향해 섰다.

—이 병장님 전화받았습니다. 감사 드립니다.

—아니에요. 할 수 있는 데까지 최선을 다해 봐야지요. 마땅히 해야 할 일을 하고 있을 뿐이에요. 선우 병장, 지금 어디 있어요?

—오늘 오신다는 말, 작가님께는 아직 말씀 드리지 않았습니다. 작가님께서는 내일 떠나는 것으로 알고 계실 것입니다. 전, 오늘 떠납니다.

—왜요?

—먼저 올라가서 처리할 것도 있고 해서요. 작가님, 아마 이것이 마지막 여행이 될지 모릅니다. 오늘 아침 작가님이 느닷없이 제게 이렇게 물으셨습니다. 유한할 수밖에 없는 인간의 삶을 물리적으로 아니면 인위적으로 지속시켜 생물학적 존재로만 영위한다는 것은 맹목적인 탐욕이라고밖에 할 수 없을 텐데 사람들은 왜 그 존재에만 무조건적으로 집착하는지 모르겠다고, 하시면서 지혜로운 자각과 인식이 필요하다고 생각하는데 나는 어떻게 생각하느냐고 말입니다. 최근의 작가님의 작품 속에 자주 엿보였던 작가님의 고민이자 고통이셨습니다. 잘 부탁드립니다. 저기 호텔 보이시지요? 1시간 후 커피숍에서 만났으면 합니다. 출발

준비해서 나오겠습니다.

이렇게 미스 박이 떠나고 설희는 호텔로 갔다. 커피숍에서 만나기로 했던 약속시간이 30분이나 지났는데도 미스 박은 나타나지 않았다. 혹시 선우 영에게 무슨 일이 생겼나? 하고 시계를 보면서 설희가 불안한 모습을 감추지 못하고 있는데 차림새며 어디를 봐도 호텔에 출입할만한 사람으로는 보이지 않는 40대 중반은 넘어 보이는 여자가 로비에서 기웃거리더니 커피숍으로 들어오고 있었다. 주뼛주뼛 하면서 두리번거리던 여자가 설희 앞으로 다가왔다.

─저, 혹시 최설희 씨 되십니까?

─네! 그런데요?

─미스 박, 심부름 왔습니다. 이거 받으십시오.

여자가 쪽지를 내밀었다.

─저기 빨간 비치파라솔 보이지요? 거기에 소설가 양반이 계십니다. 나중에 집으로 오실 때는 전화해 주시면 제가 모시러 오겠습니다.

저 만치 가물가물하게 마치 빨간 꽃잎인 듯 비치파라솔이 날아갈 듯이 바닷바람에 펄럭이고 있었다. 설희는 받은 쪽지를 핸드백에 집어넣고 황급히 뛰어나갔다. 스산하게 불어오는 차디찬 바닷바람을 헤치며 사력을 다하듯이 설희는 백사장을 가로질러 달려갔다. 쉼 없이 밀려오는 파도를 바라보며 선우 영이 팔짱을 낀 채 빈 의자에 다리를 올려놓고 바다를 향해 앉아 있었다. 며칠 사이 선우 영의 얼굴은 몰라보게 수척해 있었다. 볼은 움푹 패여 있었고 파리하게 보이는 메마른 입술은 거칠다 못해 퍼석하게 갈라져 있었다. 설희는 선우 영의 정면으로 다가섰다. 설희의 그림자가 선우 영의 얼굴을 가렸다.

─누구시지요? 최 소위님?

　어떻게 설희를 알 수 있었던지, 아니면 당신이 내려올 줄 내가 이미 짐작하고 있었소! 하는 듯이 설희에게 언제 어떻게 내려왔느냐고 묻지도 않고 선우 영이 다리를 내려놓으며 아주 태연하게 말하는 것이었다.

　—겨울 바다. 또 파도 소리. 너무 좋지요?

　감상에 흥건히 젖어 있는 선우 영의 말이었다. 이런 선우 영을 내려보는 설희의 담담한 시선이 미동도 하지 않고 있었다.

　—최 소위님은 사계 중 어느 계절을 가장 좋아하시지요? 전, 늦가을을 제일 좋아하지요. 겨울의 문턱에 다다른 가을 말입니다. 어느 계절에서보다 이런 가을에 느끼는 여수(旅愁)가 더 애틋하지요. 금방 떨어진 낙엽보다는 바싹 마른 낙엽을 주워 손으로 어스러지게 만져 보면서 그 어스러지는 소리와 함께 가을을 음미해 보는 거지요. 최 소위님도 그렇게 한 번 해 보세요. 아주 감각이 좋습니다. 그 소리, 손끝에서 낙엽 부서지는 소리…… 폐부 깊이 파고드는 게 얼마나 청아하게 들리는지 몰라요. 아주 원시적인 자연의 소리 그대로를 가슴으로 들을 수 있는 거지요. 좀 도와주시겠습니까? 해변을 걷고 싶습니다.

　선우 병장이 일어서며 손을 내밀었다. 자신을 향해 허공에 멈추고 있는 선우 영의 핏기 없는 파리한 손이 조금씩 떨리고 있는 것을 설희는 물끄러미 바라보고 있었다.

　—저, 최 소위님의 뜻 충분히 헤아리고 있습니다. 결과에 대해 너무 집착하실 필요가 없습니다. 수차 드리는 말씀입니다만 지금껏 어느 순간에도 누구를 원망해 본 일이 없습니다. 일전에 한 번 말씀 드린 적이 있었던가요? 예비된 제 숙명이지요. 그렇게 자각하고 또 인식하고 있습니다. 사실 자각하고 인식한다는 것이 결코 쉬운 일은 아니지요. 그러나 현명하게 현실을 자각할 줄 아는 사람이 되어야 한다고 생각합니다.

바닷바람에 손이 시린 듯 선우 영이 주먹을 쥐었다 펴면서 설희를 향해 손을 더 내밀었다.

―아주 가벼운 마음으로 저를 대해 주십시오. 모든 것을 수습해서 정리하고 나니 마음이 얼마나 편한지 모릅니다. 모든 상념들을 정리해서 비워낸 순백의 뇌리와 부력 같은 것으로 채워진 내면의 아늑함으로 자칫 손을 놓으면 가없이 날아가 버릴 풍선 같은 마음뿐입니다. 그렇게 조마조마한 마음으로 오히려 더 힘이 들 지경입니다. 그렇게 편할 수가 없습니다. 존재의 가벼움이란 이런 것인가 봅니다. 마음뿐이 아닙니다. 몸엔 날개가 달린 것 같기도 하고요. 비상만을 꿈꾸고 있답니다.

―선우 병장!

―파도 소리 들으며 최 소위님과 해변을 산책하고 싶은데 좀 도와주십시오. 미스 박이 출판사의 급한 일로 올라갔으니 천상 최 소위님께서 수고를 해 주서야 할 것 같습니다. 해 주실 수 있으시지요?

선우 영이 웃으며 말했다. 팔을 내리고 선우 영이 발을 내딛었다. 선우 영이 휘파람을 불었다. 설희가 알 수 없는 노래였다. 바지 주머니에 양손을 찔러 넣고 저만치 어눌하게 걸어가던 선우 영이 바다를 향해 섰다.

―아 아 아 아 아……

선우 영이 크게 심호흡을 한 번 하고는 포효하듯 외쳤다. 설희는 깜짝 놀랐다. 선우 영의 이 외침은 지난번 자신의 가슴에서 혼수상태의 선우 영이 마치 개가 짖듯이 울부짖었던 바로 그 소리로 들렸던 것이었다.

그러나 선우 영의 이 외침은 파도 소리에 묻혀 순식간에 스러졌다가 아슬아슬하게 이어졌지만 오래 이어지지 못하고 멎고 마는 것이었다. 선우 영이 힘이 드는지 바다를 향해 백사장에 털썩 주저앉는 것이었다. 조바심을 하며 설희가 뛰어갔다. 우두커니 선 채 선우 영을 내려보고 있던 설희가 선우 영의 곁에 나란히 앉았다. 검은 안경 밑으로 쉼 없이 흘러내리는 눈물을 야윈 손끝으로 이쪽 저쪽 문질러 내면서 선우 영이 한기를 느끼는지 몸을 움츠리면서 꿀꺽, 하고 소리가 나도록 눈물을 삼키고 있었다.

그렇게 소리 없이 한참을 울고 난 후 선우 영은 거의 침묵으로 일관했다. 설희는 하염없이 흐르는 선우 영의 눈물을 그냥 바라보고 있기만 했다. 선우 영의 이토록 처연한 모습을 지켜보면서도 설희는 아무 말도 하지 못하고 있는 것이었다.

─여수(旅愁)를 만끽하고 싶어서 왔는데. 왜 대중가요 노랫말에도 있지 않습니까. 인생은 나그네 길 어디서 왔다가 어디로 가느냐고 하면서 시름을 달래는 노래 말입니다.

선우 영이 쓸쓸히 웃었다. 선우 영이 손바닥으로 모래밭을 평평하게 고르고는 뭔가를 낙서하듯이 그리는 것이었다. 비둘기처럼 보이는 새의 그림이었다.

─뭘 그렸어요?

물끄러미 바라보고 있던 설희가 물었다.

─뭐로 보이세요?

─비둘기?

─그렇게 보이세요? '도도' 새라고 〈이상한 나라의 엘리스〉라는 동화에 등장하는 샙니다.

선우 영이 시름없이 그린 그림을 지웠다가 다시 그렸다. 그렇게 선우 영이 한동안 그렸다가 지우고 또 그렸다가 지우고 하고 있는 것이었다.

바싹 마른 나뭇가지처럼 야윈 손끝으로 그림을 그리고 있는 선우 영의 손이 문득 문득, 멈추며 파르르, 떨리고 있었다. 그 선우 영의 손끝에 머물고 있는 설희의 시선도 떨리고 있었다. 설희는 눈감을 수밖에 없었다. 그리고 얼마 후, 선우 영과 설희는 민박집으로 돌아왔다. 주인 여자가 전화도 없이 어떻게 왔느냐고 호들갑을 떨면서 맞았다.

—이쪽으로 오시지요. 미스 박이 가면서 한 방을 쓰셔도 된다고 해서 미스 박이 있던 방은 손님을 받았습니다. 침구는 따로 준비해서 들여놓았습니다.

—미스 박이 그랬어요?

선우 영이 별다른 반응 없이 말했다. 설희는 잠시 머뭇거리며 망설였으나 주인 여자를 의식하지 않을 수가 없어서 이쪽입니까? 하고 방을 확인하고는 지체 없이 선우 영의 팔을 잡고 들어갔다.

—이거 어떻게 하지요? 피곤해서 좀 눕고 싶은데.

—괜찮아요. 그렇게 하도록 해요.

선우 영이 정말 피곤했던지 쓰러지듯이 금방 방바닥에 주저앉는 것이었다. 파리한 형광등의 불빛으로 탈진해 있는 선우 영의 얼굴이 더 창백하게 보였다. 선우 영이 그렇게 작고 나약해 보일 수가 없었다. 설희가 이불을 깔고 선우 영의 목을 안아서 반듯하게 눕혔다. 이상하게도 선우 영의 체취가 유쾌하게 느껴지지 않는 것이었다. 또 그의 무게가 그렇게 가볍게 느껴질 수가 없었다.

—고맙습니다.

—불편한 거 있으면 무엇이든 이야기해요.

설희가 일어서서 막 돌아서려는데 선우 영이 설희의 발목을 꽉 움켜잡는 것이었다. 선우 영으로부터 전해 오는 섬뜩한 냉기 같은 것이 설희를 오싹하도록 움츠리게 했다. 무의식적으로 움칠, 하며 발을 빼는데 끄떡도 하지 않았다.

뿌드득 뿌드득, 하고 선우 영이 이를 갈고 있었다. 월남에서 설희와의 추억이 과연 무엇이 있었나? 하면서 선우 영은 까마득한 기억의 저편에 을씨년스럽게 산재해 있는 숱한 추억들을 들춰보며 안간힘을 다해 반추해내고 있는 것이었다. 선우 영의 이런 시도는 물론 처음은 아니었다.

그러나 역시 이거다! 하고 떠오르는 아니면 아, 그때는 내가 이런 감정으로 이런 기대를 하고 있었구나! 하는 따위의 기억조차도 반추해낼 수가 없었다. 그런데도 내가 왜 이렇게? 하면서 선우 영은 나약할 대로 나약해진 심신을 가까스로 수습하며 또 안타깝게 탄식하고 있는 것이었다.

설희는 담담하게 그러나 그 어떤 두려운 시선으로 선우 영을 내려보고 있었다. 선우 영의 검은 안경 밑으로 흘러나온 눈물들이 귀밑으로 줄기를 이루며 거침없이 흘러내리고 있었다. 얼마를 그렇게 설희는 석상처럼 서 있기만 했다. 설희의 발목을 잡고 있던 선우 영의 손이 힘없이 스르르, 풀리면서 방바닥으로 뚝 떨어졌다. 온몸의 체온이 순식간에 빠져나가는 써늘한 공허감 같은 것이 한 차례 설희의 가슴을 휘젓고 갔다. 발목을 잡힐 때와는 또 다른 의식과 감각이었다. 그리고 선우 영은 금방 잠이 들었다.

설희는 민박집을 나왔다. 여수(旅愁)를 만끽하고 싶어 왔는데, 하면서 못내 아쉬워하던 선우 영을 떠올리며 설희가 찻집으로 들어갔다. 커피를 시켜놓고 설희는 민박집 주인 여자에게 전해받은 미스 박의 쪽지를 펼쳤다.

—작가님과 낮과 밤을 함께할 수 있는 마지막 기회라고 생각합니다. 비록 짧은 시간이긴 하겠습니다만 아무쪼록 작가님과 함께하시는 좋은

추억이 되시기를 바랍니다.

　해마다 가을이면 바싹 마른 낙엽을 주워 드렸고 겨울이 오면 겨울 바다를, 눈 오는 날이면 눈을 뭉쳐 드렸고, 고드름을 따 드렸고, 봄이면 진달래, 철쭉, 개나리, 목련 등 봄꽃을, 여름이면 뜨거운 해변에서 파도 소리를 들으며 그렇게 사계절을 감각하며 느끼실 수 있도록 해 드렸었는데, 이제는 안타깝게도 어쩔 수 없이 영겁의 계절을 작가님께 준비해 드려야 한다고 생각하니 마음은 아프기만 합니다.

　내일 아침 10시쯤 차가 도착할 것입니다.

　서울서 뵙겠습니다. 박영원.

　쪽지를 다 읽고 설희는 커피를 한 모금 마신 후, 하염없이 밤바다를 바라보고 있었다. 은빛으로 번득이며 쉼 없이 밀려오는 파도가 사정없이 해변을 할퀴고 있었고 방파제에 부딪혀 분수처럼 치솟아 올랐다가 하얗게 부서지며 뿌려지는 파도도 있었다. 그 밤바다를 바라보면서 설희는 시린 듯이 눈을 감았다.

　물증도 단서도 전혀 없는 상태로 미궁에 빠져 있다는 간호부장의 의문의 사망사건, 역시 의문스럽기만 한 안과과장 이 대위의 자살, 시간에 쫓기고 있다면서 무조건 선우 영은 살려내야 한다고 재촉하던 이해할 수 없는 이 병장의 언행들, 부디 이루어질 수 있도록 간절히 또 애타게 학수고대하고 있는 미국으로부터의 소식, 또 며칠 앞으로 다가온 정진원의 착공식, 생각해 보면 마치 망각하고 있었던 것처럼 너무도 소홀하게 대했던 태호. 그 태호를, 그 사랑하는 태호를…… 또 너무도 극명하게 예감되는 선우 영의 최후, 이렇게 난무하며 부침을 거듭하고 있는 상념들에 설희는 무참히 시달리고 있었다.

태호! 하고 외쳐 보았다. 태호를 향한 애잔한 마음이 그리움과 함께 쉼 없이 해변을 할퀴고 물러나는 파도처럼 설희의 내면을 그렇게 할퀴고 있었다. 그리움이라는 것은, 그리움이 있다는 것은 현재의 불만과 불안한 정서를 극복하기 위해 과거의 추억들을 반추해내며 카타르시스를 희구하는 염원일 수도 있을 것인데, 내가 그래서 그런가? 하고 스스로에게 질문을 던지며 설희는 자신의 내면을 읽고 있었다. 그러나 그것도 잠시 뿐, 설희는 또 선우 영에의 연민에 휩싸이고 마는 것이었다.

태호와 선우 영, 불현듯 설희는 어떤 뜻으로든 자신의 내면에 자리 잡고 있는 이 두 사람의 무게를 가늠해 보고 싶어지는 것이었다. 어느 한 곳으로도 기울지 않고 수평을 유지한 채 두 사람은 설희의 가슴에 미동도 하지 않고 있었다. 어느 누구든 한 사람이 내리면 다른 한 사람은 찰나의 여유도 없이 금방 허공으로 치솟았다가 무참히 추락해 버리고 말 것 같았다.

그렇게 이 두 사람은 똑같은 하중으로 아슬아슬하게 수평을 유지한 채 서로 다른 뜻과 하중으로 설희의 가슴에 있었다. 이 두 사람 모두의 심신을 폐허로 만든 것이 결국 내가 아닌가? 결코 치유될 수 없는 상처뿐인 불행한 그들, 그들에게 내가 해야 할 일이 과연 무엇이란 말인가? 하고 설희는 안타까워하고 있었다.

그리고 설희는 또 그 어떤 후회를 하고 있었다. 지금껏 수없이 해 온 후회였지만 월남에서 자신의 결코 이성적이지 못했던 또 자기 통제에 미숙했고 소홀했던 그 한순간의 자신의 선택과 일방적인 요구로 그 대피호에서 선우 영을 만나자고 했던 것에 대한 사무친 후회였다. 그때 좀 더 이성적이었어야 했었는데, 꼭 그런 선택을 하지 않았어도 됐을 텐데, 내가 왜 그런 잘못된 선택을 했었단 말인가? 그땐 그런 선택이 최선이었단 말인가? 그래서 그 한순간의 선택이 이처럼 엄청난 불행을 초래했단 말인가? 하고 설희는 안타깝게 후회해 보는 것이었다.

설희는 거의 한 시간 가까이 다방에 있다가 민박집으로 돌아왔다. 다방을 나오기 전 설희는 태호와 유영미 그리고 이 병장에게 차례로 전화를 했다. 태호에게는 사랑한다고 하면서 자주 전화하지 못해서 미안하다고 했고 유영미에게는 말없이 와서 죄송하다고 했다. 또 이 병장에게는 만나서 꼭 물어보고 싶은 이야기가 있다고 했다.

행여 선우 영이 잠에서 깰까 봐 설희는 조심스레 방문을 열고 들어갔다. 선우 영의 숨소리가 들리지 않는 것 같았다. 문득 불안한 생각에 황급히 벽을 더듬어 스위치를 눌렀다. 금방 빛을 토해내지 못하고 답답하도록 깜박이고 있는 형광등의 불빛이 가슴에 손을 얹고 반듯하게 누워 있는 선우 영을 현란하도록 비추고 있었다. 섬뜩한 생각이 들면서 선우 영의 잠든 모습이 시신처럼 싸늘하게 느껴지는 것이었다.

재빨리 선우 영에게로 다가가 설희가 무릎을 꿇고 앉았다. 선우 영의 반쯤 열려 있는 파리한 입술과 움푹 패인 볼, 핏기 없는 창백한 얼굴에는 냉기가 감돌고 있었다. 선우 영의 숨소리를 들을 수가 없었다. 선우 영의 손목을 잡고 설희는 선우 영의 가슴에 귀를 갖다댔다.

그때였다. 허우적거리듯이 허공으로 치솟았다가 잠시 멈춰 있던 선우 영의 팔이 힘없이 뚝 떨어지면서 설희의 등을 때리며 얹혔다. 깜짝 놀라며 설희가 움칠, 했다.

선우 영의 손이 얼음처럼 찼다. 등이 시린 듯했다. 떨리고 있는 선우 영의 손으로부터 전해 오는 불규칙한 진동도 있었다. 물씬 피비린내 같은 것도 났다. 그리고 잠시 후, 설희는 선우 영의 온기가 사라진 파리한 입술을 바라보면서 선우 영의 입술에 자신의 체온을 떨구고 싶다는, 남기고 싶다는, 너무도 애잔한 마음이 일었다.

설희의 등에 얹혀 있던 선우 영의 손이 기력을 다한 듯 조금 조금씩 미끄러져 내렸다. 무엇 때문인지 선우 영이 방바닥을 움켜쥐듯이 짓누르며 혼신의 힘을 다해 가까스로 겨우 고개를 세우며 마른 입술을 여닫고 있었다. 설희는 선우 영이 자신의 입술을 간절히 원하고 있을지 모른다고 생각해 보는 것이었다. 잠시 망설이던 설희가 고개를 숙였다. 가빠하는 선우 영의 불규칙한 숨결과 함께 선우 영의 입김이 뜨거운 증기처럼 설희의 얼굴로 거칠게 와 닿고 있었다.

설희의 입술이 선우 영의 입술을 날카롭게 그러나 찰나로 스쳐갔다. 멈칫멈칫 더 머물고 싶은 듯하던 선우 영이 마침내 힘을 다한 듯 털썩 고개를 떨구고 마는 것이었다. 격정도 욕구도 그 어떤 감정도 없는 오로지 고통뿐인 선우 영과의 그런 접촉이었다.

다음날 아침, 설희는 미스 박이 내려보낸 승용차를 타고 서울로 왔다. 강릉에서 선우 영의 집에 도착할 때까지 거의 4시간 가까운 시간 동안 선우 영은 단 한 마디의 말도 없었다. 설희도 마찬가지였다. 서울에서 내려올 때 설희는 선우 영에게 해야 할, 또 하고 싶은 준비된 이야기가 있었지만 단 한 마디도 하지 못했던 것이었다. 선우 영이 전혀 그런 기회를 주지도 않았지만 너무도 숙연하고 처연한 그의 침묵은 설희의 모든 의식들을 송두리째 앗아갔기 때문이었다.

집 앞에서 초조하게 기다리고 있던 미스 박에게 선우 영을 부탁하고 설희가 집에 돌아왔을 때 유영미는 소파에 앉아 있었다. 평소와는 달리 거실로 올라서는 설희를 노려보는 유영미의 예사롭지 않은 시선과 설희의 시선이 딱 마주쳤다. 설희가 얼른 시선을 피하며 방으로 들어가는 것이었다.

그리고 잠시 후, 이 병장을 만나기 위해 옷을 갈아입고 방에서 나온 설희가 유영미에게 잠시 다녀오겠다고 인사를 하자 유영미가 설희를 불러 앉혔다.

—차 한 잔 할 시간은 되지?

—네!

—묻는 말에만 대답을 해라! 간호부장이라는 사람, 월남에서 같이 근무했던 사람이니?

여느 때와는 전혀 다른 유영미의 억양이었고 설희를 바라보는 눈빛 또한 달랐다.

유영미의 이와 같은 태도에 설희는 문득 움츠러들지 않을 수 없었다. 유영미의 손에는 두 통의 편지와 쪽지가 쥐어져 있었다.

—네!

—미안하다만 그 간호부장이라는 사람의 편지, 내가 귀국하던 날 발견하고 여태 보관하고 있다가 어제 뜯어 보았다. 이 쪽지도 그 사람이 남긴 거 맞지?

유영미가 두 통의 편지 중 한 통의 편지와 쪽지를 탁자 위에 올려놓으며 말했다. 그러나 유영미는 편지 내용에 대해서는 전혀 말이 없었다.

—간호부장이라는 사람 사망했니?

어떻게 알았던지 유영미가 그렇게 묻는 것이었다.

—네!

—그 사망사건과 너하고는 관계가 없니?

—네!

—범인이 누군지 아니?

—모릅니다.

설희가 주저 없이 그러나 담담하게 대답했다.

—그럼 선우 병장이라는 사람은?

—월남에서 같은 병원에 근무했던 사병입니다. 지금은 실명의 작갑
니다. 어제 그 사람 만나고 왔습니다.

—너하고 어떤 관계니?

—그가 살아 있는 한, 어떤 의미로든 제가 사랑해야 할 사람입니다.

설희가 망설임 없이 대답하는 것이었다. 유영미가 놀라는 기색으로
물끄러미 그러나 측은한 시선으로 설희를 바라볼 뿐이었다. 설희가 입
을 다문 채 코를 훌쩍이며 마치 투정하는 어린아이처럼 너무도 천진하
게 울먹이기 시작하는 것이었다.

—방금 한 네 말, 그 사람 사랑한다고 했는데 내가 어떻게 이해를 하
면 되겠니? 나를 이해시켜 보도록 해라! 내가 충분히 납득할 수 있도록
이해시켜야 한다. 그렇지 않으면 난, 널 용서할 수 없다.

유영미가 단호하게 말했다. 설희가 유영미의 하반신에 얼굴을 파묻
으며 이제는 엉엉, 하고 소리내어 울기 시작하는 것이었다.

—사랑한다는 말, 그렇게 쉽게 할 수 있는 말이 아니잖니? 살아 있는
한 사랑해야 할 사람이라니. 난, 도대체 무슨 뜻인지 이해할 수 없구나.
난, 지금껏 단 한 번도 널 불신해 본 일이 없었다. 설희 너를 사랑했기 때
문이었다. 그런데 넌! 요즈음 너에 대해 많이 실망하고 있다. 어서 말을
해라!

설희는 지금껏 유영미로부터 불신, 실망 같은 말을 들어 보기는 처음
이었다.

—어서, 말해라!

—그 사람 나 때문에 두 눈이 실명되었어요. 그 사람 시한부 인생을

살고 있어요.

―좀 더 구체적으로 이야기해라!

설희가 고개를 휘저으며 괴로움에 몸부림을 쳤다.

―엄마! 나, 그 사람.

―안 된다. 그건 연민이나 동정이지 사랑이 아니다. 결코 사랑일 수가 없다. 그렇다면 넌, 태호 군한테는 어떤 책임도 없다고 생각하니?!

설희의 말을 자르며 유영미가 냉정하게 말했다.

―사랑하게 해 주세요. 사랑해야 해요. 엄마!

―안 돼! 착공식 끝나면 태호 군과 택일을 하려고 한다. 그렇게 알고 있어라. 앞으로는 필히 행선지를 밝히고 외출하도록 하고 귀가시간도 철저히 지켜야 한다. 그리고 이 편지는 뭐냐?! 아직 개봉은 하지 않았다 만 발신처를 보니 네가 미국에서 봉사활동을 했던 자선단체 같은데, 물어봐도 되겠니?

유영미가 편지를 내밀자 설희가 빼앗듯이 편지를 받았다. 이런 설희를 안쓰럽게 바라보며 유영미가 다시 말했다.

―그 편지 선우 영이라는 사람과 관련이 있니?

―…….

―묻는 말에 대답하라니까?!

―어머니!

―어서!

유영미가 다그쳤다. 설희는 이렇게 화를 내는 유영미를 본 적이 없었다. 이때 전화벨이 울렸다. 유영미가 전화를 받는 사이 설희는 재빨리 방으로 뛰어들어가 조급하게 편지를 개봉했다. 기대 이상의 긍정적인 반응이 있었다. 회신에서는 몇 가지 더 선우 영의 신체검사 자료를 요구

했으며 장기 기증자의 확보 여부와 만약 기증자가 확보되어 있다면 기
증자의 신체검사 자료들도 함께 요구했던 것이었다. 또 포기하지 말고
끝까지 희망을 가지라는 격려도 했다. 설희가 뛸 듯이 기뻐하며 편지를
꽉 움켜쥐는 것이었다.

─전화받아라!

유영미가 방문을 향해 소리쳤다. 거실로 나온 설희가 노려보는 유영
미의 시선을 피하며 전화를 받았다

─여보세요? 미스 박! 네?! 그럼 지금 병원으로 가고 있어요? 네! 네!
알았어요.

─아무리 급해도 그렇지 얼굴은 고치고 나가거라. 그 얼굴을 해 가지
고 어딜 간다고 그래! 어서!

수화기를 팽개치듯이 탕, 하고 내려놓고 돌아서는 설희를 향해 유영
미가 언성을 높이며 다그쳤다. 설희가 방으로 들어가는 것을 확인하고
유영미도 급히 방으로 들어와 옷을 갈아입으며 외출 준비를 하는 것이
었다. 유영미의 방 앞에서 설희는 다녀오겠다는 말을 하는 둥 마는 둥,
그렇게 얼버무리고 황급히 뛰어나가는 것이었다.

설희가 병원에 도착했을 때 미스 박은 원무과에서 입원수속을 하고
있었다. 미스 박의 얼굴은 말이 아니었다. 얼마나 다급한 상황이었으면
슬리퍼를 신은 채였고 엉망인 복장하며 화장기가 전혀 없는 창백한 얼
굴에 얼마를 울었던지 충혈된 두 눈은 퉁퉁 부어 있었다. 두 사람은 중
환자실 보호자 대기실 의자에 나란히 앉았다. 미스 박은 정신이 나간 듯
멍한 표정으로 자꾸만 오싹, 거리며 몸을 움츠리는 것이었다.

─방금 전에 응급실에서 중환자실로 옮기셨는데 아직 의식불명입니
다. 지난번과 똑같은 증상의 간성뇌증이라고 했습니다. 더 나빠 보여

요. 무서워요. 이 병장님께도 연락했습니다. Viet-Vet에 계시더군요. 이리로 오신다고 했습니다. 아, 마침 저기 오시네요.

미스 박이 떨리는 목소리로 겨우 말했다. 계단으로 뛰어올라온 이 병장이 헐떡이며 달려왔다. 선우 영의 어떤 발작 증상을 보았는지 무섭다면서 자꾸만 몸을 움츠리고 있는 미스 박을 바라보면서 설희는 미스 박이 자신이 보았던 것처럼 개 짖는 소리로 울부짖으며 몸부림치던 선우 영의 처참한 모습을 봤을 것이라는 짐작을 해 보는 것이었다.

—미스 박! 이제 그만 진정하시고 최선을 다해 보도록 합시다. 미국에서 오늘 회신이 왔습니다.

—네? 가능하다고 합니까?

이 병장이 깜짝 놀라며 다급하게 물었다.

—무슨 말씀들이세요? 좋은 소식이에요?

미스 박도 놀라서 물었다. 설희는 두 사람에게 미국에서 선우 영의 신체검사 자료를 추가로 요구하는 사항이 무엇, 무엇이며 장기 기증자의 확보 유무와 만약 기증자가 확보되어 있다면 기증자의 신체검사 자료들과 그 외 미국에서 참고적으로 요구한 사항이 어떤 것이 있었다는 회신 내용을 상세히 설명했다. 그러면서 설희는 간은 다른 장기와 달리 혈액형만 같으면 조직 적합성의 일치 등 까다로운 조건을 충족시키지 않아도 이식이 가능하다면서 자신이 신체검사를 받겠다고 선언하는 것이었다.

—안 됩니다. 제가하겠습니다. 저도 A형입니다. 꼭 제가 해야 합니다.

이 병장이 큰소리로 말했다. 그러나 미스 박은 말이 없었다. 실망한 듯 한동안 고개를 푹 숙이고 있던 미스 박이 병실에 가 봐야 한다면서 일어서는 것이었다. 미스 박의 혈액형은 B형이었기 때문이었다.

─이 병장! 내가 일전에 말한 적이 있었지요? 내가 선우 병장을 실명에 이르게 한 장본인이에요. 어쩌면 내가 선우 병장의 이처럼 불행한 현실까지 초래케 했는지도 몰라요. 선우 병장의 이런 모습을 보고 어떻게 내가 방관할 수 있다는 거예요.

─최 소위님은 안 됩니다. 무조건 제가 해야 합니다. 최 소위님 못지않게 저도 선우 병장에게 빚이 많은 놈입니다. 나는 혈육도 처자식도 없는 혈혈단신입니다. 아무 부담도 거리낌도 없는 놈입니다. 또 시간이 없다고 하지 않았습니까. 더 이상 지체했다가는 자칫 기회를 놓칠 수 있을지도 모릅니다.

벌떡 일어나며 이 병장이 윽박지르듯이 막무가내로 말하는 것이었다. 이 병장을 빤히 올려보던 설희가 이 병장의 손을 잡고 앉혔다.

─이 병장! 하나 물어볼 게요. 한두 번도 아니고 이 병장은 자꾸 시간이 없다고 했는데, 그게 도대체 무슨 뜻이에요? 또 방금도 기회를 놓칠 수 있을지 모른다고도 했는데?

이 병장이 말없이 고개를 떨구는 것이었다.

─나나 미스 박이나 선우 병장, 모두 모르는 것이 있는 것 같은데, 맞아요? 말하기 어려운 것이에요? 말하면 안 되는 것이에요?

─선우 병장 문제 결론을 내고 말씀 드린다고 하지 않았습니까?! 제발 더 이상 묻지 말아주십시오. 최 소위님! 다시 한 번 간곡하게 부탁드립니다. 제가 할 수 있도록 도와주십시오.

이 병장이 조금도 물러설 기색이 아니었다. 무슨 일이 있어도 꼭 자신이 신체검사를 받겠다고 했다. 설희가 정 그렇다면 자신의 신체검사 결과를 보고 하라고까지 했으나 이 병장은 막무가내로 듣지 않았다. 그렇게 이 병장의 뜻은 완강했다. 이날 설희는 선우 영의 주치의에게 미국에

서 온 편지를 보이고 절차에 따라 하는 수 없이 이 병장과 함께 신체검
사를 받았다. 도저히 이 병장의 뜻을 외면할 수 없었던 것이었다.

그로부터 이틀 후, 선우 영의 상태는 이제 혼자서도 가벼운 산책을 할
수 있을 정도로 호전되었다. 그러나 굳이 퇴원을 하겠다고 고집을 부리
는 선우 영에게 주치의가 화를 내면서 며칠 더 경과를 보고 나서 퇴원
여부를 결정하자고 했던 것이었다.

병실을 지키고 있던 미스 박은 매점에 다녀오겠다고 방금 나갔고 병
실엔 선우 영이 팔짱을 끼고 창 밖을 향해 비스듬히 창틀에 어깨를 기대
고 있었다. 어디에서 비롯된 것인지 알 수 없는 몽환적 의식이 엄습해
오며 선우 영은 극심한 무력감에 시달리고 있었다. 선우 영이 그래도 어
금니를 깨물며 의식의 눈을 끔벅이고 있었다.

태초의 하늘 일 듯 현란한 섬광들이 난무하는 창 밖으로 무수한 환영
의 군상들이 기웃거리며 나타났다가 사라지고 있었다. 거긴 혜리도 있
었다. 보랏빛 구름 위에 있었다.

또 천상일 듯 오묘한 빛으로 가득한 지평선에는 그토록 오랜 비상의
염원을 성취한 '도도(dodo)' 새가 황금빛 날개를 펄럭이며 환희의 선회
를 하고 있었다. 그 '도도' 새를 바라보면서 선우 영은 의식의 눈을 더
크게 떴다. '도도' 새는 선우 영이 초등학교 때 교과서 외에는 처음으로
읽은 〈이상한 나라의 엘리스〉라는 동화에 나오는 새였다. 너무 재미있
어 거의 암기할 수 있을 정도로 수없이 읽고, 읽고, 또 읽은 책이었다.

책 속에 등장하는 동물들 중 앵무새, 거북이, 쥐, 토끼 등 실존하는 동
물들의 재미있는 이야기가 많았다. 그 중에서도 선우 영은 '도도' 새와
'그리펀' 이라는 동물에 대해 무한한 호기심을 가졌지만 '도도' 새에 대

해 더 관심이 많았다. '그리핀'은 독수리의 날개와 머리를 하고 사자의
몸을 한 신화 속에 나오는 괴물이었고 '도도' 새는 실존해 있던 새였다.
새이면서도 날개가 퇴화해 날지 못해 멸종된 현존하지 않은 새였기 때
문이었다.

　'도도' 새가 물에 빠진 동물들의 젖은 털을 말려준다고 동물 친구들
을 모아놓고는 선은 좀 삐뚤어도 괜찮다고 하면서 땅바닥에 원을 그려
놓고 동물 친구들을 여기저기 세우더니 출발신호도 없이 달리고 싶으
면 달리고 쉬고 싶으면 쉬어도 좋다고 하면서 물에 젖은 동물들의 털이
마를 때까지 경주를 시키는 대목이 우스꽝스럽기도 했지만 너무 재미
있었다. 또 경주를 한 동물들이 누가 이겼느냐고 '도도' 새에게 묻자 능
청스럽게 모두가 이겼으니 모두에게 상을 줘야 한다는 그 '도도' 새의
말이 그렇게 재미있을 수가 없었던 것이었다. 이때부터 선우 영은 새를
무척 좋아하게 되었다.

　선우 영은 부모형제가 없었다. 미혼모였던 어머니는 어느 허름한 옥
탑방에서 홀로 선우 영을 출산한 후 산고로 사망했고 선우 영은 외가에
서 자랐다. 그러나 선우 영은 이 〈이상한 나라의 엘리스〉라는 동화를
읽고 난 후부터는 어머니가 없다는 생각을 해 본 일이 없었다. 그렇게
어머니의 존재에 대한 인식은 선우 영의 동심에서부터 싹이 텄고 또 화
석처럼 각인되어 있었던 것이었다.

　선우 영이 얼굴도 모르는 어머니에 대한 그리움을, 때로는 외로움을
달래기 위해 강둑이나 동산에 올라 창공에 나는 새들을 바라보면서 '도
도' 새의 부활과 환생을 소망했고 그 '도도' 새를 어머니로 의인화해서
책 속에 살아 있는 '도도' 새처럼 어머니도 자신의 가슴속에 책인 듯 항
상 살아 있다고 또 존재해 있다고 인식하면서 어머니에의 그리움으로

감상에 젖어 '도도' 새의 그림을 무수히 그려보곤 했었다.

그렇게 선우 영은 사춘기에 이를 때까지 거의 자폐증의 의학적 소견이 있을 정도로 '도도' 새의 부활과 환생을 소망하는 몽상으로 때로는 비상하는 '도도' 새의 환영에 사로잡혀 방황하기도 했으며 또 성장해서 혜리를 알고 난 후로부터는 그 혜리로부터 어머니를 추구하고 소망하면서 무조건적으로 혜리에게 집착했던 것이었다.

때로는 어머니를 전재로 한 생과 사, 존재와 부재 등에 대한 이원론적 갈등에 시달리기도 했었지만 이와 같이 어릴 적부터 선우 영의 정서를 지배해 오면서 고착화된 한결같은 의식들은 마침내 선우 영의 존재와 부재에 대한 인식과 의식의 경계를 허물어 버렸으며 선우 영으로 하여금 인간의 삶을 생과 사, 존재와 부재로 이분법화 해서 가치의 유무를 판단하는 것에 대해 부정적인 사고를 갖게 한 원인이 된 것 또한 사실이었다.

그로 인해 선우 영은 오직 나 혼자 뿐이라는, 또 자신은 혈육이 없다는 데서 비롯된 자각과 인식으로 인간관계의 영속성이라던가 지속성 따위로 표현될 수 있는 삶과 생존의 원초적 본능들에 대한 욕구가 희박했던 게 사실이었다. 또 생과 사, 존재와 부재에 대한 양극의 비교의식들 또한 희박했고 지극히 단순했으며 거의 무감각해 있었다고 해도 과언이 아니었다. 인간은 다만 생과 사, 존재와 부재의 경계에 서 있을 뿐, 심신의 지향하는 바에 따라 언제나 존재와 부재의 경계는 허물어질 수 있고 경계 자체는 충분히 모호해질 수 있다는 것이었다.

선우 영의 이런 일종의 의식화된 삶의 가치관 내지 인생관들은 그의 작품 곳곳에 항상 내재해 있었으며 특히 등단 이후 발표된 선우 영의 초기 작품들 중에는 새를 의인화한 작품들이 여럿 있었다. 아직도 뇌리 속에서 선회하고 있는 '도도' 새의 환영에 현혹되면서 선우 영이 조급하게 더듬어 창문을 활짝 열어 젖혔다. 초거울의 냉기가 실려 있는 바람과 함께 나뭇가지와 잎새들이 부딪히는 소리가 스산하게 났다.

선우 영이 무의식적으로 손을 뻗었다. 손끝으로 침엽수 같은 데서나 느낄 수 있는 바늘 같은 촉감이 전신을 날카롭게 자극해 왔다. 순간 움칠, 했지만 아주 신선한 자극으로 느껴 왔고 어쩐지 상쾌했다. 이건 누가 나를 자극시키고 있는 거야! 자칫 무뎌지고 소홀해질 수 있는 내 의식들을 극명하게 자각시키는 그런 자극이야! 하면서 선우 영이 고개를 숙였다. 문득 이 병실이 3층이라는 생각만으로 하반신이 저려 왔고 오싹하도록 찌릿한 현기증이 나는 것이었다.

문득 추락이라는 의식에 현혹되며 선우 영은 무한한 존재의 가벼움을 느끼고 있는 것이었다. 어디에서 비롯된 것인지 알 수 없는 비상과 추락의 은밀한 유혹과 충동 같은 것도 확실히 느낄 수 있었다. 선우 영은 눈을 감았다. 조금은 몽롱해진 의식 속에서 손바닥으로부터의 이 자극들을 선우 영은 환각으로 아늑하게 음미하고 있는 것이었다.

흐린 혜리의 실루엣과 함께 잘 가! 하는 혜리의 환청이 아스라이 메아리치고 있었다. 선우 영이 힘없이 고개를 저으며 잘 가! 했던 혜리의 이 마지막 말은 절대로 과거의 추억이 아니라고 부정하고 있었다. 그래서 선우 영은 존재와 부재에 대한 자신의 확고한 인식처럼 망각할 수 없는 과거는 결코 과거일 수가 없다고 외치고 싶었다. 왜 그러고 거기 있어? 내가 어디 있는지 몰라서 그래? 어때 오랜만에 나를 감각해 보니. 괜찮아? 하는 혜리의 환청이 아련하게 들리고 있었다. 선우 영이 손바닥으로 잎새를 쓰다듬듯이 휘젓고 있었다. 손바닥이 무감각해지도록 가시처럼 찔러 오는 그 자극에 선우 영은 아프도록 심신을 빼앗기고 있었다.

한편 그 시간 병동 밖 벤치에서는 미스 박이 이 병장을 만나고 있었다. 이 병장이 미스 박에게 쪽지를 건넸다.

—주혜리 씨, 미스코리아 출신 년도를 보니 나하고 선우 병장이 월남에 있을 때 위문단의 일원으로 다녀갔던 것 같은데. 그렇지?

측은한 시선으로 미스 박을 바라보며 이 병장이 말했다.

—아마 그럴 거예요. 이 병장님! 작가님께서는 이 주혜리 씨를 아주 간절히 마중하고 싶어하세요. 말씀은 하시지 않지만 얼마나 소망하고 계신지 몰라요. 누구보다도 저는 잘 알고 있습니다. 제가 작가님의 그 소망을 이룰 수 있도록 도와드리고 싶어서 이 병장님께 부탁드렸던 것입니다.

—주혜리 씨, 내가 확인해 본 바로는 부군이 대전 지역에서 아주 유력한 인사야. 대단한 재력가고. 시아버지 되는 사람은 대전에서 5선의 여당 국회의원이시고 주혜리 씨 남편도 정계 진출을 준비하고 있다고 하더라고. 이번 총선에는 부친의 지역구를 승계해서 출마하는 걸로 알고 있어. 공천도 확정적인 것 같던데. 지금은 선거를 앞둔 상당히 예민한 때고 하니 미스 박! 내 말 소홀히 듣지 말고 꼭 참고하라고. 무슨 뜻인지 알겠지?

—네에. 알고 있습니다. 명심하겠습니다.

이 병장과 헤어지고 난 후 지체없이 공중전화 부스로 달려간 미스 박이 이 병장에게서 받은 쪽지를 펼쳐 들고 전화를 하고 있었다. 계속해서 다이얼을 돌리고 있는데도 도무지 통화가 되지 않는 것이었다.

정진원의 착공식이 이틀밖에 남지 않았다. 선우 영의 일로 해서 얼마 동안 다소 소홀히 했던 착공식 행사관련 업무를 매듭짓기 위해 어제와 오늘 설희는 정진원 건립 추진위원회 사무실로 출근했다. 한영준은 설희가 한사코 사양을 했는데도 기념사는 원장인 설희에게 맡겼다. 사무실에서의 일을 마무리하고 설희는 병원으로 갔다.

많은 후원을 해 준 선우 영의 이야기를 설희는 기념사 중에 꼭 언급하고 싶었던 것이었다. 물론 익명을 요구한 선우 영이 거절할 것이 분명하지만 설희는 임의대로라도 꼭 언급하리라 마음을 먹고 있었던 것이었다.

―착공식 준비로 바쁘실 텐데 뭐 하러 또 오셨습니까?

선우 영이 창틀에 앉은 채 돌아보며 말했다.

―위험하게 거기서 뭘 하세요? 미스 박은 어디 갔어요?

깜짝 놀라며 설희가 창 쪽으로 뛰어갔다.

―제가 투신이라도 할까. 그러십니까?

선우 영이 창틀에서 태연히 내려서며 웃었다. 선우 영이 침대 끝에 걸터앉고 설희는 보호자용 의자에 앉았다.

―착공식이 내일 모레지요? 꼭 참석하고 싶었는데. 자꾸만 여의치 못할 것 같다는 생각이 듭니다. 주치의와 상의해서 외출허가를 받도록 할 작정입니다. 가능하면 꼭 참석하도록 해 보겠습니다.

―무리하면 안 됩니다. 미스 박은 어디 갔지요?

―매점에 잠깐 다녀온다고 나갔습니다. 꽤 시간이 지난 것 같은데. 아마 곧 올 겁니다. 미스 박과 약속하셨습니까?

―그런 건 아니에요.

―미스 박한테 지고 있는 신세 어떻게 갚아야 할지. 생각해 보면 막막하기만 합니다. 미스 박한테 큰 죄를 짓고 있는 것 같기도 하고. 막무가내로 도무지 말을 듣지 않으니…… 미스 박, 참 아까운 아가씨입니다. 풍부한 상상력에 탁월한 문학적 감각도 있는데. 괜히 나 때문에.

선우 영이 안타깝게 말했다. 그리고 잠시 후, 설희는 병실을 나왔다. 1층에 있는 매점에도 소화기내과 진료실 앞에도 원무과와 약국 앞에도 미스 박은 없었다. 혹 선우 영에게 무슨 일이 있어서 그런 건 아닌가? 하는 불안한 마음이 조급하게 일었다.

이 병장에게 확인해 보기 위해 설희는 공중전화 부스로 달려갔다. 막 부스로 들어가려다 말고 설희가 문득 멈추었다. 옆 부스에서 전화를 하고 있는 미스 박을 발견했던 것이었다.

—부탁드립니다. 조금도 누를 끼치는 일이 없도록 하겠습니다. 꼭 부탁드립니다. 아닙니다. 전혀 그런 뜻은 아닙니다.

어렴풋이 들리고 있는 미스 박의 목소리로 보아 무슨 일인지는 몰라도 상대방에게 사정을 하고 있는 것 같이 보였고 통화시간도 상당히 지난 것 같았다.

—만에 하나 이런 사실이 공개되었을 경우 어떤 문제가 발생될 수 있으며 또 어떤 불이익이 있을 수 있다는 것도 너무 잘 알고 있습니다. 또한 그 영향이 어디까지 미칠 수 있다는 것도 충분히 이해하고 있습니다. 그 점에 대해서는 각별히 유념하고 있습니다. 조금도 염려하지 마십시오.

그러자 상대방이 뭐라고 이야기를 하는지 미스 박이 말을 멈추고 듣고 있었다.

—그럼 제가 내려가서 직접 말씀을 드리면 안 되겠습니까? 잠시만 시간을 할애해 주시면 됩니다. 부탁드립니다. 작가님 이제 얼마 남지 않으셨습니다. 조금도 다른 의도는 없습니다. 맹세할 수 있습니다. 여보세요! 여보세요! 여보세요!

상대방이 먼저 전화를 끊었던지 힘없이 수화기를 내려놓고 미스 박이 부스의 유리문을 어깨로 밀치며 나왔다. 설희는 얼른 돌아서서 미스 박을 피했다. 어깨를 축 늘어뜨린 채 힘없이 걸어가는 미스 박의 뒷모습이 안쓰럽게 보였다. 설희는 선뜻 미스 박을 뒤따라가지 못하고 잠시 머뭇거리다가 벤치에 앉았다. 얼마 있지 않아 다시 나온 미스 박이 두리번거리며 주변을 살피다가 설희를 발견하고 뛰어왔다.

─들어오시지 않고 여기서 뭘 하고 계십니까?

설희가 그냥 짧게 웃어 보였다.

─이 시간 이후, 시간 어떠십니까?

─괜찮아요. 특별한 일 없어요.

─그럼 부탁 좀 드리겠습니다. 가능하시면 제가 올 때까지 작가님 병실 좀 지켜주십시오. 급히 다녀올 데가 있어서 그렇습니다. 많이 늦을지도 모르는데 괜찮겠습니까?

─네! 괜찮아요.

무슨 일이냐고 묻지 않고 설희는 흔쾌히 대답했다.

─감사합니다. 그럼.

하고는 미스 박이 마침 저만치에서 승객을 하차시키고 있는 택시로 뛰어갔다. 설희가 병실로 돌아왔을 때 선우 영은 팔짱을 낀 채 우두커니 병실 창 앞에 서서 밖을 바라보고 있었다.

─미스 박, 만나셨습니까?

미동도 하지 않고 선우 영이 물었다.

─네! 급한 일이 있나 보지요?

─아닙니다. 집에 좀 다녀온다고 했습니다. 간 김에 병원 신경 쓰지 말고 샤워도 하고 잠도 자고 푹 쉬었다가 오라고 하긴 했는데 말을 들을지 모르겠습니다. 제가 할 노릇이 아닙니다. 미스 박한테 너무 고생을

많이 시키고 있어요. 죄인 같은 심정입니다. 빨리 내 문제가 끝이 나야 할 텐데.

─뭐가 빨리 끝이 나야 한다는 거예요?

─최 소위님! '도도(dodo)' 새라고 아시지요? 〈이상한 나라의 엘리스〉라는 동화에 등장하는, 땅바닥에 원을 그려놓고 기묘하게 생긴 동물친구들에게 알쏭달쏭한 경주를 시키던…….

선우 영이 설희의 묻는 말에는 대답도 없이 느닷없이 전혀 엉뚱한 말을 하는 것이었다. 경포대의 해변 백사장에서도 이상한 새의 그림을 그려놓고 선우 영이 설희에게 무슨 새냐고 물은 적이 있었는데 점점 나약해지고 있는 심신과 쇠잔한 기억 때문인지 선우 영이 또 '도도' 새를 아느냐고 묻는 것이었다. 설희가 어이가 없다는 표정으로 선우 영의 등을 멀뚱히 바라보는 것이었다.

─날개는 있어도 너무 짧아 안타깝게도 날지 못하는 비둘기목, 도도과의 새지요. 아프리카 동쪽, 인도양 남서부의 '모리셔스' 라는 작은 섬에서 발견된 새였는데 약 3백 년 전쯤에 멸종된 샙니다. 비상을 할 수 없었기에 멸종되고 말았다고 봐야겠지요?

마치 '도도' 새에 대한 상식을 은연중에 과시라도 하는 사람처럼 선우 영이 술술 거침없이 말하고는 비상이 없는 일생이었기에 당연히 추락은 없었을 테고. 그렇지요? 비상에는 필연적인 추락이 있어야 하는건데, 하고 중얼거리는 것이었다.

─그런데 날지 못하는 이 '도도' 새를 사람들은 왜 굳이 새라고 해야하는지 모르겠어요. 생각해 보면 비상과 선회, 하강과 안착, 추락 등 이와 같은 새들의 평범한 일상이 이 '도도' 새에게는 없었다는 것이, 참딱해요. 그렇지요?

아직도 선우 영은 창 밖을 향해 선 채로 있었다. 창을 통해 들어온 제법 강한 바람으로 헐렁한 선우 영의 환자복 상의가 소리를 내며 펄럭였고 선우 영을 스쳐온 그 바람을 설희도 고스란히 전신으로 맞았다.

―전, 새를 참 좋아했습니다. 푸른 창공을 나는 새가 그렇게 부러울 수가 없어요.

선우 영의 어깨가 그렇게 좁아 보일 수가 없었다. 설희는 문득 이제 선우 영이 어딘가로의 긴 여정을 위한 준비를 끝내고 막 떠날 채비를 하고 있는 것 같다는 생각이 자꾸만 드는 것이었다.

선우 영이 안경을 벗어 들고 눈물을 닦아내는지 양손으로 얼굴을 감쌌다가 풀면서 안경을 썼다.

―내가 왜 '도도' 새 이야기를 했는지 모르겠습니다. 비상이니 추락이니 하는 따위의 말들을 하면서 말입니다.

돌아서서 창틀에 등을 기대며 선우 영이 애써 웃음을 지어 보였다. 설희는 그냥 물끄러미 그런 선우 영을 바라보고 있을 뿐이었다.

―Viet―Vet도 요즘 아주 침체되었다지요? 찾아오는 전우들도 뜸해졌고…… 이 병장은 극구 부인하고 있지만 모두가 다 나 때문인 것 같은데, 충분히 짐작할 수 있습니다. 그곳에 가면 언제나 마음이 편하고 추억할 수 있는 것이 있어 참 좋았었는데…… 전쟁의 상흔도 있고 또 새로운 전우들이 나타날 때마다 은은한 포성 같은 무용담도 들을 수 있어 좋았고, 그래서 Viet―Vet은 낭만과 추억이 있는 전장의 한 여백일 수 있는 곳인데…….

고개를 숙인 채 슬리퍼를 바닥에 문지르며 선우 영이 말했다. 도저히 그 어떤 말도 할 수 없도록 문득 문득, 침묵하는 선우 영을 설희는 참담하게 바라보고 있을 뿐 말이 없었다. 선우 영의 처절하리 만치 너무도 숙연한 이와 같은 모습에 설희는 압도당하고 있는 것이었다. 그렇게 선우 영은 설희의 모든 의식들을 앗아가며 침묵시키고 있는 것이었다.

—오로지 비상만을 꿈꾸며 침묵으로 일관하다 멸종된 '도도' 새의 일생이 참 가련하다는 생각이 들거든요. 이거 한 번 보시겠습니까?

선우 영이 Viet—Vet의 이야기를 하다 말고 또 '도도' 새의 이야기를 하면서 환자복 상의 주머니에서 여러 번 접혀서 꽂혀 있는 종이를 뽑아서 내밀었다.

—한 번 봐주세요. 아주 재미있을 겁니다.

설희가 선우 영이 내민 종이를 받아서 펼쳤다.

—크기가 거의 1미터는 되고 몸무게도 25킬로그램이나 되는 대형 조류입니다. 부리가 갈고리 모양으로 아주 독특하지요? 짧은 다리에 날개도 퇴화해서 아주 짧은 게 기묘하게 생겼지요? 오랜만에 그려 보았는데 제대로 그려졌나 모르겠습니다.

시각장애자가 그린 그림으로 보기 어려울 정도로 선우 영이 설명하고 있는 대로 그림의 형태가 거의 완벽하게 갖춰져 있었는데 짧게 그려 있는 날개에다 점선으로 아주 크게 덧붙여 또 하나의 날개가 더 그려 있었다. 설희가 궁금해서 물었다.

—날개에 덧붙여 점선으로 크게 그려놓은 것은 무슨 뜻이에요?

—그거요? '도도' 새의 꿈이지요. 비상의 소망 말입니다. 조금 전, 미스 박 나가고 무료해서 한 번 그려 보았습니다. 어릴 적부터 하도 많이 그려 본 그림이라 언제 어디서나 쉽게 그릴 수 있는 그림입니다. 어찌나 많이 그려 보았던지 그림을 그리면서 종종 날아오는 '도도' 새의 환영을 보는 경우도 있었습니다. 좀 누워도 되겠지요?

선우 영이 침대 쪽으로 걸어나오면서 말했다. 선우 영의 안색은 창백했고 기력도 없어 보였다. 이때 노크 소리가 나며 주치의와 간호사가 들어왔다.

—좀 어떠십니까?

—네! 좋습니다.

간호사가 선우 영의 팔을 걷어올리고 혈압을 쟀다.

—김 간호사! 저기 창 밖으로 올라와 있는 나무가 소나무 맞습니까?

—네! 베어 버리든지 딴 곳으로 옮겨 심든지 한데요. 너무 창 가까이 있어 채광도 잘 안 되고 답답하다고 아래층 환자들께서 불평을 많이 하시나 봐요.

—네에. 그렇군요.

선우 영이 힘없이 말했다.

—안녕하세요?

주치의가 설희에게 인사를 하자 선우 영이 문득 주치의를 향해 고개를 돌렸다.

—그렇지 않아도 연락드릴 참이었는데 마침 잘 됐습니다. 기왕에 오셨으니 바쁘시지 않으면 저 잠시 보고 가십시오.

—네! 알겠습니다. 언제 뵈면 되겠습니까?

—5시 이후는 아무 때나 좋습니다. 괜찮으시면 지금도 좋고요. 아, 지금이 더 좋겠습니다. 마침 이 형사님도 오시기로 했으니까 잘 됐습니다. 진료실로 바로 오십시오. 잠깐이면 됩니다.

—네! 알겠습니다.

혈압을 체크한 간호사와 주치의가 먼저 병실을 나갔다.

—최 소위님!

하고 선우 영이 다음 말을 하려는데 설희가 재빨리 병실을 나가는 것이었다. 주치의의 진료실에는 이 병장이 와 있었다. 주치의가 설희와 이 병장의 신체검사 기록들을 펼치며 말했다.

—미국에서 요구했던 신체검사 결과가 나왔습니다. 두 분 모두 적합 판정이 나왔습니다. 아무쪼록 좋은 결과가 있기를 바랍니다. 저도 선우 영 작가의 진료문제를 놓고 아직은 국내에서 시술할 수 없다는 현실 때문에 안타까웠습니다.

—감사합니다.

설희와 이 병장이 약속이라도 한 듯 동시에 말했다.

—개인적으로는 저도 선우 영 작가의 애독잡니다. 젊은 나이에 작가로서 명성도 얻었고 성공도 하셨는데 더 이상 국내에서는 치료가 불가능하다는 현실적인 한계 때문에 마음이 아팠습니다. 장기 이식수술에 관한 한 아직 국내 수준은 변방이나 다름없거든요. 그러나 다행스럽게도 이렇게 쉽지 않은 기회가 주어졌다는 것은 선우 영 작가에게는 행운입니다. 특히 두 분 같은 아무나 가질 수 없는 이처럼 아름다운 마음에 솔직히 신선한 충격을 받았습니다. 이 각박한 세상에 이런 분들도 계시는구나! 하고 말입니다. 두 분께 경의를 표합니다. 최설희 씨! 정말 어려운 일을 추진하셨습니다. 기왕지사 추진하신 일이시니 한시라도 빨리 진행시켜 주십시오.

주치의의 말에 눈물을 글썽이고 있던 이 병장이 주르륵, 눈물을 흘리는 것이었다.

학회 모임이 있다면서 시간이 없다는 듯 두어 번 손목시계를 보는 주치의에게 감사하다는 인사를 하고 설희와 이 병장이 진료실을 막 나오려는데 주치의가 설희를 따로 부르는 것이었다.

—최설희 씨께 잠시 드릴 말씀이 있습니다. 방금 전에 말씀드린 대로

미국에서 요구한 신체검사 결과 두 분 모두 적합 판정은 났습니다. 그러나……

주치의가 잠시 말을 멈췄다. 설희가 짐짓 의아한 표정으로 주치의를 바라보며 말했다.

―무슨 말씀이십니까?

―유영미 씨가 어머니 되시죠?

―네!

―좀 전에 다녀가셨습니다. 최설희 씨께서 사회사업도 준비하고 계시고 또 곧 결혼하신다고 들었습니다.

유영미가 모든 것을 알고 여기까지 다녀갔다는 사실에 설희는 놀라지 않을 수 없었다.

―최설희 씨는 재고를 해 주십시오. 어머니께서 간곡하게 요청을 하셨습니다. 또 저도 충분히 이해할 수 있었고요.

주치의가 단정적으로 말했다. 설희는 잠시 할 말을 잃고 멍하게 앉아 있다가 진료실을 나왔다. 진료실을 나온 설희는 환자대기실 의자에 눈을 감고 앉아 있었다. 얼마를 그렇게 앉아 있었을까? 누군가 옆자리로 앉는 바람 같은 인기척에 설희는 눈을 떴다. 유영미였다.

―어머니! 죄송해요.

―아니다. 우리 설희! 참 아름다운 마음을 가졌더구나!

유영미는 더 이상 아무 말도 하지 않는 것이었다. 그 어떤 것도 묻지도 나무라지도 또 추궁하지도 않았다. 설희의 등을 어루만지며 지긋이 포옹만 했을 뿐이었다.

설희는 선우 영의 병실담당 간호사에게 병실에 보호자가 없다고 자초지종을 이야기하고 어쩔 수 없이 유영미와 함께 병원을 나왔다.

다음날, 설희는 유영미에게 착공식 준비 관계로 볼일이 있다는 거짓말을 하고 서둘러 병원으로 갔다. 선우 영의 주치의를 만나 끈질기게 설득했다. 만에 하나 미국에서 이 병장의 신체검사 결과가 최종적으로 부적합하다는 판정이 났을 경우 이와 같은 좋은 기회를 자칫하면 놓칠 수 있을지도 모른다면서 미국에서의 최종 결론이 어떻게 나든 일단 자신의 신체검사 기록들도 함께 보낼 수 있도록 선처해 달라고 애원하다시피 설득했던 것이었다.

국제 우체국에 들러 자신과 이 병장의 신체검사 기록들을 우송하고 설희는 내일 있을 착공식 행사 관련 서류들을 챙겨서 태호와 함께 착공식 현장으로 갔다.

태호는 눈동자가 훤히 비치는 아주 밝은 안경을 착용하고 있었다. 설희가 처음 보는 안경이었다. 의도적일 정도로 그러나 신기하다는 듯 요리조리 기웃거리며 장난기 있게 바라보는 설희에게 태호가 빙그레 웃어 보였다. 태호의 밝은 안경처럼 설희의 가슴도 실로 오랜만에 조금은 밝게 열리는 것 같았다. 설희는 그렇게 열린 마음으로 작위적일 정도로 더 밝고 맑게 웃었다. 몸도 마음도 한결 더 가벼워지는 것 같았다. 그렇게 기분이 좋을 수가 없었다.

정지작업을 해놓은 착공식 현장에는 현수막과 대형 천막들이 여럿 쳐져 있었고 연단에는 귀빈석과 일반석으로 구분된 좌석이 배치되어 있었으며 한영준의 회사에서 파견된 직원들이 연단에서 스피커와 앰프를 장치하는 마무리작업을 하고 있었다. 설희와 태호를 발견한 직원이 하던 일을 멈추고 허겁지겁 뛰어와서 맞았다.

―원장님 오셨습니까.

직원이 설희에게 아주 정중하게 인사를 했다. 자신을 원장님이라고 부르는 호칭이 좀 생소하고 어색하게 들리긴 했지만 설희는 수고가 많으십니다, 하고 인사를 받았다. 좀 계면쩍어하며 설희가 태호를 바라보며 찡긋, 하는 것이었다. 태호가 씽긋이 웃었고 설희도 환하게 따라 웃었다. 실로 오랜만에 웃어 보는 설희의 해맑은 웃음이었다. 설희가 태호의 손등을 쿡, 찔렀다. 그리고 두 사람은 또 마주 보며 웃었다.

―지금 이 현장 위치는 설계상의 어느 곳이 됩니까?

태호가 행사장 주변을 가리키며 물었다.

―사무 동과 연병장입니다. 그리고 일부 주차장도 포함되어 있습니다.

―그럼 기숙사와 교육시설은 저쪽이 됩니까?

태호가 행사장 너머 야트막한 산 아래를 가리켰다. 금방이라도 눈이 펑펑 쏟아져 내릴 것 같은 회색의 얕은 하늘 아래로 낙엽진 앙상한 나무들뿐인 주변의 산들과는 달리 소나무 숲이 꽤 울창한 높지도 깊지도 않아 보이는 동산 같은 산이었다.

―네! 맞습니다. 제가 안내해 드리겠습니다.

―아닙니다. 일 보십시오. 원장님과 같이 한 번 둘러보고 내려오겠습니다.

태호가 설희의 손을 잡아끌었다. 설희는 태호가 자신을 원장님이라고 하는 말이 듣기가 좋았다. 설희가 팔꿈치로 태호의 옆구리를 쿡, 찔렀다. 마주보며 두 사람은 또 웃었다. 설희는 태호의 손을 꼭 잡고 산으로 갔다. 산 아래에 다다르자 태호가 산을 올려보며 오르기를 주저하는 기색이 엿보이긴 했지만 설희는 아랑곳하지 않고 태호의 손을 바싹 잡아끌었다. 비록 겨울 산이긴 했지만 싸, 하고 적당한 습기와 함께 코끝으로 와 닿는 냉기와 숲속의 신선한 공기가 싱그러웠다.

부스럭, 하며 푹신하게 낙엽도 밟혔다. 문득 폐부 깊이 파고드는 낙엽 부서지는 소리가 그렇게 청아하게 들릴 수가 없다고 했던 선우 영의 말이 찌릿, 하게 뇌리를 자극해 왔다. 설희는 낙엽을 주워 꽉 움켜쥐었다. 바스락, 하면서 낙엽이 어스러지며 오싹하는 전율 같은 냉기가 전신으로 펑퍼졌다.

순간 포효하는 듯한 개 짖는 소리가 메아리치고 있었다. 환청이었다. 몸을 뒤틀며 몸부림치고 있는 선우 영의 환영도 나타나고 있었다. 설희는 두 눈을 찔끔 감으며 입술을 꽉 깨물고 태호의 손을 어스러지도록 움켜잡았다. 어찌나 힘있게 태호의 손을 움켜잡았던지 태호가 아픈 듯 얼굴을 찌푸리며 움칠, 하는 것이었다.

두 사람은 어느새 산중턱 가까이 올랐다. 착공식 현장이 아득하게 한눈에 들어왔다. 설희와 태호는 평평한 바위에 손수건을 깔고 나란히 앉았다.

—참 좋지?

—어!

—내 뭐 하나 보여줄 게 있는데.

—뭔데?

—놀라지 마! 그리고 앞으로는 남의 사진 아무 데나 흘리고 다니지 말란 말이야! 알았지? 자!

설희가 핸드백에서 세월의 흔적이 역력한 작은 수첩을 꺼내 태호에게 내밀었다.

—어? 이 수첩 어디서 났지? 이 수첩 월남에서!

태호가 얼른 빼앗듯이 수첩을 받아서 펼쳤다. 화사하게 웃고 있는 사진 속의 설희를 한동안 뚫어지게 바라보던 태호가 수첩의 사진과 설희를 마치 비교라도 해 보려는 듯 번갈아 바라보는 것이었다.

─예전 같지 않다 이거야? 이제 늙었다 이거지? 밉다 이거지?

태호가 지긋이 웃으며 고개를 흔들고 있지만 시선은 설희를 떠나지 않고 있었다.

안경 너머로 태호의 그 빛나는 시선을 또렷하게 볼 수 있었다. 설희가 태호의 얼굴을 양손으로 감쌌다. 태호의 얼굴은 상기되어 있었고 설희의 손은 떨리고 있었다.

설희의 내면에서 웅크리고 있던 태호에의 애정과 연민이 동시에 충돌하며 꿈틀대는 진동이었다. 누가 먼저랄 것도 없이 두 사람은 포옹을 했다. 두 사람은 포옹이 아니라 사정없이 충돌했다고 해야 옳았다. 그리고 두 사람은 하염없이 눈물을 흘리고 있었다. 너무도 오랫동안 서로의 내면에 침잠해 있었던 회한의 표출이었다.

지금 설희는 태호를 탓하고 있었다. 원망도 했다. 차라리 이렇게 만나지 않았으면, 만나지 말 것을, 하는 안타까운 후회도 있었다. 이것은 여과되지 않은 설희의 감정이었다. 우리는 어쩌면 서로 사랑해서는 안 될 사람들인지 모른다, 하는 어디에서 비롯된 것인지 알 수 없는 전혀 뜻밖의 회한으로 설희는 깜짝 놀라는 것이었다.

그리고 설희는 스스로를 두려워하며 흐느끼기 시작했다. 이러한 설희의 눈물과 흐느낌의 의미를 태호는 과연 어떻게 헤아리고 있는지. 이렇게 흐느끼고 있는 설희를 묵묵히 바라보며 한동안 말이 없던 태호가 설희의 머리를 쓰다듬으며 말했다.

─맹인 안내견을 옆에 두고 휠체어에 앉은 검은 안경의 나, 그 사진 보냈던 것은 설희를 대하기가 너무 두려웠기 때문이었어. 용기가 나지 않았어. 자신이 없었어. 설희가 그 사진을 보고 차라리 나를…… 그래서 공항에 혼자 나오라고 했었고…….

─내가 이렇게 병신이 되어 있으니, 이 사진을 보고 이제 나를 잊어라! 지워 버려라! 포기해라! 그거였어?! 이제 이런 내 모습을 보았으니 네가 알아서 판단해라! 그런 뜻이었느냐고, 그렇게 용기도 자신도 없었다면 뭐 하러 나왔어. 뭐가 두려웠다는 거야. 어?

설희가 태호를 원망하며 울먹였다.

─평생을 휠체어에 의지해서 일상의 모든 것을 남의 도움 없이는 살아갈 수 없는 장애인이 될 수도 있다는 절망적이기만한 의학적 소견뿐이었던 내가…….

─바보 같은 소리 그만해! 그래서 내가 마중을 나오나 안 나오나 확인해 보고 싶었던 거야?

설희가 소리쳤다. 바보 같은 소리 그만하지 못하겠느냐고 소리치며 태호의 뺨이라도 힘껏 때려주고 싶은 야성적인 충동을 참느라 설희가 이를 악물고 두 주먹을 불끈 쥐는 것이었다. 안타까움에 부들부들 떨기까지 하는 것이었다. 난, 네가 싫어! 너의 이런 모습이 싫어! 싫단 말이야! 하고 설희는 소리치며 어딘가로 가없이 달려가고 싶었다. 설희의 내면에서 송두리째 분출되고 있는 회한이자 태호에의 안타까운 연민이기도 했다.

상실, 상흔, 연민, 망각, 해후와 같은 어휘들이 설희의 뇌리와 가슴에서 서로 다투며 충돌하고 있었다. 태호는 설희의 젖은 동공에서 고즈넉하게 서성이고 있었다.

코를 훌쩍이며 설희가 손등으로 눈물을 훔쳤다. 안경 너머로 태호의 젖은 동공이 아련하게 보였다. 설희는 태호의 안경을 벗겨 홍건하게 젖어 있는 태호의 눈 밑을 손끝으로 밀어냈다. 태호의 눈이 지쳐 보였지만 그래도 빛나고 있었다.

설희는 실컷 울고 나니 가슴이 후련했다. 난마처럼 얽혀 있던 매듭들을 이제야 겨우 풀어낸 것처럼 그렇게 후련하기도 했다. 미로에서 그토록 헤매다 이제 저기 나타난 출구를 발견하고 환호하듯이 그렇게 설희는 안도하며 가슴을 활짝 열고 있었다.

언제 그랬었냐는 듯이 설희가 태호를 향해, 태호야! 나를 봐! 나를 보란 말이야! 설희는 너를 사랑해! 너도 그렇지? 너를 이해해! 이해하고 말고! 거기가 어디라고, 그 치열한 전장에서 어떻게 나를 만나겠다고 월남까지 올 생각을 다 했었니? 내가 그렇게 보고 싶었니? 도저히 잊을 수가 없었니? 이 바보 같은 친구야! 이 순진한 친구야! 하고 눈으로 빠르게 말하며 잔잔히 웃음을 머금고 있었다.

한참 후, 설희와 태호는 산을 내려왔다. 이윽고 눈이 내리기 시작했다. 첫눈으로 오는 함박눈이었다. 언제나 첫눈이 함박눈으로 오는 날이면 설희가 유영미와 자신의 첫 만남을 추억하며 감상에 젖어 항상 해왔던 것처럼 멈춰서서 하늘을 올려보며 양팔을 뻗고 온몸으로 눈을 맞았다.

언제 도착했는지 현장의 귀빈석에 앉아 있는 배희원과 유영미의 모습이 시야가 흐리도록 현란하게 흩날리는 함박눈과 어우러져 어렴풋이 그러나 원근의 뚜렷한 구도로 그림처럼 보이고 있었다. 그러나 설희는 조금도 놀라는 기색이 아니었다. 왜 유영미가 배희원과 함께 나타났는지 충분히 짐작하고 있었기 때문이었다. 설희는 다만 함박눈이 첫눈으로 오는 날 만난 유영미를 떠올리고 있을 뿐이었다. 태호가 함박눈을 헤치며 유영미와 배희원을 향해 앞서 가고 있었다.

─함박눈을 맞으며 걸어오는 두 사람 아주 보기가 좋지요?

유영미가 먼저 말했다. 배희원은 고개를 숙인 채 연신 손수건으로 눈

밑을 꾹꾹 누르고 있었다.

─유 여사님! 감사합니다. 정말 감사해요. 날짜는 준공식 당일로 하면 두 사람에게는 아주 뜻 깊은 날이 될 것이라 생각됩니다.

─저도 그렇게 생각합니다. 태호 아버지도 무척 기뻐하실 거예요.

유영미가 귀빈석으로 들어오는 태호를 반갑게 맞으며 가볍게 포옹을 하고 뒤따라오는 설희를 향해 걸음을 재촉했다. 설희가 먼저 팔을 벌리며 유영미를 맞았다. 설희가 엄마! 하고 부르지 않고 어머니! 하면서 어스러지도록 꼭 껴안는 것이었다.

─엄마 숨 끊어지겠다. 함박눈이 또 첫눈으로 오는구나! 그렇지?

유영미가 설희에게 구파발의 어느 고아원에서 함박눈이 첫눈으로 오는 날 설희를 처음 만났을 때를 상기시키고 있었다. 또 유영미는 자신이 설희에게 촉구했던 숙명과 선택에 대한 뜻을 새삼 강조하고 이해시키기라도 하려는 듯 그렇게 말하고 설희의 어깨와 머리 위로 하얗게 쌓이기 시작하는 함박눈을 털어주는 것이었다.

이날 저녁, 선우 영의 병실에서는 이 병장과 선우 영의 심한 언쟁이 있었다. 미국으로부터의 최종 결과 통보가 있기 전에는 절대 선우 영에게 알리지 않기로 했던 설희와의 약속을 잊었던지, 아니면 뭐가 그렇게 다급해서였던지, 이 병장이 참지 못하고 그동안 설희가 선우 영을 돕기 위해 추진했던 일의 경과를 선우 영에게 소상히 말했던 것이었다.

그리고 만약 미국에서 우리가 기대하는 결과가 나오면 자신이 장기 기증을 하겠으니 이식수술을 받자고 수십 번을 애원하다시피 간곡하게 말을 했는데도 선우 영은 인간이 오직 생물학적 존재에만 지나치게 집착하는 것은 결코 바람직한 삶은 아닐 것이라고 하면서 설희와 이 병장이 추진하고 있는 일을 즉시 중단하라고 하면서 냉정하게 거절했던 것이었다. 마침내 감정이 격해진 이 병장이 옆에서 지켜보고 있는 미스 박이 민망할 정도로 선우 영에게 병신 같은 놈, 바보 같은 새끼, 하면서 안타까워했고 선우 영의 멱살까지 잡아 흔들었던 것이었다.

그러나 선우 영은 마음을 깨끗이 비우고 나니 그렇게 편할 수가 없다고 했다. 더 채울 것도 없고 또 채워서도 안 된다고 하면서 어차피 유한할 수밖에 없는 인간이 삶으로 존재한다는 것은 선택적 문제가 아니라 섭리라고 했다. 그래서 순응해야 한다고 했다. 그리고 존재와 부재는 찰나와 영원 같은 것이며 우리들은 항상 그 경계에 서 있을 뿐이라면서 존재가 고통과 갈등으로 점철되는 노정이라면 부재는 영원한 안식의 피안이라고까지 했던 것이었다.

그래서 유한한 인간의 존재는 다만 언젠가의 부재를 준비하는 한낱 과정에 불과할 뿐이라고 했던 것이었다. 또 인간은 누구에게나 예비된 필연적인 부재에 대한 자각과 인식을 냉정하게 또 지혜롭게 할 줄 알아야 한다고 했던 것이었다.

그러자 이 병장이 나 같이 무식한 놈은 너처럼 유식하고 고상한 놈의 말을 다 이해하지도 못할 뿐더러 또 그 따위 사치스러운 말은 들을 필요도 없다면서 월남에서처럼 또 나를 교육시키려 하느냐고 선우 영을 윽박질렀으며, 내가 시간이 없다고 하는데도 한가하게 왜 그 따위 소리만 하고 있느냐고 골치 아픈 소리 그만하지 못하겠느냐고 발악하듯이 소리치며 분을 삭이지 못해 씩씩거리다가 뛰쳐나갔다.

그때 묵묵히 듣고 있던 선우 영이 다소 놀란 표정으로 시간이 없다니? 이 병장! 그게 무슨 소리야? 하고 뛰어나가는 이 병장을 급히 불렀던 것이었다. 뒤따라나온 미스 박이 이 병장을 가까스로 진정시키고 1층 로

비에 있는 휴게실로 갔다.

―이 병장님! 작가님께 섭섭한 점 있으시더라도 노여움 푸시고 작가님을 이해해 주세요. 전, 이제 작가님을 이해하기로 했습니다. 할 수 없습니다. 아까부터 자꾸 주치의 선생님을 찾으셨어요. 외출허가를 받아서 내일 최 소위님 착공식에 참석하시려나 봅니다. 좀 전에도 그러셨어요. 꼭 참석하고 싶다고요.

―정신 나간 놈이 아니고서야 어떻게 그 몸을 해 가지고. 미친 놈, 바보 등신 같은 새끼!

악을 쓰며 이 병장이 말했다. 미스 박이 이 병장의 말을 듣는 둥 마는 둥, 손가락으로 탁자 위에 시름없이 낙서를 하면서 말이 없었다.

―미스 박! 왜 그래?

―아니에요.

이 병장이 이런 미스 박의 태도가 못마땅했던지 불만스럽게 묻자 미스 박이 탁자에서 얼른 손을 거두며 말했다.

―무슨 일 있었어? 어서 이야기해 봐! 미스 박! 자꾸 이러면 나 화낸다. 나한테 뭐 숨기는 거 있어? 미스 박! 대전 다녀왔지?

이 병장이 또 다그치며 물었다. 미스 박이 무슨 말인가를 하려더니 입을 닫는 것 같았다. 저만치 엘리베이터 앞에 서 있던 설희가 두 사람을 발견하고 뛰어왔다.

―병실 비워두고 왜 이렇게 나와 있어요?

―착공식 준비로 바쁘실 텐데. 내일 몇 시지요?

―11십니다. 신경 쓰지 마십시오.

―가능하면 작가님 모시고 참석하도록 하겠습니다.

미스 박이 말했다.

─미스 박! 지금 제정신으로 하는 소리야?!

이 병장이 버럭 고함을 쳤다.

─작가님께서 꼭 참석하고 싶어하십니다. 주치의 선생님이 외출을 허락하시면 제가 모시고 갈까 합니다.

─미스 박! 미쳤어? 어? 정말 자꾸 이럴 거야?!

이 병장이 미스 박을 노려보며 벌떡 일어섰다.

─아니 왜들 이러세요? 다투지 마세요. 모두 너무 예민해지셔서 그런 것 같은데. 저도 선우 병장, 참석하는 거 원치 않습니다. 선우 병장한테는 내가 직접 이야기할 작정입니다. 이 병장! 진정하시고 염려하지 말아요. 화 푸세요.

설희가 나서서 이렇게 수습했다. 이 병장은 바쁜 일이 있어 선우 영은 못 만나고 간다면서 먼저 자리를 떴다.

─축하드립니다.

─고마워요, 미스 박. 혼자서 수고하시는데 도움도 되지 못하고…….

─내일 작가님 모시고 참석하겠습니다. 외출허락을 받았습니다.

─어떻게?

설희가 의아하게 물었다.

─벌써부터 작가님께서는 꼭 참석하고 싶어하셨어요. 그래서 제가 주치의 선생님께 간곡하게 부탁을 드렸던 것입니다.

─정말이에요?

─네!

설희가 미스 박의 손을 꼭 잡았다.

─내일 착공식도 있으시고 바쁘실 텐데. 오늘은 병실 들르시지 말고 바로 가시는 게 좋을 것 같습니다.

미스 박이 거짓말을 하고 있었다. 미스 박도 그랬지만 설희도 마찬가지였다. 설희가 의도적으로 미스 박의 손을 잡고 기뻐했지만 사실은 미스 박의 말을 믿지 않고 있었던 것이었다. 선우 영은 자신의 부재를 은밀히 준비하고 있었고 미스 박은 선우 영의 최후를 예감하고 있었다. 그래서 미스 박이 서둘러 대전으로 내려가서 주혜리를 만나고 왔던 것이었다.

며칠 전의 일이었다. 선우 영은 미스 박에게 서재의 열쇠를 주면서 한 통의 편지와 도장 주머니가 있는 곳을 알려주면서 찾아오라고 했었다. 선우 영이 일러준 장소에는 그 편지 외에는 선우 영이 말한 도장 주머니는 없었다.

선우 영이 찾아오라고 한 편지 겉봉에는 바늘로 구멍을 뚫어 '주'라고 새겨놓았는데 많은 손때가 묻어 있었다. 특히 미스 박이 더 놀란 것은 '주'라고 바늘로 구멍을 뚫어 새겨놓은 주변으로는 검은 얼룩이 여러 곳으로 나 있었다. 오래된 혈흔이었다. 선우 영이 바늘로 글씨를 새기다가 찔려서 흘린 핏자국이었다. 물씬 피 비린내 같은 것을 눈으로 느끼며 미스 박은 눈물이 핑 돌았다. 그리고 그 혈흔 위로 두두둑, 소리를 내며 쏟아져 내린 미스 박의 뜨거운 눈물은 십 수년을 침묵하며 굳어 있던 선우 영의 검은 혈흔들을 적셨다. 그리고 그 혈흔들은 오랜 침묵과 영면에서 비로소 깨어나듯이 마침내 피빛을 찾으며 미스 박의 눈물과 함께 검붉게 펑퍼져 갔다.

그 펑퍼지는 혈흔을 바라보면서 미스 박은 얼마나 마음 아파했는지 몰랐다. 또 편지의 겉봉 아래위의 봉합부분은 얼마나 많이 만졌기에 끝이 부풀어 있었다. 개봉해 보고 싶은 충동을 이기지 못해 선우 영이 수

없이 손톱으로 긁은 흔적들임이 틀림없었다. 미스 박은 이 편지로 해서 주혜리를 더 빨리 만나야겠다고 다짐하게 되었던 것이었다.

그리고 그날 선우 영은 미스 박이 도장 주머니는 없다고 하자 갑자기 안색이 심각하게 어두워지며 그래요? 내가 서재를 정리할 때도 있었는데, 하면서 한동안 깊은 상념에 빠져 있었고 혹시 이 병장이 집에 다녀간 일이 없었느냐고 물었다. 그래서 미스 박이 중요한 도장이냐고 물었을 때, 선우 영은 아니에요. 됐어요, 했었다. 또 선우 영은 이 병장이 오면 내가 꼭 보자고 한다고 전해 달라고 했으며 미스 박이 서재에 들어갈 때, 문이 잠겨 있었는지도 물었던 것이었다.

현관 밖까지 설희를 배웅하고 미스 박은 공중전화 부스로 달려갔다. 늦은 시간이라 한참을 망설이다가 용기를 내어 전화를 했다. 마침 주혜리가 전화를 받았다. 예상대로 주혜리의 반응은 냉담했다. 그러나 포기하지 않고 자신이 대전까지 내려갔다가 만나지 못하고 올라왔으며 정말 선우 영은 이제 얼마 남지 않았다고 하면서 미스 박은 주혜리를 끈질기게 설득했다.

그토록 주혜리를 마중하고 싶어하는 선우 영의 소망을 부디 이루게 해 달라고 미스 박은 울먹이며 애원했다. 단 1분만이라도 좋다고 했다. 아니면 먼발치에서라도 좋다고 했다. 그러나 주혜리는 듣기만 했고 먼저 전화를 끊었다. 미스 박이 병실로 돌아왔을 때, 선우 영은 팔짱을 낀 채 창 앞에 서서 밖을 바라보고 있었다.

─미스 박! 요즘 이 병장, 어떻게 생각해요? 병원에 와서도 내 병실엔 들르지도 않고, 어쩐지 그 친구가 자꾸 나를 피하는 것 같은데. 안 그래요?

─무슨 뜻입니까?

─평소와 아주 다른 느낌을 받지 않았어요? 뭔가 쫓기는 듯 조급하게
서둘고 있는 것 같은 언행이며 또…….

─전, 아직 특별한 느낌은 없습니다.

─지난 번 내 심부름으로 서재에 들어갔을 때, 문이 열려 있었다고 했
지요?

하고는 선우 영이 한동안 천천히 고개를 끄덕이며 말이 없었다.

─무슨?

─아니에요. 그냥 한 번 물어본 것뿐이에요. 미스 박! 이게 뭔지 알지
요? 가까이 와서 한 번 봐요.

선우 영이 돌아서며 창틀에 등을 기댔다. 그리고 선우 영이 미스 박에
게 쥐고 있던 주먹을 펴 보였다. 프리즘이었다.

─이 프리즘은 이 병장이 월남에 있을 때 항상 지니고 있었던 것이에
요. 그런데 이 프리즘을 내가 일전에 미스 박에게 서재에 있는 편지를
찾아오라고 심부름을 보내던 날 그 친구가 나한테 주더란 말이야. 어떻
게 이해해야 할지 좀 그래요.

─무슨 뜻이 있습니까?

─뜻이라기보다도. 이 병장은 이 프리즘을…….

하면서 선우 영이 이 병장과 프리즘에 얽힌 이야기를 하는 것이었다.

이 병장의 소대와 교전중이던 베트콩들이 전황이 불리해지자 인근에
있는 학교로 후퇴를 했다. 당시 치열한 교전으로 이 병장의 소대원도 여
섯 명의 전사자와 다수의 전상자가 발생했고 부하를 잃은 소대장은 도
주한 베트콩을 완전 섬멸시키겠다고 혈안이 되어 상급부대에 병력과
화력지원을 요청해서 학교를 완전 포위하고 엄청난 화력으로 무자비한

공격을 감행했다.

화염에 휩싸인 교사로 같은 분대원이었던 이 병장과 태 병장이 진입했는데 과학교실이었다. 교실 벽에 기댄 채 앉은 자세로 피를 흘리고 있는 베트콩의 생사여부를 확인하기 위해 이 병장이 총구로 쿡쿡, 찌르자 그 베트콩은 비스듬히 쓰러지면서 교실 바닥으로 꼬꾸라졌다.

그리고 이 병장이 막 돌아서려는데 방금 베트콩의 시신이 기대 있던 벽에 너무도 영롱한 무지개빛의 스펙트럼이 펼쳐져 있었다. 신기하기도 했고 신비롭기도 했다.

비록 적이었지만 전사한 베트콩의 시신이 있었던 자리에 나타난 그 영롱한 무지개빛은 뭐라 표현할 수 없도록 그렇게 아름다웠다. 이토록 영롱한 무지개와 그 아래 피투성인 채 꼬꾸라져 있는 적의 시신을 번갈아 바라보면서 그때 이 병장은 아무쪼록 이곳이 전장이 아니기를 소원하면서 벽을 향해 미친 듯이 총을 난사했다. 그러나 그 영롱한 무지개빛은 보란 듯이 그대로 있었다. 더 영롱하고 선명하게 비치고 있었다.

그리고 잠시 후, 이 병장은 실험대 위에 앙증맞게 오뚝 서 있는 프리즘을 발견할 수 있었다. 이 병장이 그 프리즘을 주워들고 막 돌아서는 순간 피를 흘리며 쓰러져 있던 사살된 줄 알았던 베트콩 소대장의 권총 사격을 받았다. 그때 이 병장이 즉각 대처해 베트콩 소대장을 사살시켜 목숨은 건졌지만 급소에 치명상을 입은 이 병장은 불행히도 그 후유증으로 남성 기능을 상실하는 최악의 중상을 입고 말았다.

또 이 병장은 자신을 쏜 그 베트콩 소대장의 권총을 노획해 후송된 후에도 전리품이라면서 계속 보관하고 있었던 것이었다. 이 병장은 이 프리즘을 자신의 분신이라고 하면서 환자들에게 소망의 빛을 투사하라고 했다. 그러면 꿈과 소망의 영롱한 무지개를 볼 수 있다고 했다. 실의에 빠진 환자들에게 꿈을 잃지 말라고 했다. 희망을 가지라고 했다. 이 병장은 이제 자신은 항상 이 프리즘으로 살며 그래서 무지개빛 스펙트럼을 꼭 남기고 싶다고 했다.

프리즘이 창출해내는 영롱한 스펙트럼처럼 자신도 그렇게 빛을 남길 것이라고 했다. 꼭 그렇게 하고야 말겠다고 했다. 반항적이고 저돌적이긴 했지만 이처럼 이 병장은 이 프리즘을 쥐고 있을 때는 언제나 이렇게 감상에 젖곤 했었다.

―그래서 난, 이 친구에게 매력을 느꼈어요. 책이라고는 교과서와 만화책 몇 권밖에 본 것이 없다고 너스레를 떨었는데 〈이상한 나라의 엘리스〉라는 책은 아주 재미있게 읽었다고 했어요. 뭐가 제일 재미있었느냐고 물으니까, '도도' 새가 기묘하게 생긴 동물 친구들을 모아놓고 '코카스' 라는 요상한 경주를 시키는 것이 아주 재미있었다고 했어요. 이 병장은 그렇게 단순했어요. 단순하다는 것은 어떤 의미에 있어서는 아주 순수하다고도 생각할 수 있거든요.

하면서 선우 영은 이밖에도 이 병장에 대한 많은 이야기를 했다. 이 병장이 자신의 퇴원 명령을 취소하라고 의도적으로 외과과장 숙소에서 사고를 친 다음날 환자들의 소지품 검사 때, 이 병장의 가방 속에서 선우 영이 발견했던 이 병장의 남성 기능을 상실케 했다는 권총과 한 발 남아 있던 권총 실탄을 선우 영이 몰래 손 안에 숨겨서 빼냈던 이야기도 했으며 미스 박에게 편지와 함께 찾아오라고 했던 그 도장 주머니에는 바로 그 권총 실탄이 들어 있었다고 했다. 미스 박은 최근 들어 선우 영이 이렇게 많은 말을 하는 것을 본 적이 없었다.

―작가님! 저쪽 손에 들고 계시는 건 뭡니까?

─아아. 이거요? 저기 창 밖에 있는 솔잎인데 침엽수라 항상 이맘때쯤 미스 박이 주워주던 낙엽과는 달리 바늘 같은 촉감뿐이네요. 미스 박! 수고스럽지만 잎이 넓은 낙엽 몇 잎만 주워주시겠어요? 아주 바싹 마른 잎으로…….

선우 영이 들고 있던 솔잎을 창 밖으로 던졌다. 며칠째 선우 영은 하염없이 창틀에 걸터앉아 이 메마른 솔잎으로 손바닥을 찌르며 그 자극을 즐기고 있었다. 어느새 선우 영은 그 자극에 탐닉하고 있었으며 마침내 이 자극을 받고 느끼지 않으면 왠지 불안해했던 것이었다. 일종의 금단현상 같은 것까지 느끼고 있었던 것이었다.

─작가님! 내일 최설희 씨 착공식에는 참석하실 수 없게 됐습니다. 주치의께서 외출허락을 하시지 않으셨습니다. 섭섭하게 생각지 마십시오. 제가 대신 다녀오도록 하겠습니다.

선우 영이 침대 끝에 걸터앉으며 그곳엔 꼭 가고 싶었는데…… 그래야 내가, 하고 중얼거리듯이 말하고는 한동안 말이 없었다. 침대 위로 프리즘을 내려놓고 손가락을 하나씩 꺾어 보고 또 힘을 주어 손바닥을 뒤로 젖혀 보면서 선우 영은 실망한 듯 아니면 불안해하는 듯이 고개만 끄덕이는 것이었다. 그리고 선우 영은 처음으로 여렸지만 문득 설희가 보고 싶다는 충동이 이는 것이었다. 그것도 지금의 설희가 아닌 월남에서의 그때 그 소위 최설희로 보고 싶어지는 것이었다. 또 이것이 어쩌면 자신의 마지막 소망이 될 수 있을지 모른다고 자각해 보는 것이었다. 근원을 알 수 없는 전혀 뜻밖의 이와 같은 자신의 인식을 의아히 생각하면서 선우 영은 자신이 왜 이런 충동을 받고 있는지 쉼 없이 자신에게 묻고 있는 것이었다.

마중은 오직 기다림이며 기다림은 그리움일 수 있고 또 그리움이란 발아(發芽)를 꿈꾸는 씨앗 같은 것일 수 있을 텐데…… 또 이 모든 것들은 오로지 존재함으로 비로소 이루어질 수 있는 것들인데…… 하면서 선우 영은 자신이 그토록 소망해 왔던 그 마중에 대한 소망과 일련의 그리움들을 이제는 어쩌면 포기해야 할지 모른다는, 그래서 그 그리움의 씨앗을 발아시키지 못할지 모른다는 그런 염려로 자꾸만 심신을 움츠리고 있는 것이었다. 선우 영을 가혹하게 추궁하고 있는 내면의 갈등이었다.

소위 최설희! 하면서 선우 영이 자신의 내면에서 아직도 환영 일 듯 서성이고 있는 설희에의 미련을 떠올려 보는 것이었다. 그녀와의 추억은 과연 무엇이었으며 또 어떤 의미로 자신에게 남아 있었는지 선우 영은 비록 쇠잔한 기력이었지만 혼신의 힘을 다해 자신의 내면 구석구석을 헤집으며 안쓰럽게 찾아보지만 바로 이것이었구나! 여기 있었구나! 하고 찾아지는 것이 없었다. 다만 자신이 살아온 시공에 비하면 그녀와의 만남은 찰나 같았다고 할 수 있는 한순간의 스침 같은 것에 불과할 수 있는 그 정도의 추억뿐인 것 같은데 왜 이렇게 해석할 수 없는 난해한 수리문제를 앞에 두고 시간에 쫓기고 있는 수험생처럼 이처럼 내가 초조해하고 있단 말인가? 하면서도 선우 영은 그 스침의 예리함으로 해서 아직도 자신에게 남아 있는 상흔 같은 또 통증 같은 것을 어쩔 수 없이 환각으로 느끼고 있을 뿐이었다.

—그래요? 그렇다면 할 수 없지요. 그럼 그렇게 하세요.

선우 영이 서운했던지 두어 번 입맛을 다시며 손바닥으로 연신 턱밑을 쓰다듬더니 침대로 올라가 벽을 향해 힘겹게 돌아눕는 것이었다. 그 선우 영의 등을 물끄러미 바라보면서 미스 박은 조금 전 통화에서 너무도 냉담한 반응을 보였던 주혜리를 떠올리고 있는 것이었다. 또 지금껏 보관하고 있던 주혜리의 편지를 찾아오라고 한 선우 영의 뜻도 궁금했다. 미스 박은 작가님! 제가 갖다 드린 편지 읽어 드려요? 하고 다가가서 묻고 싶은 욕구가 치밀어 올라 자칫하면 금방 입에서 튀어나올 뻔했다.

이른 아침이었다. 미스 박은 평소보다 일찍 일어나 외출준비를 하고 있었다. 선우 영은 아직도 죽은 듯이 깊은 잠에 빠져 있었다. 숨소리도 들리지 않는 것 같았다. 깜짝 놀라서 미스 박이 달려가 선우 영의 숨소리를 듣고는 안도를 하는 것이었다.

방정맞게 내가 왜 이러지? 정말 이상하네. 오늘따라 왜 이렇게 불안한 생각이 자꾸 들지? 차라리 착공식에 참석하지 말까? 하는 것이었다. 그랬지만 서둘러 대충 화장을 하고 병실을 나온 미스 박은 공중전화 부스로 달려갔다. 마지막이라고 생각하고 대전의 주혜리에게 다시 전화를 했다. 신호는 가는데도 도무지 전화를 받지 않는 것이었다.

계속 가고 있는 신호음을 들으며 미스 박은 만약 주혜리가 전화를 받으면, 주혜리 씨! 당신은 어쩌면 작가님께 그렇게 냉정하실 수가 있습니까? 작가님께서 그토록 사랑하셨다는 분이 겨우 이 정도밖에 되지 않습니까? 작가님께서는 아직도 당신이 보낸 마지막 편지를 차마 개봉하지 못해 보관하고 계십니다. 왠지 아십니까? 당신의 그 마지막 편지의 뜻을 짐작하고 계셨기 때문입니다. 그래서 개봉하기가 두려웠던 것입니다. 당신을 사랑했던 추억을 오래오래 소중히 간직하고 싶었기 때문입니다. 최후까지 말입니다. 실망했습니다. 당신 같은 사람을 그토록 사랑했다는 작가님이 바보 같다는 생각을 지울 수가 없군요, 하고 말을 하리라 생각하고 있었다. 수화기에서는 발신음이 끊기고 뚜우뚜, 하는 신호음만 계속 나고 있었다.

　미스 박이 병실을 나가자 마자 선우 영이 금방 일어났다. 선우 영은 자지 않고 미스 박이 어서 나가기만을 기다리고 있었던 것이었다. 동향으로 나 있는 병실 창으로 들어온 아침 햇살이 병실을 가득 채우고 있었고 침대 끝에 걸터앉아 있는 선우 영이 그 햇살을 송두리째 받고 있었다. 벽면에는 영롱한 무지개빛의 아름다운 스펙트럼이 펼쳐져 있었다.

　선우 영이 손을 뻗어 머리맡 쪽을 더듬었다. 프리즘이 손에 닿았다. 벽면에 나타나 있던 무지개빛의 스펙트럼이 순식간에 사라졌다. 선우 영이 프리즘과 편지를 집어 무릎 위에 올려놓고 프리즘을 매만지고 있었다. 영롱한 무지개빛 스펙트럼이 선우 영의 얼굴, 침대, 천장, 바닥, 벽면 등 장소를 가리지 않고 현란하도록 번득이고 있었다.

　잠시 후 편지와 프리즘을 내려놓고 선우 영은 창가로 가서 문을 열었다. 있는 듯 마는 듯한 바람이 있었다. 병동 아래 지상에서 사람들의 소리가 제법 크게 들려 왔다. 손을 놓치지 말고 꼭 잡고 있으라는 소리, 좀 더 바싹 잡아당기라는 소리, 그리고 조심하라는 소리, 비키라고 고함을 치는 소리도 들을 수 있었다. 순간 우지직, 하고 뭔가 쓰러지는 소리가 났다. 선우 영은 다만 지상에서 무슨 작업을 하고 있는 모양이구나! 하고 생각할 뿐이었다. 며칠 전 간호사가 이 나무를 곧 베어낸다고 했던 말은 까맣게 잊고 있었던 모양이었다. 선우 영이 흐흐, 하고 코로 숨을 들이켰다.

　여느 때 같았으면 미미했지만 그래도 좀은 싱그러운 나무 냄새가 있었는데 이상하게도 전혀 맡을 수가 없었다. 순간적으로 허전하다는 생각이 써늘한 바람처럼 차갑게 뇌리를 스쳐가는 것이었다. 항상 해 왔던 대로 선우 영은 문틀에 엉덩이를 걸치고 한 손으로 창틀을 잡고 손을 뻗었다. 좌우로 또는 둥글게 손을 저어 보는데 여느 때처럼 와 닿는 바늘 같은 촉감도 자극도 없었다. 허전함이 엄습해 왔다. 참을 수 없는 허전함이었다.

선우 영이 불안하고 초조한 모습을 감추지 못하고 있었다. 쩝쩝, 하고 입맛을 다시며 연신 빈손을 쥐었다 폈다 하면서 못내 아쉬워하는 것이었다. 내가 매일 같이 솔잎을 뜯어서 그런가? 그 새 모두 낙엽으로 떨어져서 그런가? 하고 생각하며 선우 영이 문틀에서 내려섰다. 노크 소리가 나고 식사를 배달하는 아주머니가 식판을 들고 들어왔다.

―오늘은 아침 생각이 없습니다. 아주머니께 괜한 수고만 끼쳐 드린 것 같습니다.

―안 드시겠어요?

아주머니가 극히 사무적으로 물었다.

―네!

―어마나. 예쁘기도 해라. 어쩜 저렇게 색깔이 곱지?

아주머니가 감탄하며 말했다.

―뭐가요?

―신기하기도 해라. 저쪽 벽에 무지개가 떠 있잖아요.

―그래요?

―병실에 무지개가 떠 있는 걸 보니 행운이 찾아오겠는데요. 환자 분한테 필경 좋은 일이 있을 겁니다. 아마 곧 쾌차하셔서 퇴원하실 수 있을 거예요. 어쩜 저렇게 색깔이 곱지?

벽에 부딪쳐 반향되어 오는 아주머니의 지금까지의 말들이 귀울음으로 선우 영의 귓전에서 떠나지 않고 있었다. 아주머니가 조금이라도 드시지 않겠느냐고, 선우 영에게 재차 다짐을 받고 나갔다.

아주머니가 나가고 선우 영은 다시 침대에 걸터앉았다. 선우 영이 더

듣어 편지를 찾아서 양손으로 잡고 매만지고 있었다. 손끝으로 모서리를 쳐 보기도 하고 이리저리 돌려 보기도 하고 뒤집어 보기도 하고 쓰다듬어 보기도 하는 것이었다.

선우 영이 봉투의 위쪽을 잡고 아래쪽을 허벅지 위에 툭툭 치며 추슬렀다. 그리고 한참을 망설이다가 마침내 선우 영이 떨리는 손으로 조심스레 봉투를 찢는 것이었다. 순간 깜짝 놀라며 선우 영이 봉투를 획 팽개쳤다. 초조하게 손을 비비고 양손을 번갈아 매만지면서 선우 영은 불안해하고 있었다.

이 혜리의 편지를 개봉한다는 뜻은 선우 영에게 있어서는 곧 소망의 상실을 의미하는 것이기 때문이었다. 또 이 혜리의 편지는 지금껏 선우 영을 지켜준 영혼의 표석이었으며 선우 영의 오늘을 있게 한 원동력이었기 때문이었다. 선우 영은 그 혜리를 고스란히 이 편지 속에 그대로 담아두고 싶어 했었고 또 이 혜리의 편지가 자신의 실명 후에 도착한 것을 무척 다행스럽게 생각하고 있었던 것이었다. 그랬어도 어서 빨리 이 편지를 뜯어 보라는 천상의 소리 같은 쉼 없는 환청을 선우 영은 아련하게 듣고 있었다. 집요한 유혹이었다.

선택을 강요하는 소명 같은 이 환청에 선우 영은 현혹되고 있었다. 그렇게 선택을 빨리 하라고 재촉하는 환청에 시달리며 선우 영은 환영의 미로에서 아스라이 나타나 있는 까마득한 출구를 향해 사력을 다해 달리고 있었다. 갈등과 혼돈의 여울도 보였다. 혼신의 힘을 다해 그 여울을 뛰어넘었다. 비탄과 회한의 늪도 보였다. 또 단숨에 건너뛰었다. 그리고 지치도록 달리고, 달리고, 또 달렸다.

과거와 현재와 미래의 시공을 종횡무진 찰나로 넘나들던 뭇 상념들이 선명한 궤적을 무지개로 남기며 마침내 유성으로 추락하고 있었다. 질

곡의 시간들이었다. 노도처럼 밀려오는 망각과 상실에 따른 회한과 침
묵하는 고통들을 선우 영은 차마 외면할 수가 없었다. 자각하고 싶었다.
인식하고 싶었다. 환영과 환청과 환각의 몽롱한 의식들이 난무하는 선
우 영의 내면이었다.

자각, 인식, 이렇게 내심으로 외치며 선우 영은 스스로를 독려하며 재
촉하고 있었다. 그러면서 실의와 좌절 속에서도 오직 침묵으로 일관하
며 아직도 포기할 수 없는 미련으로 초조히 기대하고 있었던 그 마중에
대한 소망에 집착하고 있는 것이었다.

영광, 환희, 절망, 좌절, 체념, 미련, 존재, 부재 등과 함께하는 회한들
이 서로 다투며 몰려오고 있었다. 터널을 통과하는 기차, 달빛과 달 그
림자, 작렬하는 태양, 겨울 바다, 강, 계곡, 수평선, 지평선, 해돋이, 해넘
이, 파도, 너울, 안개, 꽃, 산, 바싹 마른 낙엽, 은은한 포성, 전장, 전쟁, 상
흔을 달래는 전상 환자들의 암울한 군상들, 주혜리, 소위 최설희, 미스
박, 이 병장의 권총 실탄과 프리즘, '도도' 새의 화려한 비상, 이렇게 헤
아릴 수 없도록 수많은 그림들이 난해한 '퍼즐' 조각 같은 무수한 파편
으로 난무하고 있었다. 자식의 이름을 모르는지 젊디젊은 어떤 여자가
그냥 아들아! 아들아! 하고 목메이게 부르며 손짓하고 있었다.

불과 20수년밖에 볼 수 없었던 자연이 그리웠다. 사람이 보고 싶었다.
이런 환영 같은 그림들이 무차별적으로 선우 영의 혼미한 뇌리에서 찰
나로 용명과 용암을 거듭하며 번득이고 있었고 마침내 이 뭇 상념들은
앞서거니 뒤서거니 행여 뒤질세라 선우 영의 가슴으로 다투며 질주해
오고 있는 것이었다.

문득 선택이라는 어휘가 유탄처럼 날아와 선우 영의 가슴을 관통했
다. 신선한 충격이었다. 소위 인생이라는 것! 삶이라는 것은 결국 선택

일지 모른다. 미래는 선택할 수 없는 것인지 모르지만 그러나 현실은 선택할 수가 있는 것이다. 그 현실의 선택으로 미래의 모습이 달라질 수 있기 때문이다. 또 그 선택이 과연 바른 선택이었는지 아니었는지는, 하면서 선우 영은 창가로 다가가는 것이었다.

자극을 받고 싶었다. 자극이 필요했다. 자각하고 싶었다. 창틀에 걸터앉았다. 손을 뻗었다. 휘저었다. 자극이 없다. 자각할 수 없다. 허공뿐이었다. 참을 수 없는 허전함이 또 상실과 좌절의 안타까움이 선우 영을 슬프게 하고 있었다. 그러나 여렸지만 전신으로 새순 같은 힘이 솟았다. 상체를 내밀고 팔을 뻗었다. 역시 허공뿐이었다.

이번에는 양팔을 뻗었다. 또 허공뿐이었다. 상체를 더 깊숙이 내밀고 혼신의 힘을 다해 힘있게 양팔을 뻗어서 펼쳤다. 그렇게 해서 휘저어 보았다. 역시 허공 뿐, 아무것도 닿는 것이 없었다. 기대했던 솔잎의 자극이 없다. 그래서 자각할 수가 없다. 솔잎으로부터의 자극은 지금의 나를 자각시키고 인식시키는 유일한 수단이었는데 그 자극이 없다. 선우 영은 이렇게 초조해하고 있었다.

밤하늘의 별처럼 오밀조밀하게 군락을 이루고 있는 산 중턱의 허름한 어느 2층집의 옥탑방이 보였다. 선혈이 낭자한 방이었다. 신생아의 울음이 구성지게 메아리치고 있었다. 뜻밖에도 '도도' 새가 황금빛 날개를 펄럭이며 선우 영을 향해 날아오고 있었다. 비상하고 싶었다. 그리하여 추락하고 싶었다. 환상적인 조명을 받고 있는 안착의 추락지점이 화려하게 보였다. 소망하고 꿈꾸던 곳이었다. 바로 저곳이야! 거기 누가 있는 것 같았다.

저건 혜리야! 나! 이제 언제 어디서 혜리! 너를 다시 만날 수 있을까?

어떻게 하면 너를 다시 볼 수 있을까? 과연 너를 다시 만날 수 있을까? 하고 고민하고 있었는데, 그 혜리가 마침내 저기 있어. 내가 혜리를 마중하고 싶었는데. 혜리가 저기서 오히려 나를 마중하고 있어. 빨리 가봐야지, 하면서 선우 영은 몽롱한 의식 속에서 문틀에 올랐다. 황금빛 날개를 뽐내며 날아온 '도도' 새가 선우 영의 앞에서 환상적인 날개짓을 하며 어서 타라고 유혹하고 있었다. 발돋음을 했다. 선우 영이 훌쩍 날아서 '도도' 새의 날개를 잡았다.

한편 같은 시간, 정진원 착공식장에서는 설희가 한사코 익명을 요구하며 막대한 후원을 약속한 선우 영을 소개하며 축사를 하고 있었다. 설희는 그의 고귀한 뜻을 이 정진원에 남기고 싶다고 했다. 꼭 이어가고 싶다고 했다. 많은 사람들이 박수를 쳤다. 이 설희의 축사를 들으며 미스 박은 하염없이 울고 있었다.

그 시간, 선우 영의 병실에 노크 소리가 났다. 주치의와 간호사가 들어 왔다. 어디 가셨나? 화장실에 가셨나? 하더니 옆 병실 회진 끝내고 다시 오자고 하면서 무심히 나갔다.

잠시 후, 또 누군가 노크를 했다. 노크 소리는 서너 차례나 더 났다. 이윽고 문이 열렸다. 성장을 한 여자가 나타났다. 주혜리였다. 한아름 꽃을 안고 있었다.

주혜리가 무심히 안을 살폈다. 침대 벽 쪽으로 무지개빛의 영롱한 스펙트럼이 그린 듯이 선명하게 나타나 있었다. 주혜리는 꽃을 둘 마땅한 장소가 어디 있나? 하고 두리번거리며 살피다가 침대 머리맡에 꽃을 내려놓았다. 자신이 선우 영에게 마지막으로 보냈던 편지가 겉봉이 반쯤은 될까? 그렇게 찢어진 채 있었는데도 주혜리는 보지 못했다.

활짝 열려 있는 창을 통해 웅성대는 소리와 다급하게 서두르는 인기
척들이 소란하게 들려 왔다. 주혜리는 창가로 갔다. 얼굴을 내밀고 아래
를 봤다. 무슨 일인지 환자들과 행인들이 뭔가를 원형으로 에워싸고 웅
성대고 있었다. 의사와 간호사들이 달려오는 모습도 보였다. 누군가 주
혜리가 내려보고 있는 창을 손으로 가리켰다. 사람들이 일제히 주혜리
를 올려보고 있었다. 그들의 모습은 마치 둥지의 새끼들이 어미 새가 물
어 온 먹이를 받아먹기 위해 고개를 잔뜩 치켜세우고 있는 모습과 너무
도 흡사하게 보였다.

왜들 저러나? 무슨 일인가? 하고 주혜리는 고개를 갸우뚱하고 물러섰
다. 병실 안을 잠시 둘러보았다. 선우 영의 침대 머리맡 벽 쪽으로 나타
나 있는 영롱한 무지개빛 스펙트럼을 바라보면서 참 곱구나! 하고 주혜
리의 시선이 잠시 머물었다. 주혜리는 아무도 없는 병실에 혼자 있기가
좀 그랬다. 밖에서 기다렸다가 다시 오기로 하고 병실을 나왔다. 주혜리
는 선우 영이 검사를 받으러 갔거나 아니면 화장실을 다녀오느라 잠시
병실을 비운 것이라고 생각을 했다. 병실을 나온 주혜리는 병실 복도
끝, 간이 휴게실이 있는 곳으로 가서 앉았다.

저만치 엘리베이터에서 황급히 내린 일단의 의사와 간호사들이 복도
를 뛰어가다가 어느 병실로 뛰어들어가는 모습이 보였다. 영문을 모르
는 주혜리는 그냥 덤덤한 시선으로 무심히 바라보고 있었다. 시간에 쫓
기고 있는 듯 주혜리가 손목시계를 매만지며 연신 시간을 확인하고 있
었다. 그리고 얼마 후, 선우 영의 주치의 진료실에는 이 병장이 와 있었
다. 이 병장은 넋을 잃고 주치의의 말을 듣고 있었다.

―부인께서는 어디 가셨나요?

―네! 선우 영 대신 행사 참석하러 갔습니다. 제가 즉시 연락을 취했

으니 이제 곧 도착할 것입니다.

—이럴 줄 알았으면 차라리 외출을 허락할 것을…… 정말 안타깝습니다.

못내 안타까워하며 주치의는 어쩔 줄 몰라 하고 있었다. 그러나 의외로 이 병장은 무섭도록 차분했다. 미스 박이 병실에 도착했을 때, 주혜리는 떠나고 없었다.

미스 박은 선우 영이 추락한 그 자리에 편지봉투의 겉봉 봉합부분이 반쯤 뜯겨 있던 주혜리의 편지를 원래대로 다시 붙여서 묻었다. 선우 영의 혈흔과 함께 최후의 체취가 묻어 있었고 아직도 선우 영의 소망이 체온과 함께 남아 있음직한 편지였다.

미스 박은 선우 영이 그토록 염원했던 마중의 소망을, 또 그 선우 영의 순백의 영혼을 다시 담아주고 싶었다. 주혜리가 안고 왔던 한아름의 꽃다발도 갖다놓았다. 미스 박은 이 꽃다발은 분명 주혜리가 두고 간 것이라고 믿고 있었다. 꼭 그렇게 믿고 싶었던 것이었다.

그 다음날, 이 병장은 설희에게 전화를 했다. 가 볼 곳이 있어서 멀리 떠난다고만 했다. 어디로 가며 언제 오느냐고 묻는 설희의 말에 그는 글쎄요, 하면서 이제는 전장도 전쟁도 없을 것이라고 알 듯 모를 듯한 말로 그는 황급히 전화를 끊었을 뿐이었다. 그렇게 이 병장은 홀연히 떠났다. 그렇게 어딘가로 사라졌던 것이었다.

그런 얼마 후, 설희는 이 병장에게서 전화가 없었느냐고 미스 박에게 물었다. 선우 영의 사고 후 미스 박은 한 통의 전화도 받은 적이 없었다고 했다. 이 병장의 프리즘도 돌려주고 싶은데 전혀 소식을 알 수 없다고 했다. 섭섭하다고도 했다.

미스 박은 이 병장의 소식이 궁금해서 수소문을 해 보았지만 다만 이 병장이 사표를 냈다는 사실만 알았을 뿐이었고 이 병장이 오랫동안 몸 담았던 직장의 동료나 주변에서도 아무도 이 병장의 소식을 아는 사람이 없다고 했다.

또 한 달쯤 지났을까? 미국에서 연락이 왔다. 설희와 이 병장의 신체 검사기록들을 면밀히 검토한 결과 최종적으로 설희가 더 적합하다는 결론이 났다는 것이었다. 설희는 실명 직전의 선우 영이 손톱 밑이 아프도록 숱한 추억들이 담긴 편지와 사진들을 모두 잘게 잘게, 찢어서 태웠다고 했던 것처럼 설희도 그렇게 그 서류를 찢어서 태웠다.

그리고 또 얼마가 지난 후, 정진원으로는 익명의 독지가로부터 상당액의 후원금이 우송되었고 미스 박은 선우 영이 찾아오라고 했던 도장 주머니 속에 들어 있었다는 그 한 발, 권총 실탄의 행방과 사라진 뜻을 비로소 어렴풋이 이해할 수 있었던 것이었다.

그리고 그 이후, 미스 박은 주혜리에게 선우 영이 떠났다고 전화하지 않았다. 영원히 하지 않으리라, 다짐을 했던 것이었다. 왜냐하면 그것은 주혜리의 추억 속에서 어떤 의미로든 선우 영이 오래오래 남아 있기를 바라는 선우 영과 같은 미스 박의 소망이 있었기 때문이었다.